中國語言文字研究輯刊

十四編

許錟輝 主編

第 **10** 冊

詩經聯綿詞研究

郭哲瑜 著

花木蘭文化事業有限公司

國家圖書館出版品預行編目資料

詩經聯綿詞研究／郭哲瑜 著 -- 初版 -- 新北市：花木蘭文化
事業有限公司，2018〔民 107〕
目 2+190 面；21×29.7 公分
（中國語言文字研究輯刊 十四編；第 10 冊）
ISBN 978-986-485-272-7（精裝）
1. 漢語語法 2. 聲韻學
802.08   107001300

ISBN-978-986-485-272-7

9 789864 852727

中國語言文字研究輯刊
十四編   第 十 冊   ISBN：978-986-485-272-7

詩經聯綿詞研究

作　　者　郭哲瑜
主　　編　許錟輝
總 編 輯　杜潔祥
副總編輯　楊嘉樂
編　　輯　許郁翎、王　筑　美術編輯　陳逸婷
出　　版　花木蘭文化事業有限公司
發 行 人　高小娟
聯絡地址　235 新北市中和區中安街七二號十三樓
　　　　　電話：02-2923-1455／傳眞：02-2923-1452
網　　址　http://www.huamulan.tw 信箱 hml810518@gmail.com
印　　刷　普羅文化出版廣告事業
初　　版　2018 年 3 月
全書字數　134841 字
定　　價　十四編 14 冊（精裝）　台幣 42,000 元

詩經聯綿詞研究

郭哲瑜　著

作者簡介

郭哲瑜，苗栗縣人，逢甲大學中國文學系研究所碩士。現職國小教師。

提　要

　　聯綿詞爲「二字表一義」，由兩個不同音節組成，表示一個詞素，不能拆開解釋。其特性爲：不可分訓、兩個音節之間多數有聲韻關係、多數聯綿詞有字形不定情形、多數聯綿詞偏旁同化。基於聯綿詞「二字表一義」的特性，分析聯綿詞的上、下字本義與其詞義關係，發現以「A、B各有本義，兩者與C無關」數量最多，共有五十四例，佔整體百分之五十，相對之下，「A、B不能單獨使用，否則各自無義」數量較少，說明聯綿詞在選用字形，以既有的文字爲優先，若特地創造專屬聯綿詞，則詞彙使用會受限。其次，統計《詩經》聯綿詞，有聲韻關係爲九十五例，佔整體百分之八十九，證明聯綿詞多數有聲韻關係，以疊韻形式較多，講求聲調一致。在字形上，因聯綿詞爲記音載體，有「字形不定」的現象。根據統計，「字形不定」共一百零一例，佔整體百分之九十四。另外，字形因義符類化或另加形符，會致使偏旁同化的情形。經過統計，「偏旁同化」共七十一例，佔整體百分之六十六。

誌　謝

　　能夠完成碩士班學業，首先要感謝我的母親。當初一心想著大學畢業後儘早就業，除了償還學貸，也可以幫忙貼補家用。不過當我看見那些準備繼續讀研究所的同學，心裡卻起了羨慕之心。經過內心不斷的掙扎，我決定與母親長談，想不到母親不但沒有反對，反而鼓勵我繼續升學。為此，母親另外兼了一份送報的工作。每天清晨三、四點，不管颱風、下雨，她都得從溫暖的被窩中爬起來，出門送報。等到七點多，大多數人剛起床，她已經趕回家，做好早餐，然後匆匆忙忙去工廠上班。看著母親日漸花白的頭髮和一天比一天衰老的身軀，我只能一次又一次地提醒自己，一定要趕緊完成學業。現在，這本論文終於完成了，謹將它獻給我敬愛的母親！

　　論文之所以能順利完成，要特別感謝時銘老師。每次論文的修改，老師總是不厭其煩地逐字、逐句訂正，並與我討論。任何我找不到的資料，只要跟老師求助，總能圓滿解決。在寫論文的這一年中，我從老師身上學到治學該有的嚴謹態度，課業之餘，更獲得許多寶貴的人生經驗，讓我一生受用不盡。

　　其次感謝宋建華老師。有一段時間曾因聯綿詞的起因、界定問題而深感困擾，後來有幸請教宋老師，老師大方賜借相關書籍，得以解除困惑。初審和口試時，不論是大範圍的體例修正，或是個別詞條的考證，宋老師都提供了許多精闢的意見。還要感謝江乾益老師，於口試時不吝指正，使論文更加

周延完善。

　　另外，感謝宜璇、惠婷、筑筠學姊，經常爲我加油、打氣。秋燕、宏諭，因爲有你們，才讓我有努力的動力。昊璇、家民、攸如，謝謝你們的鼓勵與幫助。還有家秀學姊及好友佩萱、容慈、欣芳一路的情義相挺，在此一併感謝。

郭哲瑜謹誌於

逢甲大學人文學院

中華民國一百零三年七月

凡 例

1. 本論文以明詩誼爲旨歸，既不專主一家，亦無今古文或漢宋等門戶之見，惟求眞求是耳。

2. 本論文所引《毛詩》以阮元校刊《十三經注疏》本爲據，文本最完整，不涉及義訓，部分文字與三家有異同，涉及聯綿詞者引用時則予以說明。

3. 爲行文之便，以下諸書一般使用予以簡稱：毛亨《毛詩故訓傳》簡稱《毛傳》或《傳》；鄭玄《毛詩傳箋》簡稱《鄭箋》或《箋》；陸德明《經典釋文》簡稱《釋文》；孔穎達《毛詩正義》簡稱《正義》；許愼《說文解字》簡稱《說文》，段玉裁注簡稱段注。又，段玉裁《毛詩故訓傳定本小箋》爲避免與《毛傳》殽混稱《小箋》。餘皆用原名。

4. 聲韻關係的判定，以上、下字的古音爲準。所標切語，見諸《廣韻》，所稱古音，聲紐以黃季剛先生古聲十九紐爲主，並參考曾運乾先生「喻四古歸定」、「喻三古歸匣」、錢玄同生生「邪母古歸定」及陳新雄先生「群母古歸匣」諸說；韻部則以陳新雄先生的古韻三十二部作爲根據。

5. 聯綿詞部分因傳世資料不足，無法證明偏旁同化的現象，因此以「字形不定，無法確定偏旁同化」說明處理。

6. 聯綿詞字形收詞不限，收錄至後代。

7. 引文標點從原著；原書無標點，或雖有標點而本編僅摘引有關文句者，根據文意略加標點。

8. 爲方便讀者查閱，於篇末附詞目索引。

第一章 緒 論

第一節 研究動機與目的

在古代文言文系統裡，多半一個字即是一個詞，意即單音詞占優勢，致使多數經師認定有字必有音，有音必有義，只要一個字講不通，動輒望文生訓，作出想當然爾的解釋。加上古書多假借，經師改讀本字，讓經義文通義順，固然有其必要，然而，若是不應改而妄改，反而會讓經義更加迂曲難通。上述兩種情形，如果是單音詞，因為有《說文》作依據，問題不大，比較麻煩的是聯綿詞。聯綿詞把漢字當作音標使用，只記音不表義，若將它們看成單音詞的組合而分開訓釋或強求本字，只會背道而馳，離原詞義越來越遠。然而也因為如此，上述情形屢見不鮮。職是之故，本文以《詩經》中的聯綿詞為探討對象，逐一闡明詞義，並考求聯綿詞的聲韻、字形及詞義現象。

聯綿詞始於人們的語言交際，後至先秦後期，已有豐富的書面材料，因此選用《詩經》最為合適。原因有四：一為「文本的完整性」，《詩經》流傳甚廣、引用甚多，其作品幾乎能保存完整。二為「專人注釋」，後人為《詩經》作《傳》、《箋》、《正義》等專書，對瞭解詩義、聯綿詞詞義都有助益，所產生文本問題較少。三為「文字運用趨於成熟」，《詩經》的作品創作，橫跨西、東周，從文字的發展看來，文字已趨於成熟，書寫也相當便利，自然能記錄

許多聯綿詞。四爲「聯綿詞數量豐富」，《詩經》作品有三百零五篇，其聯綿詞自然豐富，又創作題材多元，涵蓋層面廣泛，而能收錄不少各個層面的聯綿詞。綜上所述，《詩經》爲研究聯綿詞最佳的文本。

雖然目前研究《詩經》聯綿詞的學者，有張壽林〔註1〕、杜其容〔註2〕、李添富〔註3〕等人，但因將合義複詞羼入其中，對聯綿詞之辨析容有未盡之處，故而對《詩經》聯綿詞研究助益有限。不過，隨著時間的推移，聯綿詞的界定及特性已逐漸明朗，學者已能用嚴謹方式檢視聯綿詞。有鑑於此，本文將以《詩經》爲材料，歸納聯綿詞上下字與聯綿詞詞義的關係，並細分聯綿詞聲韻關係，最後分析聯綿詞聲韻、字形、詞義等現象，期望更瞭解《詩經》聯綿詞形、音、義的變化。

第二節　研究方法

本文擬從五個方法進行探究，一是文獻分析法，蒐集相關期刊論文與原典文獻，界定聯綿詞定義、特色。二是文本分析法，深入探討《詩經》的聯綿詞，瞭解聯綿詞詞義和聲韻關係。三是歸納法，將每組聯綿詞依照詞義，作分類整理。四是表列法，依照每組聯綿詞聲韻關係，分成九個部分，作分類歸納。五是量化分析法，統計《詩經》聯綿詞聲韻、詞義、字形等數量，計算各個比例，觀察其中的變化。

（一）文獻分析法

閱讀相關原典文獻與期刊論文，探討聯綿詞從古至今的「定義」，再整理各家資料，歸納出「特性」。第三節「相關詞語說明」，羅列四組可能形成訓詁障礙的相關詞語，以釐清觀念。

（二）文本分析法

每條聯綿詞按照《傳》、《箋》、《釋文》、《正義》順序標明詁訓，《傳》、《箋》釋義相同，則獨標《傳》訓，餘類推。《傳》、《箋》偶有失當之處，則參考《三

〔註1〕張壽林〈三百篇聯縣字研究〉，《燕京學報》第13期，1933年。

〔註2〕杜其容〈毛詩連綿詞譜〉，《文史哲學報》第9期，1960年。

〔註3〕李添富〈詩經中不具音韻關係的聯綿詞研究〉，《先秦兩漢學術》，第11期，2009年。

家詩》及後世各家說法，不拘泥一家之言；若詁訓無異議，則直接針對聯綿詞基本特性進行辯證。爲證明二字不可分訓，首先比較《說文》所載上、下字本義與聯綿詞詞義，判斷兩者之間的關係。後依聯綿詞詞義，列出聲紐、韻部，作聲韻分析。最後羅列《三家詩》、陸德明《經典釋文》、朱起鳳《辭通》、符定一《聯緜字典》所錄經籍異文及程燕《詩經異文輯考》所收考古文獻《詩經》異文（每一種不同的書寫形式以摘引一條爲限），證明該條聯綿詞「字形不定」及「偏旁同化」的特性。

（三）歸納法

聯綿詞二字的本義與聯綿詞詞義關係，可分成五種：「A、B 各有本義，兩者與 C 無關」、「A（或 B）本義與 C 相關，B（或 A）本義與 C 無關」、「A（或 B）本義與 C 相關，B（或 A）不能單獨使用」、「A（或 B）本義與 C 無關，B（或 A）不能單獨使用」、「A、B 不能單獨使用，否則各自無義」。最後依照分類，探求聯綿詞的數量和比例，進一步瞭解聯綿詞的形式。

（四）表列法

參考王國維〈聯綿字譜〉的體例，編製成「《詩經》聯綿詞譜」，將聲韻關係細分成九種：「聲韻俱同」、「聲同韻近」、「聲同韻異」、「聲近韻同」、「聲異韻同」、「聲近韻近」、「聲異韻近」、「聲近韻異」、「聲韻畢異」作爲歸類、統計、分析的依據。

（五）量化分析法

透過統計《詩經》聯綿詞聲韻、詞義、字形等，觀察其中的變化。聯綿詞聲韻的統計，包含雙聲、疊韻、聲調等計算數量。聯綿詞詞義的統計，先統計五類詞義關係，再統計同義關係的「形容事物狀態」與「名稱」數量。至於聯綿詞字形的統計，分成「無字形不定」、「字形不定，無偏旁同化」、「字形不定，無法確定偏旁同化」、「偏旁同化」四種情形統計。

第三節　相關文獻回顧

張壽林先生於《燕京學報》第十三期（1933 年）發表的〈三百篇聯緜字研究〉一文，內容以四個章節，概論聯綿字的發生、分化、舉例、價值等，其層面之多元、廣泛，能提供後世學者深入研究的方向。關於聯綿詞定義，張氏提

到：「世之以聯緜字必雙聲疊韻者，誤會實多。不知聯緜字者，實指綴二字以成一語之複語而言也。」〔註4〕張氏已觀察到聯綿詞，亦有不侷限於雙聲、疊韻的特例，實屬不易。但張氏於「聯緜字舉例」的聯義小節，將聯綿詞定義與合義複音詞混爲一談，認爲「泣涕」、「顚倒」〔註5〕等屬聯綿詞，可見張氏對聯綿詞的定義與現今不盡相符。

年代稍晚，杜其容先生發表〈毛詩連綿詞譜〉一文。杜氏對「連綿詞」的判定，透過其學識與現代語言學觀念，而能客觀地審視聯綿詞，並以表格統計、量化聯綿詞聲韻、意義等關係，讓讀者一目了然。此外，杜氏在中古音推求至上古音過程，除了利用《廣韻》、《集韻》互相參照，亦融合現代語音學的方法，以拼音形式互相對照，值得後輩學習。相較於張氏，杜氏用科學分析方法雖有成長，但對聯綿詞定義依然有不足之處。杜氏依照詞義將聯綿詞區分爲兩種：一、二字相連義不可分者，如「果贏」、「匍匐」；二、二字並列（包括義同或義近並列、義相類或相反並列）形成一義者，如「飢渴」、「饑饉」。〔註6〕後者屬於合義複詞而非聯綿詞，因此可知杜氏對聯綿詞認知模糊，而影響研究的價值。

一九八六年，陳應棠發表〈詩連緜詞研究〉，內容除了探討聯綿詞，亦闡述聯綿詞在繼承發展後，所產生的詞義改變。不過，因陳氏未掌握聯綿詞定義，所以導致聯綿詞界定過於寬鬆而有失準確，他認爲：「聯緜詞多爲兩字合成，但亦有三字合成，如『已矣哉』。亦有四字合成的，如『突梯滑稽』、『輾轉伏枕』等是。」〔註7〕，對聯綿詞發展助益不大。

自陳氏之後，研究聯綿詞出現停滯。後至近幾年，研究聯綿詞的期刊、專題論文才逐年增多。以期刊來說，一九九九年鄧聲國發表〈「聯綿詞」的界定與反思〉，提及聯綿詞爲「兩個或多個漢字共同組成一個新的意義，這個意義與每個漢字個體意義無關，用現代語言學的話來說，也就是只包含一個語

〔註4〕張壽林〈三百篇聯緜字研究〉，《燕京學報》第13期，1933年，頁174。

〔註5〕張壽林〈三百篇聯緜字研究〉，頁186。

〔註6〕整理杜其容〈毛詩連綿詞譜〉，《文史哲學報》第9期，1960年，頁146～147。

〔註7〕陳氏的聯綿詞定義，除了包含合義複詞，亦將語助詞、虛詞等無義詞一併視爲聯綿詞，影響研究價值。詳見陳應棠〈詩聯緜詞研究〉，《逢甲學報》第19期，1986年，頁95。

素。」〔註8〕，對聯綿詞定義與形式有較清楚的描述。隨後吳靜如發表〈溯洄先人由音表義的造詞足跡——聯綿詞淺探〉〔註9〕，吳氏探究聯綿詞來源，梳理古今聯綿詞觀念轉變的歷程〔註10〕，內容雖然簡略，但大致掌握重點，能讓讀者有初步的概念。

聯綿詞定義趨於確立後，逐漸出現以聯綿詞爲題的篇章，如李正芬〔註11〕、楊蕭姿〔註12〕、李添富〔註13〕、邱永祺〔註14〕等人。而學位論文方面，有李淑婷〔註15〕、陳玉玲〔註16〕、陳秋萍〔註17〕等人，研究不同古籍的聯綿詞，說明研究範圍不再拘限於先秦，已擴展至其他朝代，代表近幾年聯綿詞已逐漸在學術界受到重視。

不過，以《詩經》研究聯綿詞的學者仍屬少數，李添富先生即其一。他所發表〈詩經中不具音韻關係的聯綿詞研究〉一文，主要針對向熹《詩經語言研究》的非雙聲疊韻例子，分析聯綿詞語音、組合關係，再整理、歸納爲表格，最後認定非雙聲疊韻例子幾乎無聯綿關係。李氏認爲聯綿詞有三個特色：「在詞義上，只有一個詞素；在語音上，大多有聲韻關係；在形體上，有多種書寫形式。就詞義而言，由於不論聯綿詞的產生屬於義合式（綢繆、擁抱）、衍音式（參差、趑趄）或是摹聲式（霹靂、歔欷），都只能算是一個單

〔註8〕 鄧聲國〈「聯綿詞」的界定與反思〉，《語文建設通訊》第 60 期，1999 年，頁 36。

〔註9〕 吳靜如〈溯洄先人由音表義的造詞足跡——聯綿詞淺探〉，《雄工學報》，第四輯，2002 年。

〔註10〕 整理王念孫至當代學者的聯綿字觀念。詳見吳靜如〈溯洄先人由音表義的造詞足跡——聯綿詞淺探〉，頁 14～17。

〔註11〕 李正芬〈試論聯綿詞組構要素的歷史變化與發展——以《經典釋文》音義注釋爲主〉，《漢學研究》，第 24 卷第 2 期，2006 年。

〔註12〕 楊蕭姿〈大廣益會玉篇聯綿詞及其韻系之考察〉，《人文研究學報》，第 41 期卷 2，2007 年

〔註13〕 李添富〈詩經中不具音韻關係的聯綿詞研究〉，《先秦兩漢學術》，第 11 期，2009 年。

〔註14〕 邱永祺〈北宋張有復古編聯緜詞探析〉，《有鳳初鳴年刊》，第 7 期，2011 年。

〔註15〕 李淑婷《世說新語聯綿詞研究》，東吳大學碩士論文，2000 年。

〔註16〕 陳玉玲《漢賦聯綿詞研究》，逢甲大學碩士論文，2005 年。

〔註17〕 陳秋萍《莊子聯綿詞研究》，臺北市立教育大學碩士論文，2010 年。

純詞。」〔註18〕雖然李氏認爲聯綿詞特色大致無誤，但李氏卻將義合式的「合義複詞」納入聯綿詞，而致使詞義判斷較欠準確。因此，李氏雖羅列有關聯綿詞特性的資料，但最後仍因不夠全面、客觀，對研究價值不無影響。有鑑於此，本文期望能在前人的基礎上，重新檢視《詩經》的聯綿詞。

〔註18〕李添富〈詩經中不具音韻關係的聯綿詞研究〉，頁 1。

第二章　聯綿詞界說

第一節　聯綿詞的定義

綜觀歷代聯綿詞研究，前人總是客觀事例多而理性分析少，斷代研究多於通盤研究，所以才會缺乏精確、完整的界定。有鑑於此，在闡述聯綿詞定義之前，先探討聯綿詞起因，再將幾個重要時期予以梳理說明。

一、起　因

關於聯綿詞起因，目前尚未定論，因此羅列幾家重要的說法，以供參考。

張壽林〈三百篇聯緜字研究〉提到三項來源：一為「古代造字自然之趨勢」，張氏認為原始語言多記錄象徵事物的聲響，因此又分為「自發之聯緜字」與「模倣之聯緜字」。前者為感嘆詞，如「於乎」、「噫嘻」等。後者則表示擬聲詞，如「丁丁」、「蟋蟀」之類。二為「由於聲音之緩急」，張氏認為語言的發生，在於感情的宣洩，因此感情表達的差異，會影響語言些微的改變，此類如：「繾綣」，實為「嬛」之曼聲。三為「由於歌詠之曼聲」，是由吟詠詩句而造成的，如「猗儺」者為「猗」之曼聲。〔註1〕

馬秀月、方禮武於〈試論聯綿詞成因〉一文，將聯綿詞起源分為兩部分，

〔註 1〕整理張壽林〈三百篇聯緜字研究〉，頁 176～180。

一爲「語音造詞形成的原生態聯綿詞」，以記音方式產生，因此又分爲兩類：
（一）模擬自然界聲音形成的聯綿詞，如「呢喃」、「撲咚」。（二）外來音譯
詞，主要爲借字記音方式，因爲無專門的漢字記錄，或本非漢語詞，自然無
法分成兩個詞素，而成聯綿詞，如「葡萄」、「玻璃」。二爲「單音詞基礎上形
成的聯綿詞」，可分爲三類：（一）單音詞緩讀，如「茨」緩讀爲「蒺藜」。（二）
單音詞衍音，一個單音詞在其前或其後，加上不表意的字，並與其有聲韻關
係，如「黽勉」（衍音在前）、「椒聊」（衍音在後）。（三）合成詞音轉或者詞
形改變，指本爲合成詞，但因詞形變化而成聯綿詞，如「龍鍾」本寫作「瀧
涷」，爲近義詞連用，後詞形假借，形成聯綿詞。〔註2〕

　　郭瓏〈語源研究與連綿詞的釋義〉以衍音連綿詞、義合連綿詞、疊音單純
詞等結構探求來源。衍音連綿詞是由單音節詞向前或向後衍生出音節，形成雙
聲或疊韻連綿詞。記錄連綿詞的兩個漢字，一個表示語源意義，另一個則只用
來記錄衍音音節卻不表示意義，如「闌干」是以「闌」作爲詞根並向後衍生音
節。義合連綿詞，是由兩個同源詞或同義詞結合而成，當它們凝固成一個雙音
節單純詞以後，不再拆開解釋。能以一個整體意義再引申出新意義，或分化派
生出新連綿詞，大多數在字形上也會改變，使形義關係脫節，無法從字面上解
釋，如「龍鍾」。疊音單純詞，由兩個相同音節重疊而成。從詞的構成形式，疊
音詞可分爲疊音合成詞和疊音單純詞兩類。疊音合成詞是由兩個形音義相同的
單音詞組成，並具有相同語素的疊音詞，如「惴惴」、「忡忡」；疊音單純詞則是
由兩個相同的音節組成，而只有一個語素的疊音詞，兩個音節的漢字與語素無
關，如「厭」本義爲飽足，但「厭厭」表示和悅、安靜貌。〔註3〕

　　吳澤順〈聯綿詞的構詞特點及音轉規律〉認爲來源有四：一是非漢語音
譯詞，記錄古代外族的國名、族名、人名、地名、物名，如匈奴、琵琶等。
二是「急言」、「緩言」，急言是指合二字之音爲一字之音；緩言是指一字之音
讀爲二字之音，前人認爲是反切的雛形。「急言」與「緩言」是就不同的起點
而言，其實即「一而二，二而一」，如：「筆」爲「不律」之急言，「不律」爲

〔註2〕整理馬秀月、方禮武〈試論聯綿詞成因〉，《淮南師範學院學報》第 11 卷第 1 期，
　　　 2009 年，頁 137～140。

〔註3〕整理郭瓏〈語源研究與連綿詞的釋義〉，《廣西大學學報》第 26 卷第 3 期，2004 年
　　　 6 月，頁 88～91。

「筆」之合音。三是複輔音聲母的遺存，吳澤順舉例：「清代程瑤田作《果贏轉語記》〔註4〕，認為凡物圓而小者都可以叫做『果贏』。俞敏指出，藏語的圓球叫 gala，輪子叫 kolo，鼓叫 klo，圈叫 kol，與漢語的『果贏』同源，其原始語根聲母為 gl-。因此，『果贏』及其變體可視為上古複輔音聲母的語言遺存」〔註5〕。四是單音詞孳生，吳氏認為聯綿詞雖然意義非 A+B，但發展演變過程中，卻有可能為 A+B 或 A=B，如「蚯蚓」古代又作「胸忍」。胸是彎曲的乾肉條。蚯蚓的特點是可以屈伸，故以「胸」名之，蚯蚓為 A（蚯）+B（蚓）構成的反義並列複合詞。又如「猶豫」一詞在古代也有單用的情況，「猶豫」是由 A=B 而構成的同義並列複合詞。〔註6〕

聯綿詞的來源，經過學者不斷地探討，其面貌已逐漸清晰，大致為模擬聲、單音詞變化，及複輔音聲母變化等。徐振邦將各家聯綿詞來源集大成，分為八類：「動情的感嘆、聲音的模擬、聲音的重疊、同義單音詞的聯用、單音詞的緩讀、單音詞的衍音、單音詞複輔音聲母的分立、外來語的譯音等。」〔註7〕，以下分別說明：

一、動情的感嘆

語言由感嘆、喊叫、摹聲等非語言的信號發展而來，因此部分單音詞與聯綿詞即源自聲音的模擬和動情的感嘆。人們的感嘆聲屬自然發音，由喜怒哀樂的衝動而發出許多不同的聲音，最初的感嘆都是單音，但因感情思維的發展，單音已不足以表情達意，便以雙音的感嘆來表示，如：「噫嘻」、「吁嗟」、「殿屎」等。

二、聲音的模擬

聲音的模擬，模擬人類自身及自然界各種事物聲音的象聲詞，如：「丁丁」、「呢喃」、「町疃」等。

三、聲音的重疊

關於聲音的重疊，徐氏分為「疊音詞」、「疊音詞音變為雙聲疊韻聯綿詞」

〔註4〕按：吳澤順原文「贏」字誤為「顛」。

〔註5〕吳澤順〈聯綿詞的構詞特點及音轉規律〉，《湖南社會科學》第 2 期，2004 年，頁 134。

〔註6〕整理吳澤順〈聯綿詞的構詞特點及音轉規律〉，頁 134～135。

〔註7〕徐振邦《聯綿詞概論》，北京：大眾文藝出版社，1998 年，頁 43。

兩部分說明。介紹疊音詞為「疊音單純詞」與「疊義合成詞」，因此考察疊音詞，需檢視為一個詞素還是兩個詞素，及思考是否為同義假借的問題。

　　徐氏於「疊音詞音變為雙聲疊韻聯綿詞」，說明部分雙聲、疊韻聯綿詞有的與同義疊音詞並存，也有的早於或晚於同義的疊音詞。因此，徐氏設想出三種主要關係：「第一種是疊音詞與其他同義聯綿詞共源，第二種是其他類型的聯綿詞由同義疊音詞音轉而來，第三種是疊音詞由其他類型的同義聯綿詞音轉而來。由於文獻不足，對第一種、第三種進行具體考察十分困難，而雙聲疊韻聯綿詞由同義疊音聯綿詞音轉而來卻是有迹可尋。」〔註8〕因為疊音詞在連讀時，兩個字強弱的不同，或引起第二個字主元音減弱，或引起第一個字主元音加強，如同「便便」、「平平」演化為「便藩」。徐氏提及：「疊音詞連讀，而且由於人們對前後兩個字的高低、快慢、強弱處理的不同（這其中也有規律可尋），常常使其中一個字的聲或韻發生變化，這就是所謂的語流音變。」〔註9〕

四、同義近義單音詞的連用

　　同義或近義的並列複合詞，經由長期連用而結構凝固形成聯綿詞，如「嫵媚」在古代都是分別有義的，語素義與聯綿詞有密切關係。這種聯綿詞與同義複合詞不同之處，在於人們長期使用過程中，不僅連用並有「其義寄之於聲，而不托之於形」的條件，所以也有異體詞的出現。

五、單音詞的衍音

　　單音詞加上一個與之雙聲或疊韻的字，使其成為雙聲或疊韻的聯綿詞，如「椒聊」。段玉裁在《說文解字注》中，常用「單呼」「累呼」的術語，表示單音詞衍音成聯綿詞的變化。單音詞透過衍音的途徑轉化為同義聯綿詞，所衍生的字大多為雙聲疊韻，其目的除了用雙音節區別詞義外，其共鳴的聲韻也使聽者更清楚減少誤聽。衍音詞與附加式合成詞不同，是因附加式合成詞的附加成分為獨立的，而單音詞一經衍音為聯綿詞，其單音詞性質已改變，不再具獨立性，與衍生的音節凝固成一個單純詞，詞義由兩個字共同表示。

六、單音詞的緩讀

　　緩讀也稱緩聲、曼聲，即將一個字緩讀為兩個字，如「不穀」當是「僕」

〔註 8〕徐振邦《聯綿詞概論》，頁 59。

〔註 9〕徐振邦《聯綿詞概論》，頁 64。

的緩讀。衍音詞與緩讀不同之處：衍音詞在衍音後仍留在雙音詞中，音形未變。緩讀詞是將單音詞聲韻分開，聲母後另加一韻母組成一個音節，或是韻母前另加一聲母組成一個音節，致使單音衍變爲雙音。徐氏總歸緩讀詞的結論爲：「（一）緩讀詞，後字聲母大多是〔l〕，……它既可以保留〔ɣ〕或〔ŋ〕的濁音色彩及發音時呼出的氣流強的特徵，又可以不管韻母的開合齊撮，與各類韻母拼合，這就是分音詞的後字大都讀〔l〕的原因。……（二）無論古代或現代的分音詞，它們的合音字中都是以喉牙音或次清、全濁這些送氣聲母爲主流的，……因爲喉牙音發音部位在口腔後部，因而發音時氣流所衝的就是舌根或小舌，也是容易帶來舌根或小舌擦音〔ɣ〕〔x〕的。」〔註10〕

七、外來詞的音譯

漢語通常以音譯、義譯、半音譯半義譯三種方法翻譯外來語。漢字對譯外語詞，一個漢字只能充當一個音節，所以譯音詞中複音節大量增加。雙音的譯音詞有漢語聯綿詞的兩個音節、不可分拆性、形體多樣等各方面的特點，於是人們便將雙音譯音詞當成聯綿詞，如「胡荽」、「苜蓿」。不過面對多音節詞，徐氏說：「這樣的詞大多數學者不把它們看作聯綿詞，如梵語般若波羅蜜多、璧流離、吠瑠璃耶……只以其原來面目——多音節譯音詞——視之。」〔註11〕因此這些使用頻率很高的譯音詞，只有簡縮爲雙音詞，才能接受爲聯綿詞，如全稱爲「撑犁孤塗單于」簡縮成「單于」。

八、單音詞複輔音聲母的分立

隨著上古音研究資料的使用、漢藏系各語族間同源詞的考察，及方言研究的開展，相信上古漢語可能有複輔音聲母的人越來越多，如張世祿、嚴學宭、董爲光等學者。因此，徐氏整理學者們有關聯綿詞與親屬語具複輔音詞的對應同源研究。以上古漢語有聲母格局爲※P—/l—式，義根爲「分離」的聯綿詞群爲例：仳離（人相別離）、披離（離散之貌）、撥攦（以手分披）等。「仳離」等是漢藏語分家後上古漢語複輔音聲母格局爲※Pl—分立爲※P—/l—的語言記錄。〔註12〕

〔註10〕徐振邦《聯綿詞概論》，頁98～99。

〔註11〕徐振邦《聯綿詞概論》，頁100。

〔註12〕整理徐振邦《聯綿詞概論》，頁43～129。

　　不過徐氏提到：「複輔音這個來源與單音詞緩讀、單音詞衍音、同義近義單音詞連用這三個來源不是同一層面的來源。如果承認複輔音的來源，其他三個來源便是現象和手段，淺層的，而複輔音分立是根本原因。」〔註13〕但因目前能證明複輔音聲母變化的詞例不多，故尚未能確認何者為聯綿詞的來源。

　　綜合上述，模仿物聲與記錄人所發的聲音，聯綿詞取之於自然界是肯定的。至於部分聯綿詞的來源，究竟是由複輔音聲母變化而來，還是從單音詞變化產生，有待更多資料出現，才能進一步確認。

二、歷史發展

　　聯綿詞起源甚早，但歷經長期的演變，其定義才趨於明確。因此，以下將針對幾個重要時期的發展梳理說明，釐清其歷史軌跡：

（一）先　秦

　　聯綿詞有兩個緊密結合的音節，唯有兩個音節合起來才有意義，因此在造詞法〔註14〕上屬於「語音造詞」〔註15〕的範疇。

　　徐振邦《聯綿詞概論》開頭便提及：「在沒有文字之前，聯綿詞已經存在於人們的語言中。」〔註16〕至於聯綿詞什麼時候被記錄下來？徐氏列舉西周中晚期鐘鼎盥盤中具有代表性的聯綿詞，說：「後世所劃分的雙聲、疊韻、非雙聲疊韻、疊音等四種類型都已具備。」〔註17〕到了先秦後期，聯綿詞的書面材料已相當豐富，更廣泛運用於《詩經》、《楚辭》等韻文及諸子散文中。

〔註13〕徐振邦《聯綿詞概論》，頁 128。

〔註14〕造詞法與構詞法不可混為一談。任學良《漢語造詞法》：「研究用什麼原料和方法創造新詞，這是造詞法問題……研究詞的內部形式，這是構詞法的問題。」詳見任學良《漢語造詞法》，北京：中國社會科學出版社，1981 年，頁 3。

〔註15〕語音造詞，一種模擬事物的聲音的造詞方法。任學良稱為「語音學造詞法」，並將其分成「取聲命名式」、「取聲表情式」、「單純擬聲式」、「雙聲式」、「疊韻式」、「合音式」及「音譯式」等七種類型；其中「雙聲式」、「疊韻式」，從任氏所舉詞例來看，則專指聯綿詞。詳見任學良《漢語造詞法》，頁五章「語音學造詞法」。

〔註16〕徐振邦《聯綿詞概論》，頁 1。該書將聯綿詞各方面的問題進行系統性的梳理，如古今觀念、研究意義、來源、特點，以及聯綿詞族等。雖然只是概略性的介紹，但對於聯綿詞的重點均有觸及，頗具參考價值。

〔註17〕徐振邦《聯綿詞概論》，頁 5。

（二）漢　代

漢代出現收錄聯綿詞的著作，如《爾雅》、《方言》、《毛詩故訓傳》、《說文解字》、《釋名》及《楚辭章句》等。〔註18〕《爾雅》收錄的複音詞大多是不能拆開解釋的雙音節單純詞，少有合成詞。《爾雅》將聯綿詞二字視爲一個整體，不分開解釋；更將聯綿詞當作釋義單位，用來解釋另一個詞。早期的聯綿詞因《爾雅》而完整地保存下來。

揚雄《方言》是現存最早的漢代方言著作。《方言》收錄各地的語音，注意各地方言的差異，並用通語注釋，進而有「轉語」的概念。另外，《方言》所收聯綿詞部分見於《爾雅》，部分則屬新收錄。書中訓釋聯綿詞方式與《爾雅》相同，大多作爲釋義詞出現，有些則以「同義相訓」方式出現。

《毛詩故訓傳》對大部分聯綿詞作整體解讀和注釋，注意到聯綿詞音義的關係，懂得用音近義通的詞釋義，但偶爾會有聯綿詞分訓的情況，如《詩經》的「頡頏」。〈邶風・燕燕〉：「頡之頏之」，「頡」與「頏」中間雖夾雜虛詞，但其實是聯綿詞手法的「分用」〔註19〕，不能分開解釋，《毛詩故訓傳》卻誤釋爲「飛而上曰頡，飛而下曰頏」〔註20〕，將兩者視爲分開的語素。

許愼《說文解字》（以下簡稱《說文》）收錄不少聯綿詞。針對聯綿詞，許書的說解體例有三種：

（1）只標詞目，不載釋義。如《說文》云：「萹，萹茿也」；又「茿，萹茿也」。〔註21〕

（2）上下二字，一字載釋義，另一字例不復舉。如《說文》云：「玲，玲瓏。石之次玉者」；又「瓏，玲瓏也」。〔註22〕

〔註18〕郭瓏〈漢代訓詁著作中的聯綿詞觀〉，《廣西教育學院學報》第 2 期，2006 年，頁 122～124。

〔註19〕分用：聯綿詞的表現手法之一。可分用於一句之內，也可分用於兩句之中，而與聯綿詞義相同。

〔註20〕毛亨（傳）、鄭玄（箋）、孔穎達（疏）《毛詩正義》，臺北：藝文印書館影阮刻《十三經注疏本》，1997 年，頁 77。

〔註21〕許愼（撰）、段玉裁（注）《說文解字注》（以下簡稱《說文》），臺北：黎明文化事業公司，2006 年，頁 26。

〔註22〕《說文》，頁 18。

（3）或有別義，以「一曰」釋之。如《說文》云：「蘆，蘆萉也。一曰薺根」；又「萉，蘆萉。佀蕪菁。實如小未者」。〔註23〕

儘管《說文》處理聯綿詞的方式不同，但都有表現出聯綿詞「不可分訓」的特點。

劉熙《釋名》是以聲訓探尋詞義的訓詁專書，不過所收錄的聯綿詞，都當成複合詞對待，分別拆開解釋。

王逸《楚辭章句》爲最早的《楚辭》注釋著作，書中保存許多古音義和漢代楚方言，但對聯綿詞的釋義卻未超過前人，其注釋仍採取同義相訓、整體注釋的方法。

在漢代收錄聯綿詞的著作，雖然聯綿詞多數能保留，有完整的釋義，但仍有部分聯綿詞被分開解釋。由此推知，漢代學者對其成因、特點並未掌握，才有分訓的情況。另外，李正芬透過梳理《周易》、《毛詩》、《爾雅》、《字林》的成書年代，發現直至西晉，「文字形聲化已臻於成熟的階段，表現出的聯綿詞形較爲整齊，是經過規範後的文字，年代愈晚，聯綿詞形增加義符、變換義符或義符類化的情形愈普遍，前後年代的差異，呈現出時代流轉對字形變化的影響。」〔註24〕

（三）六　朝

漢代大賦，多是描寫宮殿園囿、帝王生活，體製宏偉，極盡「鋪張揚厲、合組列鏽」之能事，而賦本即屬「不歌而頌」，故語言講究聲音之美；加以許多辭賦作家如司馬相如、揚雄等，本身就是小學家，是以文字綺麗多變，聯綿詞的大量運用，殆不可免。六朝的駢文除了承繼漢代華麗的文章風格，亦包括用典、對句與聲韻方面的強化。

針對聯綿詞在六朝的發展，郭瓏指出：「魏晉南北朝時期，隨著文風的轉變，體物大賦衰落，抒情小賦興起，使用和創造聯綿詞的勢頭也有所減弱，但在賦作中使用聯綿詞的現象依然不絕如縷，特別是此時的一些大賦，依然承襲漢大賦的習氣，不論是使用聯綿詞的頻率，還是使用聯綿詞新詞的比率

〔註23〕《說文》，頁25。

〔註24〕李正芬〈試論聯綿詞組構要素的歷史變化與發展——以《經典釋文》音義注釋爲主〉，《漢學研究》，第24卷第2期，2006年12月，頁115。

都相當高。」〔註25〕如左思〈魏都賦〉云：「剸剽方命，吞滅咆烋。雲徹叛換，席卷虔劉。」〔註26〕以聯綿詞「咆烋」、「叛換」極力形容曹操誅董卓、破袁紹之氣勢壯盛。又如嵇康〈琴賦〉云：「指蒼梧之迢遞，臨迴江之威夷」〔註27〕，賦中連用「迢遞」、「威夷」兩聯綿詞，形容路遠和江水的蜿蜒曲折。詞義相同或相近的聯綿詞堆疊，除了能加強形容的事物狀態，在音節上因兩兩相對，有抑揚頓挫的效果。

　　總之，六朝聯綿詞的使用因駢文而盛極一時。

（四）唐　代

　　唐代陸德明編撰《經典釋文》（以下簡稱《釋文》），是聯綿詞釋義的工具書。《釋文》專記漢代至南朝的各家音切、釋義，記音方式為「因音辨義」。該書不僅能明音讀，更有釋義及校勘的作用，因此觀察《釋文》所收錄聯綿詞字形、字音變化，能了解聯綿詞的特徵與演變，及注釋家對聯綿詞的看法。

　　隨著社會變遷，環境愈趨複雜，人們需要大量詞彙用於語言交際，而語音造詞已不能滿足需求，代之而起的是語法造詞〔註28〕。利用單音詞結合其他語素，詞彙除了富有彈性，還能迅速擴大發展，將人們情感處理更細膩，也能精確、客觀地反映事物。綜合上述，本時期的聯綿詞，大部分以繼承方式讓舊有聯綿詞延續。周能昌《杜甫七律的語法風格》提到：「杜甫七律好用聯綿詞，因其內部聲音具有雙聲疊韻關係，利於韻文之和諧吟詠；且其多用作定語、形容詞謂語、動詞謂語之用。值得一提是，杜甫運用雙聲疊韻之位置，多在律詩規定須對仗之頷聯、頸聯上，往往不僅在字義、詞性上的對仗外，更增添聲律上音響之美感。」〔註29〕由此可知，聯綿詞無論在詩歌形式或聲律上，都有正面作用。

〔註25〕郭瓏《文選・賦聯綿詞研究》，成都：巴蜀書社，2006 年，頁 115。

〔註26〕蕭統（編）、李善（注）《文選》，臺北：華正書局，1991 年，頁 103。

〔註27〕蕭統（編）、李善（注）《文選》，頁 256。

〔註28〕語法造詞，一種用語法手段創造新詞的造詞方式。任學良《漢語造詞法》稱為「語法學造詞法」，包含「詞法學造詞法」及「句法學造詞法」兩大類。如加詞頭的「老師」、「阿姨」，屬於「詞法學造詞法」的「附加式」；「霜降」、「地震」屬於「句法學造詞法」的「主謂式」。

〔註29〕周能昌《杜甫七律的語法風格》，中正大學碩士論文，2002 年，頁 41。

　　唐代古文運動在貞元時期達到高潮，風氣既成，文人的創作自然受其影響。當時盛行的律賦多為應試而作，在形式、內容上處處設限〔註30〕，因而引起文人們的反動，將古文特色融入賦作中，形成散文化的賦體——文賦。文賦以散體行文，不注重對偶，鮮少用典，避免辭藻的堆砌，句法結構較詩歌更接近口語。這種時空背景，為聯綿詞的延續提供絕佳契機。如韓愈〈別知賦〉云：「始參差以異序，卒爛漫而同流。」〔註31〕以聯綿詞「參差」、「爛漫」為對，擺脫駢偶的束縛，語言上顯得質樸自然。柳宗元的賦作以騷體聞名，在遣詞造句上，對楚辭的詞語、句意、句式等，有多方面的模仿和創新。如〈懲咎賦〉云：「為孤囚以終世兮，長拘攣而轗軻。」〔註32〕「轗軻」為聯綿詞，源於《楚辭・東方朔・七諫・怨世》云：「年既已過太半兮，然轗軻而留滯。」〔註33〕由於唐代的復古運動，聯綿詞才得以保存下來。

　　唐人小說的聯綿詞也是由繼承關係才能延續。范崇高〈試論唐人小說中的聯綿詞〉說：「唐人小說中絕大部分聯綿詞是靠繼承，還有其特殊的社會原因：唐代科舉盛行，以詩文錄用人才，為了應付考試，文人群起研習《詩經》、《楚辭》、《文選》等保存有豐富聯綿詞的文獻。」〔註34〕基於種種因素，文人也延續前代的聯綿詞的用法，其方式如拆用、疊用、單用、倒用等。拆用，將聯綿詞的前（或後）分別加上了襯字，形成四字格；疊用，聯綿詞的兩字分別重疊為 AABB 或 ABAB 式；單用，是指聯綿詞的意義僅由其中一字單獨使用；倒用，是指聯綿詞兩個字順序顛倒而意義不變。拆用和疊用，一般在唐代小說中很少出現，因為四字句只適用於駢體，不適合形式自由的小說。

　　單用與倒用，易使聯綿詞趨於鬆散。單用的聯綿詞，因其形音義趨於穩定，所以不會造成歧義而妨礙交際，但演變至唐代，聯綿詞上下字都可以單用，是從根本上改變聯綿詞「不可分訓」的特點，造成聯綿詞用法過於鬆散。

〔註30〕律賦在形式上有「命題限韻」的限制，內容上則多歌功頌德。

〔註31〕韓愈《韓昌黎集》，臺北：河洛圖書出版社，1975 年，頁 7。

〔註32〕柳宗元《柳宗元集》，《四部刊要》集部・別集類，臺北：漢京文化事業有限公司，1982 年，頁 56。

〔註33〕洪興祖《楚辭補注》，臺北：天工書局，1994 年，頁 246。

〔註34〕范崇高〈試論唐人小說中的聯綿詞〉，《自貢師範高等專科學校學報》第 14 卷第 4 期，1999 年，頁 30。

倒用是以形音義穩定爲前提，只有詩人在韻文中偶爾爲之，散文中不可使用，否則會因語音相近（雙聲疊韻關係）、偏旁類化、表意單一，而忽略聯綿詞上下字的順序。

唐代繼承先前的聯綿詞，自然也傳承字形的變化。不過自從《五經文字》和《九經字樣》等書出現，文字趨於統一，同時也讓文人對字形產生復古思想，認爲古字就是「正體」，後起字就是「俗體」。

（五）宋　代

相較於漢唐，宋代有開始研究聯綿字的學者，不僅有零篇斷簡的筆記，且有許多聯綿字書。如宋代張有著《復古編》、戴侗著《六書故》。

張有是首位對聯綿詞進行研究的人，其《復古編》所收詞大部分是不可分割的單純詞，但他只舉成例而未明確下定義。根據《復古編》全書及書中〈聯綿字〉一篇的注釋體例可推知，應該是指意義上具有單純性或完整性的雙音詞，與現代所謂的「雙音節單純詞」較爲接近。《四庫提要》稱，其書「根據《說文解字》以辨俗體之訛。以四聲分隸諸字，於正體用篆書而別體俗體則附載註中……下卷入聲之後附錄辨證六篇，一曰聯綿字，二曰形聲相類，三曰形相類，四曰聲相類，五曰筆迹小異，六曰上正下譌。」綜合論之，其體例是每條之中先列《說文》小篆字頭，隨後解釋字義、分析字形、標明音切，最後列舉俗體。〈聯綿字〉篇中所收的五十八條聯綿詞，絕大部分只釋聯綿詞的整體意義，不再對組成聯綿詞的兩個字單獨解釋，足見張有認爲單字之義與聯綿詞的整體意義無關，其聯綿詞意義是自足的，是不可分開解釋的。

宋代戴侗編撰聯綿字專書，主要貢獻是不分正俗體，認爲變體是由同音假借所產生，也認爲聯綿字的詞義會引申。不過最重要的是，戴侗總結出「求諸其聲則得，求諸其文則惑」的經驗，這也是戴震所認爲的「因聲求義」之訓詁原則。吾人可以說，最先發現謰語「義存於聲」的是戴侗。

范建國〈宋明的聯綿字研究〉指出：「漢唐對聯綿字的研究可說是『辭書合釋，傳注分訓』，像《爾雅》、《說文》、《廣雅》等對聯綿字通常是作整體解釋，而經籍傳注對聯綿字則往往予以分開訓釋。」〔註35〕宋代王觀國最先指出分訓的錯誤，其《學林》卷九「翰猭」條論及「猶豫」，雖未替聯綿詞下定義

〔註35〕 范建國〈宋明的聯綿字研究〉，《黃岡師範學院》第 25 卷第 4 期，2005 年 8 月，頁 56。

或詮釋，但對「猶豫」的解釋，給予後人重要的啓發。

（六）明、清

明末方以智《通雅·釋詁》有「謰語」三卷、「重言」兩卷。方氏在謰語的選取、釋義方面皆有嚴格標準，他上承戴侗，認爲謰語有「義存於聲，形無固定」的特點，所以方氏的謰語爲「雙聲相轉而語謰謱」之詞。這裡的「雙聲相轉」，是指上下二字存在著雙聲、疊韻等語音上的關係。「謰謱」，即連接不斷，指兩個字合成一詞，不能分拆解釋。方氏提出謰語的特性「雙聲相轉而語謰謱」，奠定後世聯綿字研究的格局。

明代朱謀㙔的《駢雅》，全書一半以上不是聯綿字，而是並列複合詞或詞組。全書雖有《爾雅》體例，有〈釋詁〉、〈釋訓〉等篇目，但不像《爾雅》的「詁」、「訓」有別，其因在於沒有「聯綿字」概念。此外，《駢雅》將「謰語」、「重言」一併收錄，可推論朱氏認爲「謰語」、「重言」應該是相通的。《駢雅》所收的是「駢字」，注重形式上的相對，並不在乎詞義的單純與否，所以並非是「謰語」。

明代學者對聯綿詞更深入的探討，才能概括聯綿詞表義的整體性、表音的符號性等特點，爲清代學者的聯綿詞研究奠定良好基礎。

清人王引之《經義述聞·通說上》「無慮」條云：「大氐雙聲疊韻之字，其義即存乎聲，求諸其聲則得，求諸其文則惑矣。」〔註36〕又，「猶豫」條引其父王念孫語，對聯綿詞特性頗有獨到的見解（見下節「聯綿詞的特性」）。但是王念孫卻在《讀書雜志·漢書第十六·連語》中，將「流㢮、摘虒、奔踶、儀表、感愬、驚鄂」等上下同義之並列式複合詞納入連語。〔註37〕可見對聯綿詞雖有明確表述的人，於劃定聯綿詞的具體範圍時，仍有未盡周延之處。

（七）近 代

相較王氏父子，王國維講得更加具體、肯定：「聯綿詞，合二字而成一語，其實猶一字也。前人《駢雅》、《別雅》諸書，頗以義類部居聯綿字，然不以聲爲之綱領，其書蓋去類書無幾耳……若集此類之字，經之以聲，而緯之以義，以窮其變化，而觀其會通，豈徒爲文學之助，抑亦小學上未有之事業也。」

〔註36〕王引之《經義述聞》，南京：江蘇古籍出版社，2000 年，頁 730。
〔註37〕王念孫《讀書雜志》，南京：江蘇古籍出版社，2000 年，頁 407～410。

〔註38〕。但是在《聯綿字譜》所收兩千六百七十五個詞中，卻有大量重言詞（如「哀哀」、「浩浩」、「趯趯」等）及合義複詞（如「柔弱」、「跳躍」、「廣大」等）。所以有學者（如徐振邦《聯綿詞概論》）認爲，王念孫的連語和王國維的聯綿詞都只是雙音節詞的一個下位類型，前者側重於上下二字意義上的相同性，後者側重於上下二字意義上的整體性，他們根本就不是在探討雙音節單純詞。

　　王國維、朱起鳳、符定一等人，對聯綿詞有較深入的研究，並有專門的著作。王國維對聯綿詞的研究觀點集中體現在〈聯綿字譜〉、〈肅霜滌場說〉和〈爾雅草木蟲魚鳥獸名釋例〉三篇文章上。其中〈聯綿字譜〉只呈現結果，缺乏理論闡述，所引詞目雜亂無序。朱起鳳《辭通》在方法上繼承《說文通訓定聲》的「連語」部分，用同聲假借的原則整理、解釋聯綿詞，並收錄許多聯綿詞的不同字形。符定一先生《聯綿字典》盡可能地把聯綿詞的各種形體聯繫起來，從聲音的線索上探求聯綿詞的意義；但由於範圍過寬，整本書比較像是雙音節詞的字典。

（八）當　代

　　隨著聲韻的發展，前輩學者意識到聯綿詞載體爲聲音，以「義存於聲，形無固定」的特點審視聯綿詞。發展至當代，學者則以現代語言學角度，重新檢視聯綿詞。

　　王力《古代漢語》指出：「單純的複音詞，絕大部分是連縣字。例如：『倜儻』、『忸怩』、『造次』、『鎡基』、『抑鬱』、『徘徊』、『觳觫』、『逡巡』、『逍遙』、『須臾』等。連縣字中的兩個字僅僅代表單純複音詞的兩個音節，古代注釋家有時把這種連縣字拆成兩個詞，當作詞組加以解釋，那是絕大的錯誤。」〔註39〕王力以現代語言學的角度，分析聯綿詞爲兩個音節，且不能分訓。王今錚等編撰的《簡明語言學詞典》也提到：「『聯綿字』也叫『連綿字』。指包含一個詞素的不能分割的雙音節詞。它不同於合成詞的地方在於：詞義是單一的，不是複合的，兩個音節拆開便無意義。」〔註40〕進一步指出聯綿字爲「包含一

〔註38〕王國維《王國維全集・書信》，臺北：華世，1985 年，頁 335。
〔註39〕王力《古代漢語》，北京：中華書局，1999 年 5 月，頁 91。
〔註40〕王今錚等編《簡明語言學詞典》，內蒙古：新華書店，1985 年，頁 216。

個詞素的不能分割的雙音節詞」。由上可知，當代學界一致將聯綿詞界定爲「雙音節單純詞」，或「單純性雙音詞」。

具體地說，聯綿詞是由兩個不同音節（漢字）構成的單純詞；它雖然有兩個音節，卻只有一個詞素。〔註41〕必須強調的是：聯綿詞是就造詞方法中的語音造詞來說的，與它本身在語法上屬於什麼詞類無關。換句話說，只要合乎「由兩個不同音節構成的單純詞」的原則，不論是動詞、名詞、形容詞、嘆詞等，都是聯綿詞。

徐振邦《聯綿詞概論》謂：「確定聯綿詞的範圍，標準是雙音詞的單純與否、兩個音節是一個詞素還是兩個詞素，這是現代語言學的科學的尺度，一些非雙聲疊韻的雙音節既然能夠確定是一個詞素，而不是兩個詞素，如鸚鵡等，當然應當肯定爲聯綿詞。」〔註42〕沈晉華亦說：「聯綿字基本上都是通過語言關聯的構詞法產生的雙音節詞。但聯綿字的產生遠在《詩經》時代以前，考慮到時間和地域上的影響，從構詞法上表現出來的語音關聯，似不能跟音韻學上的聲韻體系完全等同。而且，聯綿詞是通過約定俗成流傳下來的，它只能要求語音方面的大體近似，不可能十分嚴格地遵守聲或者韻的體系。」〔註43〕聯綿詞的主體爲聯綿義，聲音畢竟只是載體，研究聯綿詞不應落入聲音的窠臼。聯綿詞固然多雙聲、疊韻，合義複詞上下字爲雙聲、疊韻者亦不在少數，如「纖細」、「批評」、「燦爛」等均是。爲何吾人不會將「纖細」等詞誤認爲聯綿詞？因爲它們都是由兩個詞素構成的複合詞。因此，確認是否爲聯綿詞，仍應回歸本質，檢視是否符合「兩個音節一個詞素」的條件。

綜上所述，在沒有文字之前，聯綿詞已存在口語的使用，因此在有文字記錄之後，散見於先秦諸子著作中。而在漢代，由於興起一股訓詁風潮，所以出現大量訓詁專著，將聯綿詞視爲一個整體，解釋整體意義，不過偶有分訓情況

〔註41〕詞素，又稱「語素」。構詞法術語。所謂「詞素」，就是詞的構成元素，它是最小的語音、語義結合體。有些詞素只有一個音節，如「玉」、「人」；有些則有兩個或兩個以上音節，如「苜蓿」、「葡萄」；沒有意義的音節不能稱爲詞素，如「苜」、「蓿」、「葡」、「萄」。

〔註42〕徐振邦《聯綿詞概論》，頁18。

〔註43〕沈晉華〈非雙聲疊韻聯綿詞的語音關聯〉，《蘇州教育學院學報》第18卷第3期，2001年9月，頁8。

產生。而後的六朝，駢文除了承繼漢代華麗的文章風格，亦包括用典、對句與
聲韻方面的強化。聯綿詞的承繼與創造，也隨著駢文的使用而盛極一時。唐代
同樣有釋義的專著，亦能在詩歌、賦體、小說等作品中見到聯綿詞的蹤跡，不
過因爲文人推廣字樣學規範字形，所以聯綿詞的字形趨於穩定。另外，本時期
的聯綿詞只是繼承前人，對聯綿詞的觀念並不嚴謹，因此隨意將聯綿詞單用與
倒用，造成聯綿詞形式鬆散。宋代開始，出現「聯綿字」的專名，並且已有開
始研究聯綿字的學者，所收錄的詞，大都是不可分割的單純詞，可見當時學者
已對「聯綿詞」有一定認知，並有學者開始以聲音的概念研究聯綿詞。明、清
時期，學者提出「謰語」觀念，並知道謰語有「義存於聲，形無固定」的特點，
開始利用聲韻關係研究聯綿詞。不過，所收錄的聯綿詞亦包含合義複詞，因此
可知雖對聯綿詞有所認識，但在劃定聯綿詞的具體範圍時，難免有失準確。近
代雖然出現收錄聯綿詞的專書，但對於聯綿詞的界定，仍然不夠清楚。直至當
代，學者開始用現代語言學的角度審視聯綿詞，定義聯綿詞爲「兩個音節構成
一個語素」，屬於雙音節單純詞。

第二節　聯綿詞的特性

王引之《經義述聞・通說上》「猶豫」條，引其父石臞先生語：

> 家大人曰：猶豫，雙聲字也，字或作猶與，分言之則曰猶、曰豫。……
> 合言之則曰猶豫，轉之則曰夷猶、曰容與。……嫌疑、狐疑、猶豫、
> 躊躇皆雙聲字，狐疑與嫌疑一聲之轉耳。後人誤讀狐疑二字，以爲
> 狐性多疑，故曰狐疑。又因〈離騷〉猶豫、狐疑相對爲文，而謂猶
> 是犬名。犬隨人行，每豫在前，待人不得，又來迎候，故曰猶豫。
> 或又謂猶是獸名，每聞人聲，即豫上樹，久之復下，故曰猶豫。或
> 又以豫字從象，而謂猶、豫俱是多疑之獸。……夫雙聲之字，本因
> 聲見義，不求諸聲而求諸字，固宜其說之多鑿也。〔註44〕

王念孫認爲，聯綿詞上下字或雙聲、或疊韻；字形靈活多變，甚至可單用、倒
用；聯綿詞表音不表義，義在音中，不在形體，既成一詞，則不當分訓，分則
穿鑿附會。竺家寧《漢語詞彙學》歸結聯綿詞的基本特性有三：「兩個音節間往

〔註44〕王引之《經義述聞》，頁 728。

往有雙聲、疊韻的關係」、「不可分訓」、「字形不定」。〔註45〕除此,周法高先生則謂:「上字和下字的偏旁往往有互相同化的趨勢。」〔註46〕

首先論「不可分訓」。如上節所言,聯綿詞是由兩個不同音節(漢字)構成的單純詞;它雖然有兩個音節,卻只有一個詞素。它是一個不可分割的整體,表達一個概念,不能拆開解釋。

徐振邦認為聯綿詞的情形能分三類:「凡是一個複音結構聯用時的意義與這個複音結構的兩個字單獨使用時的意義毫不相關;或者一個複音結構其中一個字單獨使用的意義與這個複音結構聯用時的意義相同或相近,而另一個字不能單獨使用;或者一個複音結構的兩個字都不能單獨使用,單獨使用便各自無義,這三種情況的複音節便是聯綿詞。」〔註47〕根據徐氏的分類方式,其實還能再分出兩類:一個複音結構,其中一個字單獨使用的意義與這個複音結構聯用時的意義相同或相近,而另一個字單獨使用與二字聯用毫不相關,如厭浥、騶虞、黽勉等;一個複音結構,其中一個字單獨使用的意義與這個複音結構聯用時的意義毫不相關,而另一個字不能單獨使用,如樸樕、逍遙、茹藘等。本論文即依此分析上下字本義與整體詞義關係的遠近,作為聯綿詞的分類:

(1)二字各有本義,單獨使用與二字聯用毫不相關。

(2)其中一字單用與二字聯用同義或義近,而另一字單用與二字聯用毫不相關。

(3)其中一字單用與二字聯用同義或義近,而另一字不能單獨使用。

(4)其中一字單用與二字聯用毫不相關,而另一字不能單獨使用。

(5)二字不能單獨使用,否則各自無義。

據此,分節闡述之。

必須注意的是,雖然聯綿詞是「雙音節單純詞」,屬於不可分割的整體,但研究古代文獻不能不考慮使用環境,因此,探討《詩經》裡的聯綿詞,還應旁

〔註45〕竺家寧《漢語詞彙學》,臺北:五南圖書出版公司,1999 年,頁 21～24。

〔註46〕周法高《中國古代語法・構詞篇》,臺北:中央研究院歷史語言研究所,1962 年 8 月,頁 147。

〔註47〕徐振邦《聯綿詞概論》,頁 15。

及分用〔註48〕、疊用〔註49〕、倒用〔註50〕等形式，才不會陷入「以現代觀點看待古代文獻」的誤區。

其次探討聯綿詞上下字的聲韻關係。王力《古代漢語》指出：「連緜字雖然也有不屬於雙聲疊韻的（如浩蕩、滂沱），但是，屬於雙聲疊韻的連緜字佔絕大多數。」〔註51〕當代學者在聯綿詞的分類上，大致仍依據雙聲、疊韻來劃分。徐振邦整理出以下幾類：

（1）雙聲、疊韻、非雙聲疊韻、疊字（又稱重音、疊音）：王國維《聯綿字譜》、符定一《聯綿字典》、喻遂生與郭力合撰《說文解字的複音詞》和新版《辭海》、周法高《聯綿字通說》等皆支持此說。

（2）雙聲、疊韻、疊字：王力、楊伯俊、洪誠、周大璞等人持此見解。

（3）雙聲、疊韻、雙聲兼疊韻、非雙聲疊韻：蔣禮鴻、任銘善合撰之《古漢語通論》。

（4）雙聲、疊韻、非雙聲疊韻：周秉鈞《古漢語綱要》、《中國大百科全書・語言文字卷》「聯綿字」條、《中國語言學大辭典》、《漢語大詞典》等支持此說。

（5）雙聲、疊韻：東北師範大學《古代漢語》教材。

（6）同聲聯綿詞和異聲聯綿詞：董爲光從詞彙學的角度將聯綿詞分成這兩種。

（7）完全重疊詞和部分重疊詞：程湘清《先秦雙音詞研究》將單純雙音詞分成兩類。完全重疊詞，即單純重疊詞，如夭夭、菁菁等。部分重疊詞又區分爲聲紐重疊（即雙聲）、韻部重疊（即疊韻）和雙聲兼疊韻三種。實際認爲聯綿詞包括疊音、雙聲、疊韻、雙聲兼疊韻四類，不包括非雙聲疊韻一類。〔註52〕

上述分類方式至少有兩點疏失：首先，此種語音限制容易將「非雙聲疊

〔註48〕如〈小雅・隰桑篇〉：「隰桑有阿，其葉有難。」阿難爲聯綿詞而分屬兩句。

〔註49〕如〈鄘風・君子偕老〉：「委委佗佗」，可視爲聯綿詞委佗的疊用。

〔註50〕如王念孫所言：「猶豫，轉之則曰夷猶。」夷猶可視爲猶豫的倒用，於羅列異形詞時，亦在蒐集之列。

〔註51〕王力《古代漢語》，頁545。

〔註52〕徐振邦《聯綿詞概論》，頁16～18。

韻」的聯綿詞排除在外。再者，判定雙聲、疊韻的標準往往失之過窄。由於當代對於上古音的研究仍處於擬測階段，若以「聲母相同」爲雙聲，「韻部相同」爲疊韻，則窈（影／幽）窕（定／宵）勢必得歸入「非雙聲疊韻」聯綿詞，此與傳統認知明顯不符〔註53〕；若如向熹、徐振邦等將之歸爲疊韻〔註54〕，則又自亂其例，凡此豈不徒增困擾？有鑑於此，筆者認爲上述語音分類方式不足以概括聯綿詞上下字的聲韻關係，今依實際情形，細分爲以下九類：

(1) 聲韻俱同——古音相同。如輾轉。〔註55〕

(2) 聲同韻近——聲母相同，韻部或旁轉、或對轉、或旁對轉。如厭浥。
〔註56〕

(3) 聲同韻異——聲母相同，韻部遠隔。如參差。〔註57〕

(4) 聲近韻同——發聲部位相同、相近、或發聲方法相同，韻部相同。如芣苢。〔註58〕

(5) 聲異韻同——聲母遠隔，韻部相同。如崔嵬。〔註59〕

(6) 聲近韻近——發聲部位相同、相近、或發聲方法相同，韻部或旁轉、或對轉、或旁對轉。如蒙戎。〔註60〕

〔註53〕幽、宵陰聲旁轉，窈窕可歸疊韻。朱駿聲《說文通訓定聲》即將窈窕歸入「疊韻連語」。

〔註54〕詳見向熹〈詩經裏的複音詞〉，《詩經語文論集》，成都：四川民族出版社，2002年7月，頁40；徐振邦《聯綿詞概論》，頁175。

〔註55〕輾，知演切，聲屬知母，古歸端母，古韻在元部；轉，陟兗切，聲屬知母，古歸端母，古韻在元部。知母雙聲，元部疊韻。輾轉聲韻俱同。

〔註56〕厭，於葉切，聲屬影母，古韻在談部；浥，於汲切，聲屬影母，古韻在緝部。影母雙聲，談、緝旁對轉。厭浥聲同韻近。

〔註57〕參，楚簪切，聲屬初母，古歸清母，古韻在侵部；差，楚宜切，聲屬初母，古歸清母，古韻在歌部。清母雙聲，侵、歌遠隔。參差聲同韻異。

〔註58〕芣，縛謀切，聲屬奉母，古歸並母，古韻在之部；苢，羊己切，聲屬喻母，古歸定母，古韻在之部。並、定同位，之部疊韻。芣苢聲近韻同。

〔註59〕崔，昨回切，聲屬從母，古韻在微部；嵬，五灰切，聲屬疑母，古韻在微部。從、疑遠隔，微部疊韻。崔嵬聲異韻同。

〔註60〕蒙，莫紅切，聲屬明母，古韻在東部；戎，如融切，聲屬日母，古歸泥母，古韻在冬部。明、泥同位，東、冬陽聲旁轉。蒙戎聲近韻近。

（7）聲異韻近——聲母遠隔，韻部或旁轉、或對轉、或旁對轉。如窈窕。〔註61〕

（8）聲近韻異——發聲部位相同、相近、或發聲方法相同，韻部遠隔。如戚施。〔註62〕

（9）聲韻畢異——聲母、韻部遠隔。如滂沱。〔註63〕

本論文第三、四章「聯綿詞析論」各條聲韻分析及第五章「《詩經》聯綿詞譜」，即依此分類。

其次論「字形不定」。聯綿詞只有表音作用，字形與詞義之間並無必然的聯繫，原則上凡是能夠記錄聯綿詞讀音的漢字都可以使用，所以古書往往字無定寫。韓陳其認為造成書寫形式歧異、複雜的原因有三：

（1）由音同或音近的字替代，而造成異形詞。〔註64〕例如：猶豫／猶預／猶與／懮與。

（2）由異體字或因古今體不同而造成異寫詞。例如：慷慨／忼慨／忼㥏。「忼」為「慷」的古體字；又「㥏」為「慨」的異體字。

（3）由字形訛變而造成異寫詞。例如：莫邪／莫耶／莫門。「耶」與「邪」形近，所以「莫邪」訛變為「莫耶」；又「耶」與「門」形近，所以「莫耶」訛變為「莫門」。〔註65〕

第一項與第三項原因，人為的成分濃厚。前者是因傳抄者了解聯綿詞「寄於聲而不託於形」的特性，所以選擇同音字代替；後者則是抄寫過程中，因形近而誤。

最後論「偏旁同化」。聯綿詞一詞多形、新舊詞形並存的現象並不利於語言

〔註61〕 窈，烏晈切，聲屬影母，古韻在幽部；窕，徒了切，聲屬定母，古韻在宵部。影、定遠隔，幽、宵陰聲旁轉。窈窕聲異韻近。

〔註62〕 戚，倉歷切，聲屬清母，古韻在覺部；施，式支切，聲屬審母，古歸透母，古韻在歌部。清、透同位，覺、歌遠隔。戚施聲近韻異。

〔註63〕 滂，普郎切，聲屬滂母，古韻在陽部；沱，徒河切，聲屬定母，古韻在歌部。滂、定遠隔，陽、歌遠隔。滂沱聲韻畢異。

〔註64〕 同形詞與異形詞是相對的概念。所謂同形詞，是指字形相同而音、義不同的詞，如「為」這個字，可以表示「行為」的為，也可以表示「因為」的為。所謂異形詞，則是指一詞多形的現象。聯綿詞大多有異形詞。

〔註65〕 韓陳其《漢語詞滙論稿》，南京：江蘇古籍出版社，2002 年 1 月，頁 168～170。

的交際，最後聯綿詞字形就會慢慢固定，從「無定字」發展成「有定字」。李正芬說：「聯綿詞雖是以音表義，但仍受制於文字的書寫，自然無法孤立於漢字演化之外，因此聯綿詞的字形發展，有義符類化，或另加形符的傾向，在靜態共時的平面上，聯綿詞確實多具有相同的形符偏旁，若以歷時動態的角度觀察，則知此種情形帶有人爲刻意的色彩。」〔註66〕偏旁同化固然是漢字演化的必然趨勢，卻也是造成聯綿詞逐漸消失的原因之一。〔註67〕

綜合上述所論，聯綿詞由兩個不同音節（漢字）所構成，只能表示一個詞素，不能拆開解釋。聯綿詞爲記音載體，在音節之間多數有聲韻關係，如：輾轉、睍睆等，但也有部分例外，如：滂沱、騶虞等。聯綿詞的字形，主要爲記音，所以字形選用與聯綿詞詞義無關，因此有「字形不定」的情況，如：栗烈、炰烋，不過也有無字形不定的情形，如靰掌、鴛鴦。隨著漢字發展，聯綿詞增加形符以表義，甚至趨於同化，如：委蛇、戚施等。總結上述，歸納聯綿詞特性如下：

1. 只表示一個詞素，不可分訓
2. 音節之間大多有聲韻關係
3. 大多字形不定
4. 大多偏旁同化

本論文以上述四點，進行《詩經》聯綿詞的析論。

第三節 相關詞語說明

（一）字與詞

聯綿字與聯綿詞雖然同名異實，但是嚴格說起來，稱「聯綿字」並不嚴謹，關鍵在於「字」與「詞」的區別。「字」是書寫單位，重在形體；又「詞」是語言單位，重在音、義。在文字學家眼中，「獨體爲文，合體爲字」，文與字判然有別，但從語言研究的角度來看，不管是文還是字，都是記錄語言的符號。雖

〔註66〕李正芬〈試論聯綿詞組構要素的歷史變化與發展——以《經典釋文》音義注釋爲主〉，頁106～107。

〔註67〕如表示「寒氣」的聯綿詞「栗烈」偏旁同化爲「凓冽」，變成形聲字。「凓冽」的形符「仌」有寒義，容易讓人誤以爲凓冽是並列式合義複詞。

然文字不能脫離語言而獨立，但它並不是語言研究的單位，語言研究是以語言使用上可以表達意義的最小單位——「詞」爲對象。

呂叔湘《語法學習》謂：「一個字可能是一個詞，也可能不是一個詞；一個詞可能只有一個字，也可能不止一個字。」〔註68〕如「日」、「月」、「山」、「川」、「大」、「小」等，雖然只有一個「字」，卻足以表達意義，這時候，「字」就等於「詞」；不過像「徘」、「徊」、「逍」、「遙」等，書寫時也成「字」，卻不能表達意義，必須將「徘」、「徊」合成「徘徊」，「逍」、「遙」合成「逍遙」才具有意義，這時候，「徘」、「徊」、「逍」、「遙」只是「詞」的其中一個音節，「徘徊」、「逍遙」才能稱爲「詞」。凡是一個字就可以表達意義，獨立成「詞」的，稱爲「單音詞」，簡稱「單詞」；要由兩個或兩個以上的音節合起來才能表達意義、才能成「詞」的，就叫做「複音詞」，簡稱「複詞」。

聯綿詞上下二字共表一義，拆開來單獨使用，或者無意義，或者與原詞義迥別，從這個角度來看，稱它爲「聯綿詞」，比稱「聯綿字」更爲妥切。

（二）衍聲詞與合義詞

複音詞主要有「衍聲詞」、「合義詞」與「派生詞」三類。派生詞由詞根加詞綴構成〔註69〕，不在本文討論範圍之內。衍聲詞把漢字當音標使用，所重在音；合義詞合二字字義以成詞，所重在義。衍聲詞可分爲聯綿詞、擬聲詞、音譯詞三類；合義詞根據構成方式的不同，則可分爲並列式、主從式、動賓式、動補式、主謂式等五種。〔註70〕

擬聲詞，一種模擬聲音的詞彙。《詩經》裡的擬聲詞，如「關關」雎鳩、伐木「丁丁」等，都是以重言〔註71〕的方式呈現，並非由「兩個不同音節」構成，所以本文不列入討論。至於音譯詞，則是一種用音譯〔註72〕方式產生的詞。理

〔註68〕呂叔湘《語法學習》，香港：三聯書店，2008 年，頁 10。

〔註69〕竺家寧《漢語詞彙學》：「所謂『派生』，是在詞根的前、後或中間塞入附加成分而構成的詞。這個附加成分稱爲『詞綴』；塞在詞根前頭的詞綴叫作『詞頭』，也可以稱爲『前綴』；塞在詞根後頭的詞綴叫作『詞尾』，也可以稱爲『後綴』；塞在詞根中間的詞綴叫作『詞嵌』，也可以稱爲『中綴』。」詳見該書頁 156。

〔註70〕上述分類方式依竺家寧《漢語詞彙學》所說。詳見該書頁 21、54。

〔註71〕重言，又稱疊字，疊相同之字以爲一詞。

〔註72〕《漢語大詞典》：「音譯，把一種語言的語詞用另一種語言中與它發音相同或近似

論上，凡是由兩個不同音節構成的單純詞，都應該在本文討論範圍之內，但實際上，聯綿詞是古代漢語一種特殊的詞彙現象，而音譯詞則是一種產生新詞的手段，況且不見得所有音譯詞都是雙音節，把音譯詞併入聯綿詞討論，未必合適。〔註73〕

衍聲詞與合義詞絕大多數是雙音節詞，在這一點上並無二致，兩者最大的差別在詞素：衍聲詞二字只表音不表義，它是只有一個詞素的單純詞；合義詞合二字字義以成詞，所以有兩個詞素。從這一點可以區別衍聲詞與合義詞，同樣也是區別聯綿詞或合義詞的依據，關於這一點，前面已陸續提及，不贅述。

（三）疊音詞與疊義詞

《詩經》重言分「擬聲」、「疊音」、「疊義」三類。〔註74〕

所謂「疊音詞」，是指由兩個相同的單音節（漢字）重疊而成的雙音節單純詞。如〈周南‧兔罝〉：「肅肅兔罝。」聞一多《詩經新義》謂：「『肅肅』即『縮縮』、『數數』，網目細密之貌也。」〔註75〕《說文》云：「肅，持事振敬也。」肅的本義與「網目細密」無關，「肅肅」不可分訓。肅肅、縮縮、數數，字形不定。汪維懋《漢語重言詞詞典》指出：

> （疊音詞）和其它聯綿詞一樣，兩個音節渾然一體，共表一義，不
> 可拆開理解，不能從單字的形體上去尋求它的意義。……這類詞的
> 另一個特點，是和其它聯綿詞一樣，由於字只記音，不表義，所以
> 同一詞往往有多種寫法，即音義相同的詞往往有兩個或多個。〔註76〕

雖然疊音詞也有「不可分訓」、「字形不定」等特性〔註77〕，但它畢竟是由單音

的語音表示出來。」

〔註73〕《詩經》絕少外來語，即便如「玁狁」一詞，也因年代久遠，無法判斷是否為音譯，所以只要合乎雙音節單純詞的條件，本論文一律視同聯綿詞處理。至於佛教傳入後產生的音譯詞，如「般若」（智慧）、「浮屠」（佛陀）等，就算符合條件，也不宜併入聯綿詞討論。

〔註74〕重言形式的擬聲詞與疊音詞同樣是由單音節重疊使用而成，所以多數學者，如竺家寧、汪維懋等人，都把「重言形式的擬聲詞」併入疊音詞討論。

〔註75〕聞一多《詩經新義》，《聞一多全集》（二），臺北：里仁書局，1996年，頁73。

〔註76〕汪維懋《漢語重言詞詞典》，北京：軍事誼文出版社，1999年12月初版，頁1。

〔註77〕它是由兩個相同的單音節重疊而成，所以不會有「上下二字，或雙聲，或疊韻」

節重疊使用而成，既不是由「兩個不同音節」組成，也不會有「雙聲疊韻」及「偏旁同化」等特性，還是獨立出來自成一類較合適。

疊義詞，「由單音節詞重疊使用而形成的，與其單音詞意義相同、相近或相關，具有相對穩定性和獨立性的雙音節詞。」〔註78〕如〈召南・草蟲〉：「趯趯阜螽。」《傳》：「趯趯，躍也。」《說文》云：「趯，躍也。」重言「趯趯」用的是單音詞的本義。又如〈周南・漢廣〉：「翹翹錯薪。」《正義》：「翹翹，高貌。」《說文》云：「翹，尾長毛也。」段注：「尾長毛必高舉，故凡高舉曰翹。」翹的本義是「尾長毛」，引申有「高舉」的意思，所以重言「翹翹」用的是單音詞的引申義。既然疊義詞用的是單音詞的本義或引申義〔註79〕，本質上不屬於衍聲複詞，所以不在本文討論範圍之內。

（四）聯綿詞與假借字

假借是讀懂古書最大的障礙，自毛、鄭以降，莫不以破除假借為首務，乾嘉學者用力尤勤，其中又以王氏父子貢獻最著。王引之《經義述聞・序》引其父語：

> 訓詁之指存乎聲音，字之聲同聲近者，經傳往往假借。學者以聲求義，破其假借之字而讀以本字，則渙然冰釋；如其假借之字而強為之解，則詰籥為病矣。〔註80〕

讀《詩》必先通假借，破除假借，改讀本字，才可以使詩義「渙然冰釋」；但是，反過來說，若於經義難通處輕言假借，豈不讓詩義更加隱晦？

古代經師注經多秉持「有字必有音，有音必有義」的原則，遇到「經義難通處」，往往找一個聲音相同或相近，詩義又解釋得通的字代入。這種方法不能說不科學，但只能對單音詞或合義複詞生效，一旦遇到聯綿詞便會窒礙難行，或者穿鑿附會強加分釋，或者強求本字，把渾然一體的聯綿詞詞義解釋得支離

及「偏旁同化」這兩種特性。

〔註78〕汪維懋《漢語重言詞詞典》，頁2。

〔註79〕用本義者，如〈召南・草蟲〉：「趯趯阜螽。」《傳》：「趯趯，躍也。」《說文》云：「趯，躍也。」重言之則曰趯趯。用引申義者，如〈周南・漢廣〉：「翹翹錯薪。」《正義》：「翹翹，高貌。」《說文》云：「翹，尾長毛也。」段注：「尾長毛必高舉，故凡高舉曰翹。」翹之本義為尾長毛，引申有「高舉」之義，重言則曰翹翹。

〔註80〕王引之《經義述聞》，頁2。

破碎，面目全非。徐振邦說：

> 聯綿詞的兩個字是一個詞素，詞義是由兩個字共同承擔的，分開後，
> 只有音、形而無義，即便有義，也是和聯綿義毫不相干，或者是一
> 字之義與聯綿義相同或相近，而另一字獨立不成辭，連一個詞素也
> 不是，怎能將它們當作一個獨立的單音詞來考察呢？而古今談聯綿
> 詞中的假借字的學者都是把聯綿詞中的字當作獨立的單音詞來談
> 的。〔註81〕

聯綿詞「義存乎聲」，是以音合非義合，既成一詞，固然不可分訓，更不必強求
本字。

〔註81〕徐振邦《聯綿詞概論》，頁150。

第三章 〈國風〉聯綿詞析論

聯綿詞是不同音節（漢字）構成的單純詞，它只有一個詞素，爲一個不可分割的整體。換句話說，聯綿詞既是「以形記音」，同時也是「以音表義」的表現，語音爲相當重要的一環。但在尋找聯綿詞語音之前，應先確認是否爲一個「詞素」，才能進一步觀察其語音關係。因此，以上、下字本義與詞義關係的歸類情況，能證明複音詞是否共表一義。

根據聯綿詞的情況，以上下字本義與整體詞義關係的遠近，將聯綿詞分成五類：（1）二字各有本義，單獨使用與二字聯用毫不相關。（2）其中一字單用與二字聯用同義或義近，而另一字單用與二字聯用毫不相關。（3）其中一字單用與二字聯用同義或義近，而另一字不能單獨使用。（4）其中一字單用與二字聯用毫不相關，而另一字不能單獨使用。（5）二字不能單獨使用，否則各自無義。爲了清楚表示聯綿詞上、下字與聯綿詞詞義的關係，以下將用 A、B 代表聯綿詞上、下字，C 代表聯綿詞詞義，分爲成五節：

第一節 A、B 各有本義，兩者與 C 無關

1. 窈 窕

〈周南・關雎〉一、二、四、五章：「窈窕淑女。」《傳》：「窈窕，幽閒也。……言后妃有關雎之德，是幽閒貞專之善女，宜爲君子之好匹。」

《箋》：「言后妃之德和諧，則幽閒處深宮、貞專之善女，能爲君子和好眾妾之怨者。」〔註1〕《正義》：「窈窕者，謂淑女所居之宮，形狀窈窕然，故《箋》言『幽閒深宮』是也，《傳》知然者，以其淑女已爲善稱，則窈窕宜爲居處，故云『幽閒』，言其幽深而閒靜也。」〔註2〕

案：焦循《毛詩補疏》云：「經以窈窕爲女之淑，毛以『幽閒』解窈窕，慮幽閒不足以明女之善，故申言『貞專』，惟貞專乃能幽閒。《箋》增『處深宮』三字於幽閒之下，亦以處深宮明其幽閒，非謂窈窕當訓以處深宮也。《正義》云：『窈窕者，謂淑女所居之宮，形狀窈窕然』，失《傳》義，亦非《箋》義。」〔註3〕焦氏所言固能駁斥《正義》，唯仍有可議之處：二、三章明言「寤寐求之」、「寤寐思服」，知此時「淑女」與「君子」尚未得成佳偶，焉能「處深宮」、「和好眾妾之怨」？再者，《傳》：「淑，善。」已知女子具有婦德，而「幽閒」、「貞專」亦婦德也，若以「幽閒」訓「窈窕」，豈不累贅？戴震《毛鄭詩考正》認爲：「窈窕，謂容也，其容幽閒窈窕然。禮四教：婦德、婦言、婦容、婦功。容者，德之表。」〔註4〕戴氏謂「窈窕」指婦容，誠具卓識，惜仍囿於《傳》義，而以「其容幽閒窈窕然」含混略之。王先謙《詩三家義集疏》稱：「《魯》說曰：窈窕，好貌。」〔註5〕《廣雅‧釋詁》云：「窈窕，好也。」〔註6〕《方言疏證》云：「自關而西秦晉之間，凡美色或謂之好。」〔註7〕高本漢《詩經注釋》指出：「古代字書總是把『好』字解作『美麗』，和『美』字同義。」〔註8〕訓窈窕爲美麗，全句謂婦容、婦德兼具之女子「宜爲君子之好匹」，義更妥切。

〔註1〕《詩經》，阮刻《十三經注疏》本，藝文印書館影印，頁20。

〔註2〕《詩經》，頁21。

〔註3〕焦循《毛詩補疏》，《皇清經解毛詩類彙編》，臺北：藝文印書館，1986年，頁852。

〔註4〕戴震《毛鄭詩考正》，《皇清經解毛詩類彙編》，臺北：藝文印書館，1986年，頁431。

〔註5〕王先謙《詩三家義集疏》（上），臺北：世界書局，1979年，頁12。

〔註6〕王念孫《廣雅疏證》，南京：江蘇古籍出版社，2000年，頁25。

〔註7〕戴震《方言疏證》，《續修四庫全書》經部，據孔繼涵刻《微波榭叢書》本影印，上海：上海古籍，1995年，頁422。

〔註8〕高本漢（撰）、董同龢（譯）《高本漢詩經注釋》（上、下），臺北：中華叢書編審委員會，1960年，上冊，頁1。

《說文》云：「窈，深遠也」〔註9〕；又「窕，深肆極也」〔註10〕。二字本義與「美麗」無關，窈、窕不可分訓。〔註11〕

窈，烏晈切〔註12〕，聲屬影母，古韻在幽部；窕，徒了切〔註13〕，聲屬定母，古韻在宵部。影、定遠隔，幽、宵陰聲旁轉。窈窕聲異韻近。

「窈窕」字形不定。〈陳風・月出〉：「舒『窈糾』兮」、「舒『懮受』兮」、「舒『夭紹』兮」，馬瑞辰《毛詩傳箋通釋》云：「『窈糾』猶窈窕，皆疊韻，與下『懮受』、『夭紹』同為形容美好之詞。」〔註14〕《晉書・后妃列傳下・恭思褚皇后》「芬實窈窕」注：「窈窕，一作『苗條』。」〔註15〕《方言疏證》：「『釥嫽』〔註16〕，好也。」〔註17〕程燕《詩經異文輯考》云：「窈，馬王堆帛書作『茭』……窕，馬王堆帛書作『芍』。」〔註18〕茭芍，偏旁同化。

2. 參 差

〈周南・關雎〉二、四、五章：「參差荇菜。」《正義》：「參差然不齊之荇菜。」〔註19〕

〔註9〕《說文》，頁346。

〔註10〕《說文》，頁346。

〔註11〕段玉裁《小箋》：「幽釋窈，闐釋窕。」《方言》卷二：「美狀為窕，美心為窈。」二家以為詞彙中的每一個字都有含意，所以主觀地把窈窕拆開來解釋，難免失之穿鑿。

〔註12〕陳彭年（重修）、林尹（校訂）《新校正切宋本廣韻》（以下簡稱《廣韻》），臺北：黎明文化事業公司，1992年，頁296。

〔註13〕《廣韻》，頁296。

〔註14〕馬瑞辰《毛詩傳箋通釋》，臺北：廣文書局，1971年，頁128。

〔註15〕苗，武瀌切，聲屬微母，古歸明母，古韻在宵部；條，徒聊切，聲屬定母，古韻在幽部。苗、窈聲異韻近；條、窕聲同韻近。苗條為窈窕的異寫詞。房玄齡《晉書・后妃列傳下・恭思褚皇后》，《百衲本二十四史》影印海寧蔣氏衍芬草堂藏宋本，臺北：臺灣商務，2010年，頁253。

〔註16〕釥，古堯切，聲屬見母，古韻在宵部；嫽，力小切，聲屬來母，古韻在宵部。釥、窈聲近韻近；嫽、窕聲近韻同。釥嫽為窈窕的異寫詞。

〔註17〕戴震《方言疏證》，頁422。

〔註18〕茭，古肴切，聲屬見母，古韻在宵部；芍，胡了切，聲屬匣母，古韻在藥部。茭、窈聲近韻近；芍、窕聲近韻近。茭芍為窈窕的異寫詞。程燕《詩經異文輯考》，合肥：安徽大學出版社，2010年6月，頁4。

〔註19〕《詩經》，頁21。

案：《說文》云：「參，參、商，星也」〔註20〕；又「差，貳也」〔註21〕；又「貳，從人求物也」〔註22〕。參本義爲星名，差本義向人求物，皆與「不齊」無關，二字不可分訓。

參，楚簪切〔註23〕，聲屬初母，古歸清母，古韻在侵部；差，楚宜切〔註24〕，聲屬初母，古歸清母，古韻在歌部。清母雙聲，侵、歌遠隔。參差聲同韻異。

「參差」字形不定。王先謙《詩三家義集疏》云：「三家『參』作『槮』。」〔註25〕〈邶風・燕燕〉：「『差池』其羽。」《楚辭・劉向・九歎・遠逝》：「石『嶒嵯』〔註26〕以翳日」，洪《補注》：「嶒嵯，山不齊。」〔註27〕《楚辭・劉向・九歎・思古》：「山參差以嶄巖兮」王注：「參差，一作『嵾嵳』。」〔註28〕嶒嵯、嵾嵳，偏旁同化。

3. 痯瘏

〈周南・卷耳〉：「我馬痯瘏。」《傳》：「痯瘏，病也。」〔註29〕《正義》：「痯瘏者，病之狀。」〔註30〕

案：聞一多《詩經通義》云：「古言疲勞力竭，不能自勝，亦謂之病。……本篇『痯瘏』、『玄黃』、『瘏』、『痛』，《傳》皆訓病，即用此義。……痯瘏乃

〔註20〕《說文》，頁313。

〔註21〕《說文》，頁200。

〔註22〕《說文》，頁280。

〔註23〕《廣韻》，頁220。

〔註24〕《廣韻》，頁48。

〔註25〕槮，所今切，聲屬疏母，古歸心母，古韻在侵部。槮、參聲近韻同。槮差爲參差的異寫詞。王先謙《詩三家義集疏》（上），頁12。

〔註26〕嶒同嵾。嵾，楚簪切，聲屬初母，古歸清母，古韻在侵部；嵯，楚宜切，聲屬初母，古歸清母，古韻在歌部。嵾、參聲韻俱同；嵯、差聲韻俱同。嶒嵯爲參差的異寫詞。

〔註27〕洪興祖《楚辭補注》，頁294。

〔註28〕嵾，楚簪切，聲屬初母，古歸清母，古韻在侵部；嵳，昨何切，聲屬從母，古韻在歌部。嵾、參聲韻俱同；嵳、差聲近韻同。嵾嵳爲參差的異寫詞。洪興祖《楚辭補注》，頁306。

〔註29〕《詩經》，頁33。

〔註30〕《詩經》，頁34。

病之徵象，《傳》以病釋虺隤，乃以原因釋現象，非謂虺隤即病也。」〔註31〕
《釋文》曰：「虺，《說文》作『痕』《爾雅》同孫炎云『馬退不能升之病也』。」
〔註32〕又王先謙《詩三家義集疏》引郝懿行云：「痕字誤，《說文》作瘣，病也。」
〔註33〕二家所說甚是。

　　《說文》云：「虺，以注鳴者」〔註34〕；又「隤，下隊也」〔註35〕。二字本
義與「病」迥別，虺、隤不可分訓。

　　虺，呼懷切〔註36〕，聲屬曉母，古韻在微部；隤，杜回切〔註37〕，聲屬定
母，古韻在微部。曉、定遠隔，微部疊韻。虺隤聲異韻同。

　　「虺隤」字形不定。王先謙《詩三家義集疏》云：「三家『虺』作『瘣』，
『隤』作『頹』。」〔註38〕《楚辭·王逸·九思·逢尤》：「車軏折兮馬『虺積』
〔註39〕」，洪《補注》：「《集韻》作『𧯆𧯇』。」〔註40〕《玉篇·尤部》：「虺，『虺
𧯇』〔註41〕，馬病。」〔註42〕《易林·遯·睽》：「南山高罡，『回隤』〔註43〕

〔註31〕聞一多《詩經通義》，《聞一多全集》（二），臺北：里仁書局，1996年，頁112。
〔註32〕陸德明《經典釋文·毛詩音義》，《國學名著珍本彙刊》語言文字學彙刊之一，臺
　　　　北：鼎文書局，1975年，頁54。
〔註33〕王先謙《詩三家義集疏》（上），頁17。
〔註34〕《說文》，頁664。
〔註35〕《說文》，頁732。
〔註36〕《廣韻》，頁95。
〔註37〕《廣韻》，頁97。
〔註38〕瘣，胡罪切，聲屬匣母，古韻在微部；頹，杜回切，聲屬定母，古韻在微部。瘣、
　　　　虺聲近韻同；頹、隤聲韻俱同。瘣頹為虺隤的異寫詞。王先謙《詩三家義集疏》（上），
　　　　頁17。
〔註39〕積，杜回切，聲屬定母，古韻在微部。積、隤聲韻俱同。虺積為虺隤的異寫詞。
〔註40〕《集韻》作𧯆𧯇。，呼乖切，聲屬曉母，古韻在微部；𧯇，憧乖切，聲屬穿母，古
　　　　歸透母，古韻在微部。虺、𧯆聲韻俱同；𧯇、隤聲近韻同。𧯆𧯇為虺隤的異寫詞。
　　　　洪興祖《楚辭補注》，頁315。
〔註41〕虺，呼恢切，聲屬曉母，古韻在微部；𧯇，徒回切，聲屬定母，古韻在微部。虺、
　　　　虺聲韻俱同；𧯇、隤聲韻俱同。虺𧯇為虺隤的異寫詞。
〔註42〕顧野王《玉篇》，《古經解彙函·小學彙函》據蘇州張氏澤存堂本，京都：中文出
　　　　版社，1998年，卷下，頁3407。
〔註43〕回，戶恢切，聲屬匣母，古韻在微部。回、虺聲近韻同。回隤為虺隤的異寫詞。

難登。」〔註44〕《爾雅‧釋詁下》：「痛、瘏、『勄頹』、玄黃，病也。」〔註45〕勄熲，偏旁同化。

4. 委 蛇

〈召南‧羔羊〉一、二、三章：「委蛇委蛇。」《傳》：「委蛇，行可從迹也。」《箋》：「委蛇，委曲自得之貌。」〔註46〕

案：〈鄘風‧君子偕老〉：「委委佗佗，如山如河。」聞一多《風詩類鈔》云：「委蛇，行步委曲雍容自得貌。如山脈，如河流，蜿蜒而曲折也。」〔註47〕委蛇委蛇即委委佗佗〔註48〕，二詩可相互印證。根據聞氏所言，當以《箋》義為勝。

《說文》云：「委，委隨也。」〔註49〕蛇是它的後出增體字，《說文》云：「它，虫也。从虫而長。象冤曲垂尾形。」〔註50〕委、蛇本義與「委曲自得之貌」無關，二字不可分訓。

委，於為切〔註51〕，聲屬影母，古韻在微部；蛇，弋支切〔註52〕，聲屬喻母，古歸定母，古韻在歌部。影、定遠隔，微、歌陰聲旁轉。委蛇聲異韻近。

「委蛇」字形不定。方以智《通雅》：「逶迆〔註53〕一作『委蛇』、『蝛蛇』〔註54〕、『逶蛇』、『委佗』、『遺蛇』〔註55〕、『委它』〔註56〕、『倭遲』、『倭夷』

〔註44〕 焦贛《易林》，《百子全書》術數類，臺北：黎明文化，1996年，頁5009。

〔註45〕 郭璞（注）、邢昺（疏）《爾雅》，臺北：藝文印書館，1997年，頁22。

〔註46〕 《詩經》，頁57。

〔註47〕 聞一多《風詩類鈔》，《聞一多全集》（四），臺北：里仁書局，2000年，頁71。

〔註48〕 屈萬里《詩經詮釋》：「古疊字往往不重書，但於首字下記以略小之二字。委委佗佗，古蓋寫作委佗，當讀作委佗委佗，與〈召南‧羔羊〉之委蛇委蛇同。」

〔註49〕 《說文》，頁619。

〔註50〕 《說文》，頁678。

〔註51〕 《廣韻》，頁42。

〔註52〕 《廣韻》，頁41。

〔註53〕 逶，於為切，聲屬影母，古韻在微部；迆，余支切，聲屬喻母，古歸定母，古韻在歌部。逶、委聲韻俱同；迆、蛇聲韻俱同。逶迆為委蛇的異寫詞。

〔註54〕 蝛，於為切，聲屬影母，古韻在微部。蝛、委聲韻俱同。蝛蛇為委蛇的異寫詞。

〔註55〕 遺，以醉切，聲屬喻母，古歸定母，古韻在微部。遺、委聲異韻同。遺蛇為委蛇的異寫詞。

〔註56〕 它，託何切，聲屬透母，古韻在歌部。它、蛇聲近韻同。委它為委蛇的定形不定。

〔註57〕、『威夷』〔註58〕、『威遲』、『郁夷』〔註59〕、『褘隋』〔註60〕、『遪池』〔註61〕、『褘隋』〔註62〕、『褘它』、『倭他』〔註63〕、『委移』〔註64〕、『歸邪』〔註65〕、『隔陭』〔註66〕、『委陀』〔註67〕、『踒徥』〔註68〕、『委維』〔註69〕、『委壝』〔註70〕、『靡匜』〔註71〕、『遫池』、『委虵』、『蝛虵』〔註72〕、『蝛虵』〔註73〕、『踒跎』〔註74〕、『逶迤』〔註75〕、『委池』各異其連呼聲義則一也。」

〔註57〕 夷，以脂切，聲屬喻母，古歸定母，古韻在脂部。夷、蛇聲同韻近。倭夷為委蛇的異寫詞。

〔註58〕 威，於非切，聲屬影母，古韻在微部。威、委聲韻俱同。威夷為委蛇的異寫詞。

〔註59〕 郁，於六切，聲屬影母，古韻在之部。郁、委聲同韻異。郁夷為委蛇的異寫詞。

〔註60〕 褘，許歸切，聲屬曉母，古韻在微部；隋，弋支切，聲屬喻母，古歸定母，古韻在歌部。褘、委聲近韻同；隋、蛇聲韻俱同。褘隋為委蛇的異寫詞。

〔註61〕 遪，於為切，聲屬影母，古韻在微部；池，余支切，聲屬喻母，古歸定母，古韻在歌部。遪、委聲韻俱同；池、蛇聲韻俱同。遪池為委蛇的異寫詞。

〔註62〕 隋，旬為切，聲屬邪母，古歸定母，古韻在歌部。隋、蛇聲韻俱同。褘隋為委蛇的異寫詞。

〔註63〕 他，託何切，聲屬透母，古韻在歌部。他、蛇聲近韻同。倭他為委蛇的定形不定。

〔註64〕 移，弋支切，聲屬喻母，古歸定母，古韻在職部。移、蛇聲同韻異。委移為委蛇的異寫詞。

〔註65〕 歸，居揮切，聲屬見母，古韻微部；邪，似嗟切，聲屬邪母，古歸定母，古韻在魚部。歸、委聲近韻同；邪、蛇聲同韻異。歸邪為委蛇的異寫詞。

〔註66〕 隔，為詭切，聲屬為母，古歸匣母，古韻在支部；陭，於奇切，聲屬影母，古韻在歌部。隔、委聲近韻異；陭、蛇聲異韻同。隔陭為委蛇的異寫詞。

〔註67〕 陀，徒河切，聲屬定母，古韻在歌部。陀、蛇聲韻俱同。委陀為委蛇的異寫詞。

〔註68〕 徥，以脂切，聲屬喻母，古歸定母，古韻在脂部。徥、蛇聲同韻近。踒徥為委蛇的異寫詞。

〔註69〕 維，以追切，聲屬喻母，古歸定母，古韻在脂部。維、蛇聲同韻近。委維為委蛇的異寫詞。

〔註70〕 壝，以追切，聲屬喻母，古歸定母，古韻在脂部。壝、蛇聲同韻近。委壝為委蛇的異寫詞。

〔註71〕 靡，文彼切，聲屬微母，古韻在微部；匜，弋支切，聲屬喻母，古歸定母，古韻在歌部。靡、委聲異韻同；匜、蛇聲韻俱同。靡匜為委蛇的異寫詞。

〔註72〕 蝛，於為切，聲屬影母，古韻在微部。蝛、委聲韻俱同。蝛虵為委蛇的異寫詞。

〔註73〕 蝛，於非切，聲屬影母，古韻在微部。蝛、委聲韻俱同。蝛虵為委蛇的異寫詞。

〔註76〕〈費鳳別碑〉:「君有『透虵』〔註77〕之節。」〔註78〕〈漢成陽令唐扶頌〉:
「在朝『透隨』。」〔註79〕〈衛尉衡方碑〉:「『褘隋』在公。」〔註80〕程燕《詩
經異文輯考》謂:「蛇,敦煌本或作『虵』,或作『蚔』。」〔註81〕透迤、蜲蛇、
遰池、倭他、隔隋、逶池、踒跒、透迱,偏旁同化。

5. 差 池

〈邶風‧燕燕〉:「差池其羽。」《傳》:「燕之于飛,必差池其羽。」《箋》
云:「差池其羽,謂張舒其尾翼。」〔註82〕

案:朱熹《詩集傳》曰:「差池,不齊之貌。」〔註83〕馬瑞辰《毛詩傳箋通
釋》謂:「差池二字疊韻,義與參差同,皆不齊之貌。」〔註84〕二家所言甚碻。

《說文》云:「差,貳也」〔註85〕;又「池,陂也」〔註86〕。差、池本義皆
與「不齊」無關,二字不可分訓。

〔註74〕踒,邕危切,聲屬影母,古韻在微部;跒,徒河切,聲屬定母,古韻在歌部。踒、
委聲韻俱同;跒、蛇聲韻俱同。踒跒爲委蛇的異寫詞。

〔註75〕迱,徒河切,聲屬定母,古韻在歌部。迱、蛇聲韻俱同。透迱爲委蛇的異寫詞。

〔註76〕方以智《通雅》,《中華漢語工具書書庫》據《四庫全書》本,合肥:安徽教育,
2002年,頁577。

〔註77〕虵,弋支切,聲屬喻母,古歸定母,古韻在歌部。虵、蛇聲韻俱同。透虵爲委蛇
的異寫詞。

〔註78〕洪适《隸釋;隸續》,《古代字書輯刊》據洪氏晦櫥刻影印,北京:中華書局,1986
年,頁109。

〔註79〕隨,旬爲切,聲屬邪母,古歸定母,古韻在歌部。隨、蛇聲韻俱同。透隨爲委蛇的
異寫詞。洪适《隸釋;隸續》,頁60。

〔註80〕洪适《隸釋;隸續》,頁90。

〔註81〕蚔,弋支切,聲屬喻母,古歸定母,古韻在歌部。蚔、蛇聲韻俱同。委蚔爲委蛇的
異寫詞。程燕《詩經異文輯考》,頁30。

〔註82〕《詩經》,頁77。

〔註83〕朱熹《詩集傳》,《朱子全書》,《安徽古籍叢書》,《四部叢刊三編》影印日本靖嘉
文庫本,上海:上海古籍出版社,2002年,頁424。

〔註84〕馬瑞辰《毛詩傳箋通釋》,頁35。

〔註85〕《說文》,頁200。

〔註86〕《說文》,頁553。

　　差，楚宜切〔註87〕，聲屬初母，古歸清母，古韻在歌部；池，直離切〔註88〕，聲屬澄母，古歸定母，古韻在歌部。清、定遠隔，歌部疊韻。差池聲異韻同。

　　「差池」字形不定。〈周南・關雎〉：「『參差』荇菜。」《廣韻・傂字》：「佌傂〔註89〕，參差也。」〔註90〕《文選・揚雄・甘泉賦》：「『柴虒』〔註91〕參差」李注：「柴虒，不齊也。」〔註92〕《管子・輕重甲》：「請以令高杠『柴池』，使東西不相覩，南北不相見。」〔註93〕《文選・司馬相如・上林賦》：「『傞池』〔註94〕『茈虒』〔註95〕，旋還乎後宮。」注引張揖曰：「傞池，參差也。茈虒，不齊也。」〔註96〕程燕《詩經異文輯考》謂：「差池，郭店簡作『遚沱』，馬王堆帛書作『跐池』〔註97〕，或作『跐妕』。」〔註98〕佌傂，偏旁同化。

6. 頡　頏

　　〈邶風・燕燕〉：「頡之頏之。」《傳》：「飛而上曰頡，飛而下曰頏。」〔註99〕

　　案：王先謙《詩三家義集疏》稱：「此狀其于飛之貌。云飛而下上者，後起

〔註87〕《廣韻》，頁 48。

〔註88〕《廣韻》，頁 49。

〔註89〕佌，雌氏切，聲屬清母，古韻在支部；傂，直離切，聲屬澄母，古歸定母，古韻在支部。佌、差聲同韻異；傂、池聲同韻異。佌傂爲差池的異寫詞。

〔註90〕《廣韻》，頁 49。

〔註91〕柴，又宜切，聲屬初母，古歸清母，古韻在支部；虒，丈尒切，聲屬澄母，古歸定母，古韻在支部。柴、差聲同韻異；虒、池聲同韻異。柴虒爲差池的異寫詞。

〔註92〕蕭統（編）、李善（注）《文選》，臺北：華正書局，1991 年，頁 112。

〔註93〕劉向（編輯）《管子・輕重甲》，《二十二子》，浙江書局刊本，臺北：先知出版社，1976 年，頁 888。

〔註94〕傞，又宜切，聲屬初母，古歸清母，古韻在支部。傞、差聲同韻異。傞池爲差池的異寫詞。

〔註95〕茈，淺氏切，聲屬清母，古韻在支部。茈、差聲同韻異。茈虒爲差池的異寫詞。

〔註96〕蕭統（編）、李善（注）《文選》，頁 126。

〔註97〕跐，子邪切，聲屬精母，古韻在歌部。跐、差聲近韻同。跐池爲差池的異寫詞。

〔註98〕妕，余支切，聲屬喻母，古歸定母，古韻在歌部。妕、池聲韻俱同。跐妕爲差池的異寫詞。程燕《詩經異文輯考》，頁 43。

〔註99〕《詩經》，頁 77。

之義。」〔註100〕今從王說。

《說文》云：「頡，直項也。」〔註101〕頏，亢之重文，《說文》云：「亢，人頸也。」〔註102〕頡、頏本義與「于飛之貌」無關，二字不可分訓。〔註103〕

頡，胡結切〔註104〕，聲屬匣母，古韻在質部。頏，胡郎切〔註105〕，聲屬匣母，古韻在陽部。匣母雙聲，質、陽遠隔。頡頏聲同韻異。

「頡頏」字形不定。《廣韻‧翓字》：「『翓翂』〔註106〕，飛上下。」〔註107〕《文選‧揚雄‧甘泉賦》：「魚頡而鳥眧」李注：「『頡眧』〔註108〕，猶頡頏也。」〔註109〕程燕《詩經異文輯考》謂：「頡，阜陽漢簡作『吉』。」〔註110〕頡頏、翓翂，偏旁同化。

7. 睍　睆

〈邶風‧凱風〉：「睍睆黃鳥。」《傳》：「睍睆，好貌。」〔註111〕

案：高本漢《詩經注釋》云：「『睍』和『見、現』同音，而『見』有『顯明、顯耀』的意思（如孟子盡心篇：見於此）。這裡『睍』和『見』正是同一個詞，不過字體是受後面的『睆』的影響也加了一個『目』傍而已。如此，『睍睆』的意思就是『明顯而光亮』，也就是『耀眼』，也就是『好看』。」〔註112〕

〔註100〕王先謙《詩三家義集疏》（上），頁55。

〔註101〕《說文》，頁420。

〔註102〕《說文》，頁497。

〔註103〕段玉裁《小箋》：「上下字當互易。頡同頁。頁，頭也。飛而下，則頭搶地。頏同亢。亢者，頸也。飛而上，則亢向天。」頡、頏分訓，為後起義。

〔註104〕《廣韻》，頁494。

〔註105〕《廣韻》，頁182。

〔註106〕翓，胡結切，聲屬匣母，古韻在質部；翂，胡郎切，聲屬匣母，古韻在陽部。翓、頡聲韻俱同；翂、頏聲韻俱同。翓翂為頡頏的異寫詞。

〔註107〕《廣韻》，頁494。

〔註108〕眧，胡郎切，聲屬匣母，古韻在陽部。眧、頏聲韻俱同。頡眧為頡頏的異寫詞。

〔註109〕蕭統（編）、李善（注）《文選》，頁112。

〔註110〕吉，居質切，聲屬見母，古韻在質部。吉、頡聲近韻同。吉頏為頡頏的異寫詞。程燕《詩經異文輯考》，頁45。

〔註111〕《詩經》，頁85。

〔註112〕高本漢（撰）、董同龢（譯）《高本漢詩經注釋》上冊，頁82。

高氏所言正合《傳》意。

《說文》云：「睍，目出貌也。」〔註113〕《玉篇‧目部》云：「睆，出目貌。」〔註114〕睍、睆本義與「好貌」無關，二字不可分訓。

睍，胡典切〔註115〕，聲屬匣母，古韻在元部；睆，戶板切〔註116〕，聲屬匣母，古韻在元部。匣母雙聲，元部疊韻。睍睆聲韻俱同。

「睍睆」字形不定。王先謙《詩三家義集疏》云：「《韓》『睍睆』作『簡簡』。」〔註117〕睍睆，偏旁同化。

8. 匍　匐

〈邶風‧谷風〉：「匍匐救之。」《箋》云：「匍匐，言盡力也。凡於民有凶禍之事，鄰里尚盡力往救之。」〔註118〕

案：《說文》云：「匍，手行也」〔註119〕；又「匐，伏地也」〔註120〕匍、匐本義與「盡力」無關，二字不可分訓。〔註121〕

匍，薄胡切〔註122〕，聲屬並母，古韻在魚部；匐，房六切〔註123〕，聲屬奉母，古歸並母，古韻在職部。並母雙聲，魚、職旁對轉。匍匐聲同韻近。

「匍匐」字形不定。王先謙《詩三家義集疏》云：「《魯》、《齊》『匍匐』亦作『扶服』。」〔註124〕《吳越春秋‧夫差內傳》「吾是以『蒲服』〔註125〕就

〔註113〕《說文》，頁130。

〔註114〕顧野王《玉篇》卷上，頁3274。

〔註115〕《廣韻》，頁289。

〔註116〕《廣韻》，頁286。

〔註117〕簡，古限切，聲屬見母，古韻在元部。簡、睍聲近韻同；簡、睆聲近韻同。簡簡為睍睆的異寫詞。王先謙《詩三家義集疏》（上），頁62。

〔註118〕《詩經》，頁91。

〔註119〕《說文》，頁433。

〔註120〕《說文》，頁433。

〔註121〕〈大雅‧生民〉：「誕實匍匐」，朱熹《詩集傳》稱：「匍匐，手足並行也。」此用匍、匐本義。

〔註122〕《廣韻》，頁80。

〔註123〕《廣韻》，頁453。

〔註124〕扶，蓬甫切，聲屬並母，古韻在魚部；服，房六切，聲屬奉母，古歸並母，古韻

君」注：「《史記・范雎傳》『膝行蒲服』、《詩》『匍匐救之』、〈檀弓〉作『扶服』，其義皆同言盡力也。」〔註126〕匍匐，偏旁同化。

9. 蒙 戎

〈邶風・旄丘〉：「狐裘蒙戎。」《傳》：「大夫狐蒼裘，蒙戎以言亂也。」〔註127〕《釋文》曰：「蒙戎，亂貌。」〔註128〕

案：高亨《詩經今注》謂：「蒙戎，同尨茸，猶蓬鬆。」〔註129〕據此，《釋文》所謂「亂貌」，即蓬鬆之意。

《說文》云：「蒙，王女也」〔註130〕；又「戎，兵也」〔註131〕。蒙、戎本義與「蓬鬆」無關，二字不可分訓。

蒙，莫紅切〔註132〕，聲屬明母，古韻在東部；戎，如融切〔註133〕，聲屬日母，古歸泥母，古韻在冬部。明、泥同位，東、冬陽聲旁轉。蒙戎聲近韻近。

「蒙戎」字形不定。《史記・晉世家》：「狐裘『蒙茸』〔註134〕」《集解》引服虔曰：「蒙茸，以言亂貌。」〔註135〕《左傳・僖公五年》：「狐裘『尨茸』〔註136〕」《釋文》曰：「尨，又音蒙。茸，又音戎。」〔註137〕蒙茸，偏旁同化。

在職部。扶、匍聲韻俱同；服、匐聲韻俱同。扶服為匍匐的異寫詞。王先謙《詩三家義集疏》（上），頁 68。

〔註125〕蒲，薄胡切，聲屬並母，古韻在魚部。蒲、匍聲韻俱同。蒲服為匍匐的異寫詞。

〔註126〕趙曄《吳越春秋》，《百部叢書集成・古今逸史》，臺北：藝文印書館，頁 16。

〔註127〕《詩經》，頁 94。

〔註128〕陸德明《經典釋文・毛詩音義》，頁 59。

〔註129〕高亨《詩經今注》，臺北：里仁書局，1981 年，頁 54。

〔註130〕《說文》，頁 46。

〔註131〕《說文》，頁 630。

〔註132〕《廣韻》，頁 29。

〔註133〕《廣韻》，頁 25。

〔註134〕茸，而容切，聲屬日母，古歸泥母，古韻在之部。茸、戎聲同韻異。蒙茸為蒙戎的異寫詞。

〔註135〕司馬遷《史記》，《百衲本二十四史》影印南宋慶元黃善夫刊本，臺北：臺灣商務，1988 年臺六版，頁 528。

〔註136〕尨，謨逢切，聲屬明母，古韻在東部。尨、蒙聲韻俱同。尨茸為蒙戎的異寫詞。

〔註137〕左丘明（傳）、杜預（注）、孔穎達（疏）《左傳》，臺北：藝文印書館，1997 年，

10. 虛 邪

〈邶風・北風〉一、二、三章:「其虛其邪?」《傳》:「虛,虛也。」《箋》:「邪,讀若徐。」〔註138〕

案:胡承珙《毛詩後箋》謂:「蓋當時『虛徐』二字爲疊韻形容之語,人所易知,故毛謂經言『其虛其邪』者,猶虛徐也。」〔註139〕《爾雅・釋訓》云:「其虛其徐,威儀容止也。」郭注:「雍容都雅之貌。」〔註140〕陳奐《詩毛氏傳疏》謂:「虛邪猶委蛇也。」〔註141〕綜上可知,虛邪爲從容不迫的樣子。

《說文》云:「虛,大丘也」〔註142〕;又「邪,琅邪郡也」〔註143〕。虛、邪本義與「從容不迫」無關,二字不可分訓。〔註144〕

虛,朽居切〔註145〕,聲屬曉母,古韻在魚部;邪,似嗟切〔註146〕,聲屬邪母,古歸定母,古韻在魚部。曉、定遠隔,魚部疊韻。虛邪聲異韻同。

「虛邪」字形不定。王先謙《詩三家義集疏》云:「《魯》、《齊》『邪』作『徐』。」〔註147〕程燕《詩經異文輯考》謂:「邪,敦煌本作『耶』。」〔註148〕

11. 燕 婉

〈邶風・新臺〉一、二、三章:「燕婉之求。」《傳》:「燕,安。婉,順也。」

頁 206。

〔註138〕《詩經》,頁 104。

〔註139〕胡承珙(撰)、郭全芝(點校)《毛詩後箋》(上),《安徽古籍叢書》據求是堂爲底本,合肥:黃山書社,1999 年,頁 211。

〔註140〕《爾雅》,阮刻《十三經注疏》本,藝文印書館影印,頁 60。

〔註141〕陳奐《詩毛氏傳疏》(一),《國學要籍叢刊》,臺北:臺灣學生書局,1975 年,頁 117。

〔註142〕《說文》,頁 386。

〔註143〕《說文》,頁 298。

〔註144〕朱熹《詩集傳》稱:「虛,寬貌。邪,一作徐,緩也。」此爲分訓之例。

〔註145〕《廣韻》,頁 69。

〔註146〕《廣韻》,頁 168。

〔註147〕徐,似魚切,聲屬邪母,古歸定母,古韻在魚部。徐、邪聲韻俱同。虛徐爲虛邪的異寫詞。王先謙《詩三家義集疏》(上),頁 76。

〔註148〕耶,徐嗟切,聲屬邪母,古歸定母,古韻在之部。耶、邪聲同韻近。虛耶爲虛邪的異寫詞。程燕《詩經異文輯考》,頁 73。

《箋》:「其心本求燕婉之人,謂伋也。」〔註 149〕

　　案:《詩序》曰:「〈新臺〉,刺衛宣公也。納伋之妻,作新臺於河上而要之。國人惡之而作是詩也。」〔註 150〕《正義》云:「此詩伋妻蓋自齊始來,未至於衛而公聞其美,恐不從己,故使人於河上爲新臺,待其至於河而因臺所以要之耳。」〔註 151〕王先謙《詩三家義集疏》云:「《韓》說曰:嬿婉,好貌。」〔註 152〕好貌,指容貌俊俏,與下文「籧篨」對比,更能凸顯齊女之失望與痛苦。

　　《說文》云:「燕,燕燕,玄鳥也」〔註 153〕;又「婉,順也」〔註 154〕。燕、婉本義與「好貌」無關,二字不可分訓。

　　燕,於甸切〔註 155〕,聲屬影母,古韻在元部;婉,於阮切〔註 156〕,聲屬影母,古韻在元部。影母雙聲,元部疊韻。燕婉聲韻俱同。

　　「燕婉」字形不定。王先謙《詩三家義集疏》云:「《魯》、《韓》『燕』作『嬿』〔註 157〕。……《齊》作『曣』。」〔註 158〕《文選·曹植·七啓》:「『宴婉』〔註 159〕絕兮我心愁。」〔註 160〕蔡邕〈青衣賦〉:「雖得『嬿娩』〔註 161〕,舒寫情懷。」〔註 162〕嬿婉、嬿娩,偏旁同化。

〔註 149〕《詩經》,頁 106。

〔註 150〕《詩經》,頁 105。

〔註 151〕《詩經》,頁 105。

〔註 152〕王先謙《詩三家義集疏》(上),頁 79。

〔註 153〕《說文》,頁 582。

〔註 154〕《說文》,頁 618。

〔註 155〕《廣韻》,頁 408。

〔註 156〕《廣韻》,頁 281。

〔註 157〕嬿,於甸切,聲屬影母,古韻在元部。嬿、燕聲韻俱同。嬿婉爲燕婉的異寫詞。

〔註 158〕曣,烏澗切,聲屬影母,古韻在元部。曣、燕聲韻俱同。曣婉爲燕婉的異寫詞。王先謙《詩三家義集疏》(上),頁 79。

〔註 159〕宴,於甸切,聲屬影母,古韻在元部。宴、燕聲韻俱同。宴婉爲燕婉的異寫詞。

〔註 160〕蕭統(編)、李善(注)《文選》,頁 488。

〔註 161〕娩,亡運切,聲屬微母,古歸明母,古韻在元部。娩、婉聲異韻同。嬿娩爲燕婉的異寫詞。

〔註 162〕蔡邕《蔡中郎集·外集·青衣賦》,《四部刊要》集部·別集類,據海原閣校刊本

12. 戚 施

〈邶風・新臺〉：「得此戚施。」《傳》：「戚施，不能仰者。」《箋》：「戚施面柔，下人以色，故不能仰也。」〔註163〕

案：馬瑞辰《毛詩傳箋通釋》謂：「蟾蜍醜惡，名鼀鼁，而人之醜惡，亦名戚施。」〔註164〕蟾蜍、鼀鼁、戚施，異名同實。詩言籧篨、戚施，但取「醜惡」為義。

《說文》云：「戚，戉也」〔註165〕；又「施，旗旖施也」〔註166〕。戚、施本義與外貌之「醜惡」無關，二字不可分訓。

戚，倉歷切〔註167〕，聲屬清母，古韻在覺部；施，式支切〔註168〕，聲屬審母，古歸透母，古韻在歌部。清、透同位，覺、歌遠隔。戚施聲近韻異。

「戚施」字形不定。王先謙《詩三家義集疏》云：「《韓》說曰：戚施、蟾蜍、蛾蟘，喻醜惡，亦作『鼀鼁』。」〔註169〕鼀鼁，偏旁同化。

13. 委 佗

〈鄘風・君子偕老〉：「委委佗佗。」《傳》：「委委者，行可委曲蹤迹也。佗佗者，德平易也。」〔註170〕

案：于省吾《澤螺居詩經新證》「委委佗佗」條云：「『委委佗佗』，應讀作『委佗委佗』，即〈羔羊〉之『委蛇委蛇』。委佗，古人謰語。金文、石鼓文及古鈔本周秦載籍，凡遇重文不復書，皆作=以代之。如敦煌寫本《毛詩・六月》『既成我服，我服既成』，作『既成我=服=既成』。又『四牡既佶，既佶

校刊，臺北：中華書局，頁3。

〔註163〕《詩經》，頁106。

〔註164〕馬瑞辰《毛詩傳箋通釋》，頁50。

〔註165〕《說文》，頁632。

〔註166〕《說文》，頁311。

〔註167〕《廣韻》，頁523。

〔註168〕《廣韻》，頁47。

〔註169〕鼀，七由切，聲屬清母，古韻在幽部；鼁，式支切，聲屬審母，古歸透母，古韻在脂部。鼀、戚聲同韻近；鼁、施聲同韻近。鼀鼁為戚施的異寫詞。王先謙《詩三家義集疏》（上），頁79。

〔註170〕《詩經》，頁111。

且閑』，作『四牡既=佶=且閑』。〈中谷有蓷〉『嘅其歎矣，嘅其歎矣』，作『嘅=其=歎=矣=』。……〈羔羊〉『委蛇委蛇』，作『委=蛇=』。此篇『委委佗佗』，作『委=佗=』。然則一讀『委蛇委蛇』，一讀『委委佗佗』，自《毛傳》已如此，沿譌久矣。』〔註171〕據此，「委委佗佗」當讀作「委佗委佗」，委佗與委蛇同義。聞一多《風詩類鈔》謂：「委蛇，行步委曲雍容自得貌。如山脈，如河流，蜿蜒而曲折也。」〔註172〕

《說文》云：「委，委隨也」〔註173〕；又「佗，負何也」〔註174〕。委、佗本義與「委曲自得之貌」無關，二字不可分訓。

委，於爲切〔註175〕，聲屬影母，古韻在微部；佗，徒河切〔註176〕，聲屬定母，古韻在歌部。影、定遠隔，微、歌陰聲旁轉。委佗聲異韻近。

「委佗」字形不定。〈召南・羔羊〉：「委蛇委蛇」《釋文》：「沈讀作『委委虵虵』。」〔註177〕王先謙《詩三家義集疏》云：「《魯》作『褘褘它它』。」〔註178〕《廣韻・迆字》：「迆迆。」〔註179〕《後漢書・儒林列傳》「服方領習矩步者，『委它』乎其中。」注：「委它，行貌也。」〔註180〕程燕《詩經異文輯考》謂：「佗，敦煌本……或作『他』。」〔註181〕迆迆，偏旁同化。

14. 扶 蘇

〈鄭風・山有扶蘇〉：「山有扶蘇。」《傳》：「扶蘇，扶胥，小木也。……言高下大小各得其宜也。」《箋》：「扶胥之木生於山，喻忽置不正之人于上位

〔註171〕于省吾《澤螺居詩經新證》，北京：中華書局，1982年，頁12～13。

〔註172〕聞一多《風詩類鈔》，《聞一多全集》（四），頁71。

〔註173〕《說文》，頁619。

〔註174〕《說文》，頁371。

〔註175〕《廣韻》，頁42。

〔註176〕《廣韻》，頁160。

〔註177〕陸德明《經典釋文・毛詩音義》，頁56。

〔註178〕王先謙《詩三家義集疏》（上），頁83。

〔註179〕《廣韻》，頁42。

〔註180〕范曄（撰）、李賢（注）《後漢書・儒林列傳》，《百衲本二十四史》，臺北：臺灣商務，2010年，頁1161。

〔註181〕程燕《詩經異文輯考》，頁82。

也；荷華生於隰，喻忽置有美德者于下位。此言其用臣顚倒，失其所也。」
〔註182〕

案：王先謙《詩三家義集疏》云：「荷華本陂澤所生，與山生大木，正高下合宜之喻。《箋》謂以興『用臣顚倒』，誤矣。」〔註183〕胡承珙《毛詩後箋》謂：「《埤雅》引《毛傳》：『扶蘇，扶胥，木也。』是所見本尙無『小』字。」〔註184〕《說文》云：「枎，枎疏，四布也。」段注：「枎之言扶也。古書多作『扶』，同音假借也。……扶疏謂大木枝柯四布。疏，通作胥，亦作蘇。〈鄭風・山有扶蘇〉毛曰：『扶蘇，扶胥木也。』《釋文》所引不誤，《正義》作『小木』，誤也。毛意山則有大木，隰則纔有荷華，是爲高下大小各得其宜，後人以鄭《箋》掍合而改之。」〔註185〕綜上可知，當以《毛傳》「高下大小各得其宜」之訓爲勝，而「扶蘇」則應訓爲枝葉繁茂的大樹。

《說文》云：「扶，左也」〔註186〕；又「蘇，桂荏也」〔註187〕。扶、蘇本義皆與「大木」無關，二字不可分訓。

扶，防無切〔註188〕，聲屬奉母，古歸並母，古韻在魚部；蘇，素姑切〔註189〕，聲屬心母，古韻在魚部。並、心遠隔，魚部疊韻。扶蘇聲異韻同。

「扶蘇」字形不定。《說文》「枎」〔註190〕字段注：「疏，通作『胥』〔註191〕，亦作『蘇』。」〔註192〕

〔註182〕《詩經》，頁171。
〔註183〕王先謙《詩三家義集疏》（上），頁127。
〔註184〕胡承珙（撰）、郭全芝（點校）《毛詩後箋》（上），頁400。
〔註185〕《說文》，頁250。
〔註186〕《說文》，頁596。
〔註187〕《說文》，頁23。
〔註188〕《廣韻》，頁77～78。
〔註189〕《廣韻》，頁84。
〔註190〕枎，防無切，聲屬奉母，古歸並母，古韻在魚部；疏，所菹切，聲屬疏母，古歸心母，古韻在魚部。枎、扶聲韻俱同；疏、蘇聲韻俱同。枎疏爲扶蘇的異寫詞。
〔註191〕胥，相居切，聲屬心母，古韻在魚部。胥、蘇聲韻俱同。枎胥爲扶蘇的異寫詞。
〔註192〕《說文》，頁250。

15. 挑　達

〈鄭風‧子衿〉：「挑兮達兮。」《傳》：「挑達，往來相見貌。」〔註193〕

案：一章「縱我不往，子寧不嗣音」，二章「縱我不往，子寧不來」，三章「一日不見，如三月兮」，合而觀之，皆思而未見之意，《傳》訓挑達為「往來相見」，頗覺突兀。《正義》云：「城闕雖非居止之處，明其乍往乍來，故知挑達為往來貌。」〔註194〕胡承珙《毛詩後箋》曰：「據此，則《正義》本《傳》文似無『相見』二字。」〔註195〕往來，猶徘徊。「挑兮達兮，在城闕兮」解作「在城闕徘徊」，則怡然理順。

《說文》云：「挑，撓也」〔註196〕；又「達，行不相遇也」〔註197〕。挑、達本義與「往來」無關，二字不可分訓。

挑，土刀切〔註198〕，聲屬透母，古韻在宵部；達，他達切〔註199〕，聲屬透母，古韻在月部。透母雙聲，宵、月遠隔。挑達聲同韻異。

「挑達」字形不定。《說文》引《詩》作「𢺕〔註200〕兮達兮」〔註201〕。《說文繫傳‧辵部》引《詩》作「恌〔註202〕兮達兮」〔註203〕。《太平御覽》引《詩》作「挑兮撻〔註204〕兮」〔註205〕。挑撻，偏旁同化。

〔註193〕《詩經》，頁180。

〔註194〕《詩經》，頁180。

〔註195〕胡承珙（撰）、郭全芝（點校）《毛詩後箋》（上），頁424。

〔註196〕《說文》，頁601。

〔註197〕《說文》，頁73。

〔註198〕《廣韻》，頁156。

〔註199〕《廣韻》，頁483。

〔註200〕𢺕，土刀切，聲屬透母，古韻在宵部。𢺕、挑聲韻俱同。𢺕達為挑達的異寫詞。

〔註201〕《說文》，頁116。

〔註202〕恌，吐彫切，聲屬透母，古韻在宵部。恌、挑聲韻俱同。恌達為挑達的異寫詞。

〔註203〕徐鍇《說文繫傳》，臺北，華文書局，1971年，頁156。

〔註204〕撻，他達切，聲屬透母，古韻在月部。撻、達聲韻俱同。挑撻為挑達的異寫詞。

〔註205〕李昉等（撰）《太平御覽‧別離》，上海涵芬樓影印宋本複製重印，北京，中華書局，1960年，頁2237。

16. 勺 藥

〈鄭風・溱洧〉一、二章：「贈之以勺藥。」《傳》：「勺藥，香草。」〔註206〕

案：潘富俊《詩經植物圖鑑》謂：「芍藥原產中國北方，自古即為重要的觀賞花卉。……初夏開花，有紅、白、紫數色，野生者以白色花居多。……芍藥一名『將離』或『可離』，所以古人在離別的時候，常以芍藥相贈。」〔註207〕

《說文》云：「勺，枓也」〔註208〕；又「藥，治病艸」〔註209〕。勺、藥本義與「香草」無關，二字不可分訓。

勺，市若切〔註210〕，聲屬禪母，古歸定母，古韻在藥部；藥，以灼切〔註211〕，聲屬喻母，古歸定母，古韻在藥部。定母雙聲，藥部疊韻。勺藥聲韻俱同。

「勺藥」字形不定。《文選・江淹・別賦》：「下有『芍藥』〔註212〕之詩，佳人之謌。」〔註213〕芍藥，偏旁同化。

17. 歇 驕

〈秦風・駟驖〉：「載獫歇驕。」《傳》：「獫、歇驕，田犬也。長喙曰獫，短喙曰歇驕。」〔註214〕

案：《說文》云：「歇，息也」〔註215〕；又「驕，馬高六尺為驕」〔註216〕。歇、驕本義與「短嘴獵犬」無關，二字不可分訓。

〔註206〕《詩經》，頁182。

〔註207〕潘富俊《詩經植物圖鑑》，頁147。

〔註208〕《說文》，頁715。

〔註209〕《說文》，頁42。

〔註210〕《廣韻》，頁502。

〔註211〕《廣韻》，頁501。

〔註212〕芍，市若切，聲屬禪母，古歸定母，古韻在藥部。芍、勺聲韻俱同。芍藥為勺藥的異寫詞。

〔註213〕蕭統（編）、李善（注）《文選》，頁238。

〔註214〕《詩經》，頁235。

〔註215〕《說文》，頁410。

〔註216〕《說文》，頁463。

歇，許竭切〔註217〕，聲屬曉母，古韻在月部；驕，舉喬切〔註218〕，聲屬見母，古韻在宵部。曉（深喉）、見（淺喉）發聲部位相近；月、宵遠隔。歇驕聲近韻異。

「歇驕」字形不定。王先謙《詩三家義集疏》云：「《魯》、《齊》『歇』作『猲』，『驕』作『獢』。」〔註219〕猲獢，偏旁同化。

18. 權 輿

〈秦風・權輿〉一、二章：「于嗟乎不承權輿。」《傳》：「權輿，始也。」〔註220〕

案：《說文》云：「權，黃華木」〔註221〕；又「輿，車輿也」〔註222〕。權、輿本義與「初始」無涉，二字不可分訓。

權，巨員切〔註223〕，聲屬群母，古歸匣母，古韻在元部；輿，以諸切〔註224〕，聲屬喻母，古歸定母，古韻在魚部。匣、定同位，元、魚遠隔。權輿聲近韻異。

「權輿」字形不定。馬瑞辰《毛詩傳箋通釋》謂：「《爾雅・釋草》：『葭華、蒹蔗、荌薍，其萌虇蕍。茢葟，華榮。』郭注讀『其萌虇』為句，而以『蕍茢』連讀。據《說文》：『虇，灌渝。讀若萌。』則以『灌渝』二字連讀。『虇』即『萌』也，『灌渝』〔註225〕即『虇蕍』〔註226〕也，亦即『權輿』。」

〔註217〕《廣韻》，頁479。

〔註218〕《廣韻》，頁147。

〔註219〕猲，許竭切，聲屬曉母，古韻在月部；獢，許嬌切，聲屬曉母，古韻在宵部。猲、歇聲韻俱同；獢、驕聲近韻同。猲獢為歇驕的異寫詞。王先謙《詩三家義集疏》（上），頁156。

〔註220〕《詩經》，頁246。

〔註221〕《說文》，頁246。

〔註222〕《說文》，頁721。

〔註223〕《廣韻》，頁142。

〔註224〕《廣韻》，頁67。

〔註225〕灌，胡玩切，聲屬匣母，古韻在元部；渝，羊朱切，聲屬喻母，古歸定母，古韻在侯部。灌、權聲韻俱同；渝、輿聲近韻異。灌渝為權輿的異寫詞。

〔註226〕虇，去阮切，聲屬溪母，古韻在古韻在元部；蕍，羊朱切，聲屬喻母，古歸定母，古韻在侯部。虇、權聲近韻同；蕍、輿聲近韻異。虇蕍為權輿的異寫詞。

〔註227〕蘿蕭、灌渝，偏旁同化。

19. 窈　糾

〈陳風・月出〉:「舒窈糾兮。」《傳》:「窈糾，舒之姿也。」〔註228〕

案：馬瑞辰《毛詩傳箋通釋》曰：「窈糾猶窈窕，皆疊韻，與下『懮受』、『夭紹』同爲形容美好之詞，非舒遲之義。」〔註229〕窈糾猶窈窕，窈窕訓「美麗」，則窈糾亦然。

《說文》云：「窈，深遠也」〔註230〕；又「糾，繩三合也」〔註231〕。二字本義與「美麗」無關，窈、糾不可分訓。

窈，烏皎切〔註232〕，聲屬影母，古韻在幽部；糾，舉夭切〔註233〕，聲屬見母，古韻在幽部。影、見同位，幽部疊韻。窈糾聲近韻同。

「窈糾」字形不定。本詩二章：「舒『懮受』兮。」、三章：「舒『夭紹』兮。」〈周南・關雎〉:「『窈窕』淑女。」窈窕，偏旁同化。

20. 夭　紹

〈陳風・月出〉:「舒夭紹兮。」

案：夭紹，《傳》、《箋》無訓，蓋夭紹猶窈窕，與「窈糾」、「懮受」相對成文，皆訓「美麗」也。

《說文》云：「夭，屈也」〔註234〕；又「紹，繼也」〔註235〕。夭、紹本義與「美麗」無涉，二字不可分訓。

〔註227〕馬瑞辰《毛詩傳箋通釋》，頁122。

〔註228〕《詩經》，頁255。

〔註229〕馬瑞辰《毛詩傳箋通釋》，頁128。

〔註230〕《說文》，頁346。

〔註231〕《說文》，頁88。

〔註232〕《廣韻》，頁296。

〔註233〕丁度（修）《集韻・上聲・巧・糾》，《古逸叢書》據宋朝刻本影印，浙江：新華書店，1985年，頁13。

〔註234〕《說文》，頁494。

〔註235〕《說文》，頁646。

夭，於喬切〔註236〕，聲屬影母，古韻在宵部；紹，市沼切〔註237〕，聲屬禪母，古歸定母，古韻在宵部。影、定遠隔，宵部疊韻。夭紹聲異韻同。

「夭紹」字形不定。〈周南・關雎〉：「『窈窕』淑女。」〈陳風・月出〉：「舒『窈糾』兮」、「舒『懮受』兮」。《文選・張衡・西京賦》：「『要紹』〔註238〕修態」李注：「要紹，謂嬋娟作姿容也。」〔註239〕又〈南都賦〉：「『偠紹』〔註240〕便娟」。〔註241〕窈窕，偏旁同化。

21. 猗　儺

〈檜風・隰有萇楚〉一章：「猗儺其枝」；二章：「猗儺其華」；三章：「猗儺其實」。《傳》：「猗儺，柔順也。」〔註242〕

案：王引之《經義述聞》曰：「萇楚之枝柔弱蔓生，故《傳》、《箋》並以猗儺為柔順。但下文又云『猗儺其華』、『猗儺其實』，華與實不得言柔順，而亦云猗儺，則猗儺乃美盛之貌矣。〈小雅・隰桑篇〉：『隰桑有阿，其葉有難。』《傳》曰：『阿然美貌，難然盛貌。』阿難與猗儺同，字又作旖旎。」〔註243〕王氏所言甚是。

《說文》云：「猗，牂犬也」〔註244〕；又「儺，行有節也」〔註245〕。猗、儺本義皆與「美盛之貌」無關，二字不可分訓。

猗，於綺切〔註246〕，聲屬影母，古韻在歌部；儺，諾何切〔註247〕，聲屬泥母，古韻在歌部。影、泥遠隔，歌部疊韻。猗儺聲異韻同。

〔註236〕《廣韻》，頁151。

〔註237〕《廣韻》，頁298。

〔註238〕要，於宵切，聲屬影母，古韻在宵部。要、夭聲韻俱同。要紹為夭紹的異寫詞。

〔註239〕蕭統（編）、李善（注）《文選》，頁49。

〔註240〕偠，烏皎切，聲屬影母，古韻在宵部。偠、夭聲韻俱同。偠紹為夭紹的異寫詞。

〔註241〕蕭統（編）、李善（注）《文選》，頁71。

〔註242〕《詩經》，頁264。

〔註243〕王引之《經義述聞》，頁139。

〔註244〕《說文》，頁473。

〔註245〕《說文》，頁368。

〔註246〕《廣韻》，頁242。

〔註247〕《廣韻》，頁161。

「猗儺」字形不定。〈小雅・隰桑〉:「隰桑有阿,其葉有難。」〈商頌・那〉:「猗與那與。」王先謙《詩三家義集疏》云:「《魯》猗儺作『旖旎』。」〔註248〕《抱朴子・君道》:「嘉穗『婀娜』〔註249〕而盈箱。」〔註250〕《說文・木部》:「橢,木『橢施』〔註251〕也。」〔註252〕程燕《詩經異文輯考》謂:「猗,石鼓文作『亞』……儺,石鼓文作『箬』。」〔註253〕旖旎、婀娜,偏旁同化。

22. 掘 閱

〈曹風・蜉蝣〉:「蜉蝣掘閱。」《傳》:「掘閱,容閱也。」《箋》:「掘閱,掘地解,謂其始生時也。以解閱喻君臣朝夕變易衣服也。」《正義》:「此蟲土裡化生。閱者,悅懌之意。掘閱者,言其掘地而出,形容鮮閱也。」〔註254〕

案:《傳》訓「容閱」,說解未詳,不知何指。洪章夫〈從昆蟲學角度平議各家注疏詩經「蜉蝣掘閱」一詞之得失〉指出:「『始生時』的蜉蝣亞成蟲,體色較成蟲灰暗,不是『麻衣如雪』,所以(鄭《箋》)此說不合乎蜉蝣的形態。」〔註255〕又:「(《正義》)這種詮釋是陸璣和郭璞所持『蜉蝣乃土生甲蟲』之說的延伸。……此甲蟲不是《詩經・蜉蝣》篇裡所言及的昆蟲,再說陸璣這些從糞土中『掘地而出』的蝎蟲,渾身臭泥,與『鮮閱』的意思自然相去

〔註248〕旖,於綺切,聲屬影母,古韻在歌部;旎,女氏切,聲屬娘母,古歸泥母,古韻在脂部。旖、猗聲韻俱同;旎、儺聲同韻近。旖旎為猗儺的異寫詞。王先謙《詩三家義集疏》(上),頁173。

〔註249〕婀,於可切,聲屬影母,古韻在歌部;娜,奴可切,聲屬泥母,古韻在歌部。婀、猗聲韻俱同;娜、儺聲韻俱同。婀娜為猗儺的異寫詞。

〔註250〕李中華(注釋)、黃志民(校閱)《新譯抱朴子》,《古籍今注新譯叢書》,臺北:三民書局,1996年,頁92。

〔註251〕橢,於離切,聲屬影母,古韻在歌部;施,余支切,聲屬喻母,古歸定母,古韻在歌部。橢、猗聲韻俱同;施、儺聲近韻同。橢施為猗儺的異寫詞。

〔註252〕《說文》,頁250。

〔註253〕亞,於加切,聲屬影母,古韻在魚部;箬,而灼切,聲屬日母,古歸泥母,古韻在鐸部。亞、猗聲同韻異;箬、儺聲同韻異。亞箬為猗儺的異寫詞。程燕《詩經異文輯考》,頁188。

〔註254〕《詩經》,頁269。

〔註255〕洪章夫〈從昆蟲學角度平議各家注疏詩經「蜉蝣掘閱」一詞之得失〉,頁10。

甚遠。」〔註256〕雒江生《詩經通詁》謂：「掘閱古音月部疊韻，脫脫也古音月部疊韻，掘閱蓋脫脫轉語。〈召南・野有死麕〉：『舒而脫脫。』脫脫，《三家詩》作娧娧，是體貌展樣俊美之義，掘閱亦當同義。」〔註257〕雒氏以「掘閱」爲聯綿詞，形容蟲體之美，其說可從。

《說文》云：「掘，搰也」〔註258〕；又「閱，具數於門中也」。〔註259〕掘、閱本義與「體貌展樣俊美」無關，二字不可分訓。

掘，衢物切〔註260〕，聲屬群母，古歸匣母，古韻在沒部；閱，弋雪切〔註261〕，聲屬喻母，古歸定母，古韻在月部。匣、定同位，沒、月入聲旁轉。掘閱聲近韻近。

「掘閱」字形不定。王先謙《詩三家義集疏》云：「三家『掘』作『堀』。」〔註262〕

23. 觱 發

〈豳風・七月〉：「一之日觱發。」《傳》：「觱發，風寒也。」〔註263〕

案：馬瑞辰《毛詩傳箋通釋》曰：「滭浡二字疊韻。《說文》又曰：『燁烞，火盛兒。』火盛兒曰燁烞，泉之盛曰滭沸，寒之盛曰滭浡，其義一也。」〔註264〕

觱同觱，《說文》云：「觱，羌人所吹角屠觱，以驚馬也」〔註265〕；又「發，䠶發也」。〔註266〕二字本義與「風寒」迥別，觱發不可分訓。〔註267〕

〔註256〕洪章夫〈從昆蟲學角度平議各家注疏詩經「蜉蝣掘閱」一詞之得失〉，頁12～13。

〔註257〕雒江生《詩經通詁》，西安：三秦出版社，1998年，頁370。

〔註258〕《說文》，頁607。

〔註259〕《說文》，頁590。

〔註260〕《廣韻》，頁476。

〔註261〕《廣韻》，頁498。

〔註262〕堀，苦骨切，聲屬溪母，古韻在沒部。堀、掘聲近韻同。堀閱爲掘閱的異寫詞。
　　　　王先謙《詩三家義集疏》（上），頁175。

〔註263〕《詩經》，頁280。

〔註264〕馬瑞辰《毛詩傳箋通釋》，頁139。

〔註265〕《說文》，頁188。

〔註266〕《說文》，頁641。

〔註267〕陳奐《詩毛氏傳疏》稱：「發，風發發也。觱爲風寒之兒。」胡承珙《毛詩後箋》

罴，卑吉切〔註268〕，聲屬幫母，古韻在質部；發，方伐切〔註269〕，聲屬非母，古歸幫母，古韻在月部。幫母雙聲，質、月入聲旁轉。罴發聲同韻近。

「罴發」字形不定。王先謙《詩三家義集疏》云：「《韓》『罴』作『畢』〔註270〕……《齊》、《魯》『罴發』作『澤汳』。」〔註271〕澤汳，偏旁同化。

24. 栗　烈

〈豳風・七月〉：「二之日栗烈。」《傳》：「栗烈，寒氣也。」〔註272〕

案：栗同㮚，《說文》云：「㮚，栗木也」〔註273〕；「烈，火猛也」〔註274〕。二字本義與「寒氣」無涉，栗烈不可分訓。

栗，力質切〔註275〕，聲屬來母，古韻在質部；烈，良薛切〔註276〕，聲屬來母，古韻在月部。來母雙聲，質、月入聲旁轉。栗烈聲同韻近。

「栗烈」字形不定。《說文》引《詩》作「凓冽」。〔註277〕凓冽，偏旁同化。

25. 倉　庚

〈豳風・七月〉：「有鳴倉庚。」《傳》：「倉庚，離黃也。」〔註278〕

〈豳風・東山〉：「倉庚于飛。」《箋》：「倉庚，仲春而鳴，嫁取之侯也。」

曰：「《詩》中如〈匪風〉之『發兮』、〈四月〉之『飄風發發』，皆以發爲風，是也。」爲分訓之例。

〔註268〕《廣韻》，頁 471。

〔註269〕《廣韻》，頁 479。

〔註270〕畢，卑吉切，聲屬幫母，古韻在質部。畢、罴聲韻俱同。畢發爲罴發的異寫詞。

〔註271〕澤，卑吉切，聲屬幫母，古韻在質部；汳，方伐切，聲屬非母，古歸幫母，古韻在月部。澤、罴聲韻俱同；汳、發聲韻俱同。澤汳爲罴發的異寫詞。王先謙《詩三家義集疏》(下)，頁 181。

〔註272〕《詩經》，頁 280。

〔註273〕《說文》，頁 317。

〔註274〕《說文》，頁 480。

〔註275〕《廣韻》，頁 469。

〔註276〕《廣韻》，頁 497。

〔註277〕凓，力質切，聲屬來母，古韻在質部；冽，良薛切，聲屬來母，古韻在月部。凓、栗聲韻俱同；冽、烈聲韻俱同。凓冽爲栗烈的異寫詞。《說文》，頁 571。

〔註278〕《詩經》，頁 281。

〔註279〕

〈小雅・出車〉：「倉庚喈喈。」

案：《爾雅・釋鳥》云：「倉庚，商庚。」郭注：「即鵹黃也。」又：「鵹黃，楚雀。」郭注：「即倉庚也。」〔註280〕故知倉庚、商庚、鵹黃、楚雀同爲一物，鳥名也。

《說文》云：「倉，穀藏也」〔註281〕；又「庚，位西方。象秋時萬物庚庚有實也。」〔註282〕倉、庚本義與「鳥名」無涉，二字不可分訓。

倉，七岡切〔註283〕，聲屬清母，古韻在陽部；庚，古行切〔註284〕，聲屬見母，古韻在陽部。清、見遠隔，陽部疊韻。倉庚聲異韻同。

「倉庚」字形不定。《爾雅》作「商庚」〔註285〕。《文選・宋玉・登徒子好色賦》：「『鶬鶊』〔註286〕喈喈，羣女出桑。」〔註287〕程燕《詩經異文輯考》謂：「倉，敦煌本作『蒼』。……庚，敦煌本作『鶊』。」〔註288〕鶬鶊，偏旁同化。

26. 莎 雞

〈豳風・七月〉：「六月莎雞振羽。」《傳》：「莎雞羽成而振訊之。」〔註289〕

案：《爾雅・釋蟲》云：「蛶，天雞。」郭注：「小蟲。黑身赤頭。一名莎

〔註279〕《詩經》，頁296。

〔註280〕《爾雅》，頁186。

〔註281〕《說文》，頁223。

〔註282〕《說文》，頁741。

〔註283〕《廣韻》，頁180。

〔註284〕《廣韻》，頁183。

〔註285〕商，式羊切，聲屬審母，古歸透母，古韻在陽部。商、倉聲近韻同。商庚爲倉庚的異寫詞。

〔註286〕鶬，七岡切，聲屬清母，古韻在陽部；鶊，古行切，聲屬見母，古韻在陽部。鶬、倉聲韻俱同；鶊、庚聲韻俱同。鶬鶊爲倉庚的異寫詞。

〔註287〕蕭統（編）、李善（注）《文選》，頁269。

〔註288〕蒼，七岡切，聲屬清母，古韻在陽部。蒼、倉聲韻俱同。蒼鶊爲倉庚的異寫詞。程燕《詩經異文輯考》，頁238。

〔註289〕《詩經》，頁284。

雞，又曰樗雞。」〔註290〕教育部《重編國語辭典修訂本》「絡緯」條說：「動物名。一種昆蟲。似蚱蜢但比較大，色黑，有數重翅膀。常在夏季的夜晚振翅作聲，鳴聲急促似紡絲。或稱爲『絡絲娘』、『莎雞』。」〔註291〕綜上可知，蜇、天雞、莎雞、樗雞、絡緯爲一物，即今俗稱之紡織娘。

《說文》云：「莎，鎬侯也」〔註292〕；又「雞，知時畜也」〔註293〕。二字本義與「蟲名」無關，莎雞不可分訓。

莎，蘇禾切〔註294〕，聲屬心母，古韻在歌部；雞，古奚切〔註295〕，聲屬見母，古韻在支部。心、見遠隔，歌、支遠隔。莎雞聲韻畢異。

「莎雞」字形不定。邢昺《疏》引李巡曰：「一名『酸雞』。」〔註296〕程燕《詩經異文輯考》謂：「莎，敦煌本作『沙』。」〔註297〕

27. 肅　霜

〈豳風・七月〉：「九月肅霜。」《傳》：「肅，縮也。霜降而收縮萬物。」

〔註298〕

案：王國維《觀堂集林・肅霜滌場說》曰：「肅霜、滌場皆互爲雙聲，乃古之聯綿字，不容分別釋之。……《詩》之肅霜，亦即〈大招〉『天白顥顥』、〈九辨〉『天高氣清』之意，不當如《毛傳》之說也。」〔註299〕王氏所言甚是，從之。

〔註290〕《爾雅》，頁 163。

〔註291〕教育部《重編國語辭典修訂本》「絡緯」條。檢索日期：2013 年 12 月 21 日，檢自：http://dict.revised.moe.edu.tw/cgi-bin/newDict/dict.sh?idx=dict.idx&cond=%B5%B8%BDn&pieceLen=50&fld=1&cat=&imgFont=1

〔註292〕《說文》，頁 45。

〔註293〕《說文》，頁 142。

〔註294〕《廣韻》，頁 162。

〔註295〕《廣韻》，頁 89。

〔註296〕酸，素官切，聲屬心母，古韻在元部。酸、莎聲同韻近。酸雞爲莎雞的異寫詞。《爾雅》，頁 163。

〔註297〕沙，蘇禾切，聲屬心母，古韻在歌部。沙、莎聲韻俱同。沙雞爲莎雞的異寫詞。程燕《詩經異文輯考》，頁 197。

〔註298〕《詩經》，頁 286。

〔註299〕王國維《海寧王靜安先生遺書》，臺北：臺灣商務印書館，1979 年，第一冊，頁 59。

《說文》云：「肅，持事振敬也」〔註300〕；又「霜，喪也。成物者」〔註301〕。肅、霜本義與「天高氣清」無涉，二字不可分訓。

肅，息逐切〔註302〕，聲屬心母，古韻在覺部；霜，色莊切〔註303〕，聲屬疏母，古歸心母，古韻在陽部。心母雙聲，覺、陽遠隔。肅霜聲同韻異。

「肅霜」字形不定。程燕《詩經異文輯考》謂：「肅，敦煌本作『蕭』。」〔註304〕

28. 滌 場

〈豳風・七月〉：「十月滌場。」《傳》：「滌場，功畢入也。」〔註305〕

案：王國維《觀堂集林・肅霜滌場說》曰：「滌場即滌蕩，與肅霜俱爲雙聲字……『九月肅霜』，謂九月之氣清高顯白而已，至十月則萬物搖落無餘矣，與觱發、栗烈由風寒而進於氣寒者，遣詞正同。」〔註306〕

《說文》云：「滌，洒也」〔註307〕；又「場，祭神道也。一曰山田不耕者。一曰治穀田也」〔註308〕。滌、場本義與「搖落無餘」迥別，二字不可分訓。

滌，徒歷切〔註309〕，聲屬定母，古韻在覺部；場，直良切〔註310〕，聲屬澄母，古歸定母，古韻在陽部。定母雙聲，覺、陽遠隔。滌場聲同韻異。

「滌場」字形不定。《禮記・郊特牲》：「臭味未成，『滌蕩』〔註311〕其聲。」鄭注：「滌蕩，猶搖動也。」〔註312〕程燕《詩經異文輯考》謂：「滌，敦煌本作

〔註300〕《說文》，頁 117。

〔註301〕《說文》，頁 573。

〔註302〕《廣韻》，頁 458。

〔註303〕《廣韻》，頁 176。

〔註304〕蕭，蘇彫切，聲屬心母，古韻在覺部。蕭、肅聲韻俱同。蕭霜爲肅霜的異寫詞。程燕《詩經異文輯考》，頁 201。

〔註305〕《詩經》，頁 286。

〔註306〕王國維《海寧王靜安先生遺書》第一冊，頁 60～61。

〔註307〕《說文》，頁 563。

〔註308〕《說文》，頁 693。

〔註309〕《廣韻》，頁 522。

〔註310〕《廣韻》，頁 174。

〔註311〕蕩，徒朗切，聲屬定母，古韻在陽部。蕩、場聲韻俱同。滌蕩爲滌場的異寫詞。

〔註312〕鄭玄（注）、孔穎達（疏）《禮記》，臺北：藝文印書館，1997 年，頁 507。

『條』。」〔註313〕

29. 伊 威

〈豳風・東山〉:「伊威在室。」《傳》:「伊威,委黍也。」《正義》引陸機
《疏》:「伊威,一名委黍,一名鼠婦,在壁根下甕底土中生,似白魚。」

〔註314〕

案:馬瑞辰《毛詩傳箋通釋》云:「陸《疏》云:『似白魚。』今以目驗之,
其色與白魚相似,長僅一二分,形扁似鼈,多足,凡溼處皆有之,《圖經本草》
所謂『濕生蟲』也。」〔註315〕由此可知伊威形體不大,喜居潮濕之處。邱靜子
有較具體的描述:「『伊威』與『鼠婦』爲一蟲,……俗稱潮蟲,其狀爲長橢
圓型,體長約十至十四寸,體寬五至六寸,身體區分成頭部與胴體兩部分,
共十三節,灰褐色,頭部具一對線狀觸角,胴體有七對足,喜居於陰暗潮濕
之處,如牆角、石頭,器皿底部,遇危急時,常瑟縮成團狀,具負趨光性與
假死性。」〔註316〕綜上所述,伊威爲「濕生蟲」一類。

《說文》云:「伊,殷聖人阿衡也。尹治天下者」〔註317〕;又「威,姑也」。
〔註318〕伊、威本義與蟲名無涉,二字不可分訓。

伊,於脂切〔註319〕,聲屬影母,古韻在脂部;威,於非切〔註320〕,聲屬影
母,古韻在微部。影母雙聲,脂、微陰聲旁轉。伊威聲同韻近。

「伊威」字形不定。《爾雅・釋蟲》:「『蚅威』〔註321〕,委黍。」〔註322〕《廣

〔註313〕條,徒聊切,聲屬定母,古韻在覺部。條、滌聲韻俱同。條場爲滌場的異寫詞。
程燕《詩經異文輯考》,頁201。

〔註314〕《詩經》,頁296。

〔註315〕馬瑞辰《毛詩傳箋通釋》,頁148。

〔註316〕邱靜子《詩經蟲魚意象研究》,臺北:文史哲出版社,2007年,頁135。

〔註317〕《說文》,頁367。

〔註318〕《說文》,頁615。

〔註319〕《廣韻》,頁54。

〔註320〕《廣韻》,頁64。

〔註321〕蚅,於夷切,聲屬影母,古韻在脂部。蚅、伊聲韻俱同。蚅威爲伊威的異寫詞。

〔註322〕《爾雅》,頁164。

韻・蝛字》：「『蚺蝛』〔註323〕，蟲也。一名蜿蝪。」〔註324〕蚺蝛，偏旁同化。

第二節　A（或 B）本義與 C 相關，B（或 A）本義與 C 無關

1. 于　嗟

〈周南・麟之趾〉一、二、三章：「于嗟麟兮。」《傳》：「于嗟，歎辭。」

〔註325〕

〈召南・騶虞〉一、二章：「于嗟乎，騶虞！」《正義》：「于嗟乎歎之。」

〔註326〕

〈邶風・擊鼓〉五章：「于嗟闊兮」、「于嗟洵兮」，《箋》並訓爲「歎」

〔註327〕。

〈衛風・氓〉三章：「于嗟鳩兮」、「于嗟女兮」，《箋》：「于嗟而戒之。」

〔註328〕

〈秦風・權輿〉一、二章：「于嗟乎不承權輿。」

案：于即亏，《說文》云：「亏，於也。」〔註329〕《說文》無嗟字，《玉篇
・口部》云：「嗟，嗟歎也。」〔註330〕于字於「歎辭」無所取義，于、嗟不可
分訓。

于，羽俱切〔註331〕，聲屬爲母，古歸匣母，古韻在魚部。嗟，子邪切
〔註332〕，聲屬精母，古韻在歌部。匣、精遠隔，魚、歌遠隔。于嗟聲韻畢異。

「于嗟」字形不定。王先謙《詩三家義集疏》云：「《韓》于作『吁』。」

〔註323〕蚺，於脂切，聲屬影母，古韻在脂部；蝛，於非切，聲屬影母，古韻在微部。蚺、
　　　　伊聲韻俱同；蝛、威聲韻俱同。蚺蝛爲伊威的異寫詞。

〔註324〕《廣韻》，頁 64。

〔註325〕《詩經》，頁 45。

〔註326〕《詩經》，頁 68。

〔註327〕《詩經》，頁 81。

〔註328〕《詩經》，頁 135。

〔註329〕《說文》，頁 204。

〔註330〕顧野王《玉篇》卷上，頁 3282。

〔註331〕《廣韻》，頁 73。

〔註332〕《廣韻》，頁 165。

〔註333〕〈齊風・猗嗟〉一章：「『猗嗟』昌兮」、二章：「『猗嗟』名兮」、三章：「『猗嗟』變兮」，《傳》：「猗嗟，歎辭。」吁嗟，偏旁同化。

2. 蔽芾

〈召南・甘棠〉一、二、三章：「蔽芾甘棠。」《傳》：「蔽芾，小貌。」
〔註334〕
〈小雅・我行其野〉：「蔽芾其樗。」

案：朱熹《詩集傳》曰：「蔽芾，盛貌。……召伯循行南國，以布文王之政，或舍甘棠之下。其後人思其德，故愛其樹而不忍傷也。」〔註335〕馬瑞辰《毛詩傳箋通釋》謂：「《毛傳》以小貌釋之，但甘棠爲召伯所舍，則不得爲小。《風俗通》引《傳》云：『送逸禽之超大，沛草木之蔽茂。』芾，古作宋。《說文》：『宋，艸木盛，宋宋然。』《廣雅》：『芾芾，茂也。』蔽芾正宜從《集傳》訓爲盛貌。」〔註336〕二家所說皆言之成理。矮小的甘棠樹不但無法供召伯休息，還可能害他被棘刺所傷。潘富俊《詩經植物圖鑑》謂：「（甘棠）落葉灌木或小喬木，枝上有棘刺，嫩枝被灰白色絨毛。」〔註337〕甘棠唯有長得夠高、夠茂盛，才能供召伯休息，且免於被刺傷的危險。據此，蔽芾以訓爲「茂盛」最切合詩意。

《說文》云：「蔽，蔽蔽，小艸也。」段注：「芾、茀同字。《說文》有茀，無芾。」〔註338〕又，《說文》云：「茀，道多艸，不可行。」〔註339〕芾字本義爲道多艸，引申有茂盛義，蔽字本義與「茂盛」無關，二字不可分訓。〔註340〕

〔註333〕吁，況于切，聲屬曉母，古韻在魚部。吁、于聲近韻同。吁嗟爲于嗟的異寫詞。
王先謙《詩三家義集疏》（上），頁29。

〔註334〕《詩經》，頁54。

〔註335〕朱熹《詩集傳》，《朱子全書》，頁414。

〔註336〕馬瑞辰《毛詩傳箋通釋》，頁26。

〔註337〕潘富俊《詩經植物圖鑑》，頁45。

〔註338〕《說文》，頁40。

〔註339〕《說文》，頁42。

〔註340〕宋・歐陽脩《詩本義》：「蔽，能蔽風日，俾人舍其下也；芾，茂盛貌。蔽芾乃大樹之茂盛者也。」此說立意雖善，但二字分訓，實不成詞。

蔽，必袂切〔註341〕，聲屬幫母，古韻在月部；茷，方味切〔註342〕，聲屬非母，古歸幫母，古韻在月部。幫母雙聲，月部疊韻。蔽茷聲韻俱同。

「蔽茷」字形不定。王先謙《詩三家義集疏》云：「《韓》『茷』作『芾』。」〔註343〕〈涼州刺史魏元丕碑〉：「『幣茷』〔註344〕其縱。」〔註345〕蔽茷字形不定，無法確定偏旁同化的過程。

3. 厭浥

〈召南‧行露〉：「厭浥行露。」《傳》：「厭浥，濕意也。」〔註346〕

案：《廣雅‧釋詁》云：「湆浥，溼也。」〔註347〕湆浥連文。馬瑞辰《毛詩傳箋通釋》謂：「湆浥二字雙聲，湆與厭亦雙聲。湆浥通作厭浥。」〔註348〕陳奐《詩毛氏傳疏》曰：「厭浥，古語。厭、浥、溼三字聲同。」〔註349〕綜上可知，厭浥爲古語，溼也。

《說文》云：「厭，筓也」〔註350〕；又「筓，迫也。在瓦之下棼上」〔註351〕；又「浥，溼也」〔註352〕。浥字單用與厭浥聯用同義，而厭字於「溼」無所取義，故知厭浥爲聯綿詞，二字不可分訓。

厭，於葉切〔註353〕，聲屬影母，古韻在談部；浥，於汲切〔註354〕，聲屬

〔註341〕《廣韻》，頁 376。

〔註342〕《廣韻》，頁 359。

〔註343〕芾，敷勿切，聲屬敷母，古歸滂母，古韻在沒部。芾、茷聲近韻近。蔽芾爲蔽茷的異寫詞。王先謙《詩三家義集疏》（上），頁 37。

〔註344〕幣，必袂切，聲屬幫母，古韻在月部。幣、蔽聲韻俱同。幣茷爲蔽茷的異寫詞。

〔註345〕洪适《隸釋；隸續》，頁 119。

〔註346〕《詩經》，頁 55。

〔註347〕王念孫《廣雅疏證》，頁 37。

〔註348〕馬瑞辰《毛詩傳箋通釋》，頁 27。

〔註349〕陳奐《詩毛氏傳疏》（一），頁 55。

〔註350〕《說文》，頁 448。

〔註351〕《說文》，頁 191。

〔註352〕《說文》，頁 552。

〔註353〕《廣韻》，頁 540。

〔註354〕《廣韻》，頁 533。

影母，古韻在緝部。影母雙聲，談、緝旁對轉。厭浥聲同韻近。

「厭浥」字形不定。王先謙《詩三家義集疏》云：「《魯》、《韓》『厭』作『浥』。」〔註355〕《三國志・華覈傳》：「『愍挹』〔註356〕清露，沐浴凱風。」〔註357〕浥浥，偏旁同化。

4. 唐棣

〈召南・何彼襛矣〉：「唐棣之華。」《傳》：「唐棣，栘也。」〔註358〕

案：陳奐《詩毛氏傳疏》謂：「〈晨風〉：『山有苞棣』，《傳》：『棣，唐棣也。』是唐棣一名棣，作栘者，誤也。」〔註359〕戴震《詩經補注》曰：「唐棣，今之車下李。」〔註360〕潘富俊《詩經植物圖鑑》謂：「（郁李）一名『車下李』，是古代的野李。」〔註361〕由上述可知，唐棣即郁李。

《說文》云：「唐，大言也」〔註362〕；又「棣，白棣也」〔註363〕。唐字於植物名無所取義，二字不可分訓。

唐，徒郎切〔註364〕，聲屬定母，古韻在陽部；棣，特計切〔註365〕，聲屬定母，古韻在脂部。定母雙聲，陽、脂遠隔。唐棣聲同韻異。

〔註355〕浥，去急切，聲屬溪母，古韻在緝部。浥、厭聲近韻近。浥浥為厭浥的異寫詞。王先謙《詩三家義集疏》（上），頁39。

〔註356〕愍，兵媚切，聲屬幫母，古韻在脂；挹，伊入切，聲屬影母，古韻在緝部。愍、厭聲近韻近；挹、浥聲同俱同。愍挹為厭浥的異寫詞。

〔註357〕陳壽（撰）、盧弼（著）《三國志集解・吳書・華覈傳》，北京：中華書局，1982年，頁1176。

〔註358〕《詩經》，頁67。

〔註359〕陳奐《詩毛氏傳疏》（一），頁71。

〔註360〕戴震《詩經補注》，《皇清經解毛詩類彙編》，臺北：藝文印書館，1986年，頁478。

〔註361〕潘富俊《詩經植物圖鑑》，頁203。

〔註362〕《說文》，頁58。

〔註363〕《說文》，頁245。

〔註364〕《廣韻》，頁178。

〔註365〕《廣韻》，頁372。

「唐棣」字形不定。〈小雅・常棣〉:「『常棣』〔註366〕之華,鄂不韡韡。」《文選・曹植・求通親親表》:「中詠『棠棣』〔註367〕非他之誠。」〔註368〕棠棣,偏旁同化。

5. 黽勉

〈邶風・谷風〉一章:「黽勉同心。」《傳》:「言黽勉者,思與君子同心也。」〔註369〕四章:「黽勉求之。」《箋》:「吾其黽勉勤力爲求之。」〔註370〕

〈小雅・十月之交〉:「黽勉從事。」

〈大雅・雲漢〉:「黽勉畏去。」《箋》:「黽勉,急禱請也。」《正義》曰:「黽勉者,勉力事神,是急於禱請,承上章旱魃之下,故知所尤畏者魃也。」〔註371〕

案:《箋》以「勤力」訓黽勉。所謂「勤力」,猶言勤勉、努力。

《說文》云:「黽,黽黽也」〔註372〕;又「勉,勞也」〔註373〕;又「勞,迫也」〔註374〕勉本義與「勤勉、努力」相近,黽本義爲黽黽,與「勤勉、努力」無涉,故知二字不可分訓。

黽,武盡切〔註375〕,聲屬微母,古歸明母,古韻在蒸部;勉,亡辨切〔註376〕,聲屬微母,古歸明母,古韻在諄部。明母雙聲,蒸、諄遠隔。黽勉聲同韻異。

〔註366〕常,市羊切,聲屬禪母,古歸定母,古韻在陽部。常、唐聲韻俱同。常棣爲唐棣的異寫詞。

〔註367〕棠,徒郎切,聲屬定母,古韻在陽部。棠、唐聲韻俱同。棠棣爲唐棣的異寫詞。

〔註368〕蕭統(編)、李善(注)《文選》,頁521。

〔註369〕《詩經》,頁89。

〔註370〕《詩經》,頁91。

〔註371〕《詩經》,頁662。

〔註372〕《說文》,頁679。

〔註373〕《說文》,頁699。

〔註374〕《說文》,頁699。

〔註375〕《廣韻》,頁277。

〔註376〕《廣韻》,頁295。

　　「黽勉」字形不定。王先謙《詩三家義集疏》云:「《韓》『黽勉』作『密勿』」〔註377〕,云:密勿,僶俛也。《魯》『黽勉』亦作『密勿』。」〔註378〕《賈誼新書‧道術》:「□勉善謂之慎。」注:「□皆訛或校改作『僶勉』〔註379〕就善亦意定耳。」〔註380〕《漢書‧五行志》:「『閔勉』〔註381〕遯樂」顏注:「閔勉猶黽勉,言不息也。」〔註382〕《漢書‧谷永杜鄴傳》:「『閔免』〔註383〕遁樂」顏注:「閔免猶黽勉也。」〔註384〕《管子‧宙合》:「沈抑以辟罰,靜默以『侔免』。」〔註385〕《方言疏證》:「『侔莫』〔註386〕,強也。北燕之外郊,凡勞而相勉,若言努力者,謂之侔莫。」〔註387〕《廣雅‧釋詁》:「『勄莫』〔註388〕,強也。」〔註389〕《漢書‧董仲舒傳》:「朕將親覽焉,子大夫其『茂明』〔註390〕之。」顏注:「茂明,勉也。」〔註391〕《爾雅‧釋詁上》:「『蠠沒』

〔註377〕密,美畢切,聲屬明母,古韻在質部;勿,文弗切,聲屬微母,古韻在諄部。密、黽聲同韻異;勿、勉聲韻俱同。密勿為黽勉的異寫詞。

〔註378〕王先謙《詩三家義集疏》(上),頁65。

〔註379〕僶,武盡切,聲屬微母,古歸明母,古韻在蒸部。僶、黽聲韻俱同。僶勉為黽勉的異寫詞。

〔註380〕賈誼《賈誼新書‧道術》,《二十二子》,臺北:先知出版社,1976年,頁237。

〔註381〕閔,眉殞切,聲屬明母,古韻在諄部。閔、黽聲同韻異。閔勉為黽勉的異寫詞。

〔註382〕班固《漢書‧五行志》,《百衲本二十四史》,北宋景祐刊本,臺北:臺灣商務,2010年,頁342。

〔註383〕免,亡辨切,聲屬微母,古歸明母,古韻在諄部。免、勉聲韻俱同。閔免為黽勉的異寫詞。

〔註384〕班固《漢書‧谷永杜鄴傳》,頁1042。

〔註385〕侔,莫浮切,聲屬明母,古韻在幽部。侔、黽聲同韻異。侔免為黽勉的異寫詞。劉向(編輯)《管子‧宙合》,頁165。

〔註386〕莫,莫故切,聲屬明母,古韻在鐸部。莫、勉聲同韻異。侔莫為黽勉的異寫詞。

〔註387〕戴震《方言疏證》,頁455。

〔註388〕勄,莫侯切,聲屬明母,古韻在幽部。勄、黽聲同韻異。勄莫為黽勉的異寫詞。

〔註389〕王念孫《廣雅疏證》,頁28。

〔註390〕茂,莫侯切,聲屬明母,古韻在幽部;明,武兵切,聲屬微母,古歸明母,古韻陽部。茂、黽聲同韻異;明、勉聲同韻異。茂明為黽勉的異寫詞。

〔註391〕班固《漢書‧董仲舒傳》,頁715。

〔註 392〕，勉也。」郭注：「蠠沒，猶黽勉。」〔註 393〕楊慎《升庵外集·文莫解》：「《晉書》欒肇《論語駁》曰：『燕齊謂勉強爲文莫。』」〔註 394〕程燕《詩經異文輯考》謂：「黽勉，阜陽漢簡作『沕沒』〔註 395〕，敦煌本作『僶俛』。」〔註 396〕沕沒、僶俛，偏旁同化。

6. 流 離

〈邶風·旄丘〉：「流離之子。」《傳》：「流離，鳥也。少好長醜，始而愉樂，終以微弱。」〔註 397〕

案：馬瑞辰《毛詩傳箋通釋》謂：「留離轉爲栗留，倉庚老而無毛，則呼爲黃栗留是也。」〔註 398〕流、留同音，流離即留離，倒言爲栗留，而倉庚亦與「流離」同類。李富孫《詩經異文釋》曰：「古訓皆以流離爲鳥，自王介甫創新義，以爲流離失職，後人遂多從之。」〔註 399〕詩人以流離之鳥喻流離之人，流離應以鳥名爲釋。

㵐與流同。《說文》云：「㵐，水行也」〔註 400〕；又「離，離黃，倉庚也」〔註 401〕。離黃即倉庚，流字於「鳥名」義不相涉，二字不可分訓。

〔註 392〕蠠，美隕切，聲屬明母，古韻在元部；沒，莫勃切，聲屬明母，古韻在沒部。蠠、黽聲同韻異；沒、勉聲同韻近。蠠沒爲黽勉的異寫詞。

〔註 393〕《爾雅》，頁 11。

〔註 394〕文，武巾切，聲屬微母，古歸明母，古韻在諄母。文、黽聲同韻異。文莫爲黽勉的異寫詞。楊慎《升庵外集·經說·文莫解》，《雜著祕笈叢刊》據明萬曆四四年顧起元校刊本影印，臺北：臺灣學生書局影印，1976 年，頁 1165～1166。

〔註 395〕沕，文弗切，聲屬微母，古歸明母，古韻在沒部。沕、黽聲同韻異。沕沒爲黽勉的異寫詞。

〔註 396〕俛，亡辨切，聲屬微母，古歸明母，古韻在諄部。俛、勉聲韻俱同。僶俛爲黽勉的異寫詞。程燕《詩經異文輯考》，頁 58。

〔註 397〕《詩經》，頁 94。

〔註 398〕馬瑞辰《毛詩傳箋通釋》，頁 45。

〔註 399〕李富孫《詩經異文釋》，《續經解毛詩類彙編》（一），臺北：藝文印書館，1986 年，頁 438。

〔註 400〕《說文》，頁 567。

〔註 401〕《說文》，頁 142。

流，力求切〔註402〕，聲屬來母，古韻在幽部；離，呂支切〔註403〕，聲屬來母，古韻在歌部。來母雙聲，幽、歌遠隔。流離聲同韻異。

「流離」字形不定。王先謙《詩三家義集疏》云：「《魯》『流』作『留』。」〔註404〕《說文》：「鷚，鳥少美長醜爲『鷚離』。」〔註405〕《玉篇‧鳥部》：「鷚，『鷚鴗』〔註406〕鳥，又名『鷚鸝』。」〔註407〕鷚鴗、鷚鸝，偏旁同化。

7. 仳 離

〈王風‧中谷有蓷〉一、二、三章：「有女仳離。」《傳》：「仳，別也。」
《箋》：「有女遇凶年而見棄，與其君子別離。」〔註408〕

案：《說文》云：「仳，別也。从人比聲。詩曰：有女仳離」〔註409〕；又「離，離黃，倉庚也」〔註410〕。仳字本義與「別離」之義相同，而離字本義爲鳥名，於「別離」無所取義，故知二字不可分訓。

仳，匹婢切〔註411〕，聲屬滂母，古韻在脂部；離，呂支切〔註412〕，聲屬來母，古韻在歌部。滂、來遠隔，脂、歌陰聲旁轉。仳離聲異韻近。

「仳離」字形不定。《漢書‧揚雄傳》：「紛『披麗』〔註413〕其亡鄂。」

〔註402〕《廣韻》，頁203。

〔註403〕《廣韻》，頁45。

〔註404〕留，力求切，聲屬來母，古韻在幽部。留、流聲韻俱同。留離爲流離的異寫詞。王先謙《詩三家義集疏》（上），頁70。

〔註405〕鷚，力求切，聲屬來母，古韻在幽部。鷚、流聲韻俱同。鷚離爲流離的異寫詞。《說文》，頁151。

〔註406〕鴗，力質切，聲屬來母，古韻在質部。鴗、離聲同韻近。鷚鴗爲流離的異寫詞。

〔註407〕鸝，呂支切，聲屬來母，古韻在歌部。鸝、離聲韻俱同。鷚鸝爲流離的異寫詞。顧野王《玉篇》卷下，頁3428。

〔註408〕《詩經》，頁151。

〔註409〕《說文》，頁382。

〔註410〕《說文》，頁142。

〔註411〕《廣韻》，頁246。

〔註412〕《廣韻》，頁45。

〔註413〕披，匹靡切，聲屬滂母，古韻在歌部；麗，呂支切，聲屬來母，古韻在歌部。披、仳聲同韻近；麗、離聲韻俱同。披麗爲仳離的異寫詞。

〔註 414〕又「『配藜』〔註 415〕四施」注:「張晏曰:『配藜,披離也。』」〔註 416〕郭晉稀《詩經蠡測》:「仳離,本作『披離』、『被離』〔註 417〕、『被麗』,皆古韻阿(歌)部疊韻連詞,『披』、『被』以脣音雙聲轉作仳,遂云仳離。」〔註 418〕程燕《詩經異文輯考》謂:「離,敦煌本作『㰈』。『㰈』即『㰈』〔註 419〕之俗字。」〔註 420〕

8. 婉 孌

〈齊風‧甫田〉:「婉兮孌兮。」《傳》:「婉孌,少好貌。」〔註 421〕

〈曹風‧候人〉:「婉兮孌兮。」《傳》:「婉,少貌。孌,好貌。」〔註 422〕案:《說文》云:「婉,順也」〔註 423〕;又「孌,慕也」〔註 424〕。孌本義爲愛慕,引申有「美」義〔註 425〕,而婉字於「少好貌」無所取義,故知婉、孌不可分訓。〔註 426〕

婉,於阮切〔註 427〕,聲屬影母,古韻在元部;孌,力兗切〔註 428〕,聲屬來

〔註 414〕班固《漢書‧揚雄傳》,頁 1064。

〔註 415〕配,滂佩切,聲屬滂母,古韻在沒部;藜,郎奚切,聲屬來母,古韻在脂部。配、仳聲同韻近;藜、離聲同韻近。配藜爲仳離的異寫詞。

〔註 416〕班固《漢書‧揚雄傳》,頁 1066。

〔註 417〕被,攀糜切,聲屬滂母,古韻在歌部。被、仳聲同韻近。被離爲仳離的異寫詞。

〔註 418〕郭晉稀《詩經蠡測》,成都:巴蜀書社,2006 年,頁 54。

〔註 419〕㰈,呂知切,聲屬來母,古韻在歌部。㰈、離聲韻俱同。仳㰈爲仳離的異寫詞。

〔註 420〕程燕《詩經異文輯考》,頁 116。

〔註 421〕《詩經》,頁 198。

〔註 422〕〔註 423〕《詩經》,頁 270。

〔註 423〕《說文》,頁 618。

〔註 424〕《說文》,頁 622。

〔註 425〕如〈邶風‧泉水〉「孌彼諸姬」、〈邶風‧靜女〉「靜女其孌」,《傳》或訓「好貌」,或訓「有美色」,皆是其例。

〔註 426〕〈曹風‧候人〉:「婉兮孌兮。」《傳》:「婉,少貌。孌,好貌。」疑爲後人據本詩「少好貌」之訓而分釋之。

〔註 427〕《廣韻》,頁 281。

〔註 428〕《廣韻》,頁 293。

母，古韻在元部。影、來遠隔，元部疊韻。婉孌聲異韻同。

「婉孌」字形不定。王先謙《詩三家義集疏》云：「三家『孌』作『嬌』。」
〔註429〕《文選・陸機・於承明作與士龍詩》：「婉孌居人思，紆鬱遊子情。」李
善注：「『惋』〔註430〕與婉同，古字通。」〔註431〕婉孌、婉嬌，偏旁同化。

9. 豈弟

〈齊風・載驅〉：「齊子豈弟。」《傳》：「言文姜於是樂易然。」《箋》：「此
豈弟猶言發夕也。豈讀當爲闓；弟，古文《尙書》以弟爲圛，圛，明也。」
〔註432〕

〈小雅・蓼蕭〉：「孔燕豈弟。」《傳》：「豈，樂。弟，易也。」〔註433〕

〈小雅・湛露〉：「豈弟君子。」

〈小雅・青蠅〉：「豈弟君子。」《箋》云：「豈弟，樂易也。」〔註434〕

〈大雅・旱麓〉一、二、三、五、六章：「豈弟君子。」

〈大雅・泂酌〉一、二、三章：「豈弟君子。」

〈大雅・卷阿〉一、二、三、四、五、六章：「豈弟君子。」

案：《傳》訓「樂易」，《箋》謂「猶言發夕」，二者歧義。〈小雅・湛露〉、
〈小雅・青蠅〉、〈大雅・卷阿〉之「豈弟君子」及〈大雅・旱麓〉之「豈弟君
子，干祿豈弟」，《傳》、《箋》並訓爲「樂易」。以全《詩》例之，本詩自當以訓
「樂易」爲允。

《說文》云：「豈，還師振旅樂也」〔註435〕；又「弟，韋束之次弟也。」
〔註436〕豈本義爲獻功之樂，引申有「樂」義〔註437〕，而弟字於「樂易」無所取

〔註429〕嬌，力絹切，聲屬來母，古韻在元部。嬌、孌聲韻俱同。婉嬌爲婉孌的異寫詞。王
先謙《詩三家義集疏》（上），頁138。

〔註430〕惋，於阮切，聲屬影母，古韻在元部。惋、婉聲韻俱同。惋孌爲婉孌的異寫詞。

〔註431〕蕭統（編）、李善（注）《文選》，頁347。

〔註432〕《詩經》，頁200。

〔註433〕《詩經》，頁349。

〔註434〕《詩經》，頁489。

〔註435〕《說文》，頁206。

〔註436〕《說文》，頁236。

義，故知二字不可分訓。〔註438〕

　豈，袪狶切〔註439〕，聲屬溪母，古韻在微部；弟，徒禮切〔註440〕，聲屬定母，古韻在脂部。溪、定遠隔，脂、微陰聲旁轉。豈弟聲異韻近。

　「豈弟」字形不定。〈大雅・旱麓〉：「豈弟君子」《釋文》：「弟亦作『悌』。」〔註441〕《左傳・僖公十二年》：「『愷悌』〔註442〕君子。」〔註443〕《漢書・王商史丹傅喜傳》：「『愷弟』愛人。」〔註444〕《禮記・表記》：「詩云：『凱弟〔註445〕君子，民之父母。』」〔註446〕程燕《詩經異文輯考》謂：「豈，吐魯番本作『凱』。……弟，吐魯番本作『悌』。」〔註447〕又「豈，尹灣漢簡作『幾』。……弟，尹灣漢簡作『自』。」〔註448〕又「豈，信陽簡作『敳』，上博簡或作『幾』，或作『幾』。……弟，信陽簡作『第』〔註449〕，上博簡或作『俤』〔註450〕，或作『屖』。」〔註451〕愷悌，偏旁同化。

〔註437〕如〈小雅・魚藻〉：「豈樂飲酒。」《箋》：「豈，亦樂也。」是其例。

〔註438〕〈小雅・蓼蕭〉：「孔燕豈弟」，《傳》：「豈，樂。弟，易也。」此自亂其例，或爲後人妄加分釋。

〔註439〕《廣韻》，頁255。

〔註440〕《廣韻》，頁269。

〔註441〕悌，徒禮切，聲屬定母，古韻在脂部。悌、弟聲韻俱同。豈悌爲豈弟的異寫詞。陸德明《經典釋文・毛詩音義》，頁91。

〔註442〕愷，苦亥切，聲屬溪母，古韻在微部。愷、豈聲韻俱同。愷悌爲豈弟的異寫詞。

〔註443〕《左傳》，阮刻《十三經注疏》本，藝文印書館影印，頁223。

〔註444〕班固《漢書・王商史丹傅喜傳》，頁1012。

〔註445〕凱，苦亥切，聲屬溪母，古韻在微部。凱、豈聲韻俱同。凱弟爲豈弟的異寫詞。

〔註446〕《禮記》，阮刻《十三經注疏》本，藝文印書館影印，頁914。

〔註447〕程燕《詩經異文輯考》，頁243。

〔註448〕幾，居狶切，聲屬見母，古韻在微部；自，疾二切，聲屬從母，古韻在質部。幾、豈聲近韻同；自、弟聲近韻近。幾自爲豈弟的異寫詞。程燕《詩經異文輯考》，頁295～296。

〔註449〕第，特計切，聲屬定母，古韻在脂部。第、弟聲韻俱同。敳第爲豈弟的異寫詞。

〔註450〕俤，徒禮切，聲屬定母，古韻在脂部。俤、弟聲韻俱同。幾俤爲豈弟的異寫詞。

〔註451〕屖，先稽切，聲屬心母，古韻在脂部。屖、弟聲異韻同。幾屖爲豈弟的異寫詞。程燕《詩經異文輯考》，頁321～322。

10. 猗嗟

〈齊風・猗嗟〉一章：「猗嗟昌兮」；二章：「猗嗟名兮」；三章：「猗嗟孌兮」。《傳》：「猗嗟，歎辭。」〔註452〕

案：《說文》云：「猗，犗犬也。」〔註453〕《說文》無嗟字，《玉篇・口部》云：「嗟，嗟歎也。」〔註454〕猗字於「歎辭」無所取義，猗、嗟不可分訓。〔註455〕

猗，於離切〔註456〕，聲屬影母，古韻在歌部；嗟，子邪切〔註457〕，聲屬精母，古韻在歌部。影、精同位，歌部疊韻。猗嗟聲近韻同。

「猗嗟」字形不定。〈周南・麟之趾〉：「『于嗟』麟兮」，《傳》：「于嗟，歎辭。」〔註458〕程燕《詩經異文輯考》謂：「猗，上博簡作『於』……嗟，上博簡作『差』。」〔註459〕

11. 沮洳

〈魏風・汾沮洳〉：「彼汾沮洳。」《傳》：「沮洳，其漸洳者。」〔註460〕

案：朱熹《詩集傳》謂：「沮洳，水浸處下溼之地。」〔註461〕王先謙《詩三家義集疏》云：「沮洳即漸洳。沮、漸雙聲字，《廣雅・釋詁》：『漸洳，溼也。』猶言汾旁之溼地矣。」〔註462〕綜上可知，沮洳爲河邊溼潤之地。

〔註452〕《詩經》，頁 201。

〔註453〕《說文》，頁 473。

〔註454〕顧野王《玉篇》卷上，頁 3282。

〔註455〕馬瑞辰《毛詩傳箋通釋》謂：「猗者，美之之詞。嗟者，語詞也。」爲分訓之例。

〔註456〕《廣韻》，頁 49。

〔註457〕《廣韻》，頁 165。

〔註458〕《詩經》，頁 45。

〔註459〕於，央居切，聲屬影母，古韻在魚部；差，咨邪切，聲屬精母，古韻在歌部。於、猗聲同韻異；差、嗟聲韻俱同。於差爲猗嗟的異寫詞。程燕《詩經異文輯考》，頁 150。

〔註460〕《詩經》，頁 207。

〔註461〕朱熹《詩集傳》，《朱子全書》，頁 491。

〔註462〕王先謙《詩三家義集疏》（上），頁 143。

《說文》云：「沮，沮水。出漢中房陵。東入江。」〔註463〕洳同澲，《說文》云：「澲，漸溼也。」〔註464〕沮本義爲水名，與「溼地」無關，沮、洳不可分訓。

沮，將預切〔註465〕，聲屬精母，古韻在魚部；洳，人恕切〔註466〕，聲屬日母，古歸泥母，古韻在魚部。精、泥遠隔，魚部疊韻。沮洳聲異韻同。

「沮洳」字形不定。《漢書・東方朔傳》：「塗者，『漸洳』〔註467〕徑也。」顏注：「漸洳，浸溼也。」〔註468〕沮洳字形不定，無法確定偏旁同化的過程。

12. 椒 聊

〈唐風・椒聊〉一、二章：「椒聊之實」、「椒聊且」。《傳》：「椒聊，椒也。」〔註469〕《釋文》曰：「椒，木名。聊，辭也。」〔註470〕

案：高本漢《詩經注釋》認爲：「毛傳：椒聊，椒也；所以這句是：『椒聊』的果實。毛氏是把『聊』當作一個複詞的第二個成分。……釋文和朱熹用陸機說，以爲『聊』是語助詞。『聊』作語助詞用是常見的，不過在這裡文法上講不通。」〔註471〕段玉裁《小箋》曰：「《傳》不以聊爲語詞。椒聊疊字疊韻，單呼曰椒，絫呼曰椒聊。」〔註472〕綜上可知，椒聊爲植物專名。

椒，同茉。《說文》云：「茉，茉莍也。」段注：「茉莍蓋古語，猶《詩》之椒聊也。單呼曰茉，絫呼曰茉莍。」〔註473〕又，《說文》云：「聊，耳鳴也。」〔註474〕椒字單用與椒聊聯用同義，而聊字於「植物專名」無所取義，故知二

〔註463〕《說文》，頁519。

〔註464〕《說文》，頁558。

〔註465〕《廣韻》，頁363。

〔註466〕《廣韻》，頁363。

〔註467〕漸，慈染切，聲屬從母，古韻談部。漸、沮聲近韻異。漸洳爲沮洳的異寫詞。

〔註468〕班固《漢書・東方朔傳》，頁822。

〔註469〕《詩經》，頁219。

〔註470〕陸德明《經典釋文・毛詩音義》，頁68。

〔註471〕高本漢（撰）、董同龢（譯）《高本漢詩經注釋》上冊，頁300。

〔註472〕段玉裁《毛詩故訓傳》（小箋），《皇清經解毛詩類彙編》，臺北：藝文印書館，1986年，頁518。

〔註473〕《說文》，頁37。

〔註474〕《說文》，頁591。

字不可分訓。〔註475〕

椒，即消切〔註476〕，聲屬精母，古韻在幽部；聊，落蕭切〔註477〕，聲屬來母，古韻在幽部。精、來遠隔，幽部疊韻。椒聊聲異韻同。

「椒聊」字形不定。《說文》：「茮，茮莍也。」〔註478〕椒、茮同音；聊、莍幽部疊韻。椒聊與茮莍聲近義同。茮莍，偏旁同化。

13. 棲 遲

〈陳風・衡門〉：「可以棲遲。」《傳》：「棲遲，遊息也。」〔註479〕

〈小雅・北山〉：「或棲遲偃仰。」

案：《爾雅・釋詁下》云：「棲遲，息也。」邢昺《疏》曰：「舍人曰：『棲遲，行步之息也。』」〔註480〕據此，《傳》所謂「遊息」，即停留休息。

《說文》無棲字。《玉篇・木部》云：「棲，鳥棲也。亦作栖。」〔註481〕《說文》云：「遲，徐行也。」〔註482〕棲本義爲鳥棲，引申有「休息」之意，而遲字於「休息」無所取義，故知二字不可分訓。

棲，先稽切〔註483〕，聲屬心母，古韻在脂部；遲，直尼切〔註484〕，聲屬澄母，古歸定母，古韻在脂部。心、定遠隔，脂部疊韻。棲遲聲異韻同。

「棲遲」字形不定。《說文》：「屖，屖遟也。」段注：「『屖遟』〔註485〕即

〔註475〕朱熹《詩集傳》稱：「椒樹似茱萸，有針刺，其實味辛而香烈。聊，語助也。」即分訓之例。

〔註476〕《廣韻》，頁148。

〔註477〕《廣韻》，頁145。

〔註478〕《說文》，頁37。

〔註479〕《詩經》，頁252。

〔註480〕《爾雅》，頁26。

〔註481〕顧野王《玉篇》卷中，頁3341。

〔註482〕《說文》，頁72。

〔註483〕《廣韻》，頁90。

〔註484〕《廣韻》，頁53。

〔註485〕屖，先稽切，聲屬心母，古韻在脂部；遟，直尼切，聲屬澄母，古歸定母，古韻在脂部。屖、棲聲韻俱同；遟、遲聲韻俱同。屖遟爲棲遲的異寫詞。

〈陳風〉之棲遲也。」〔註 486〕《文選‧揚雄‧甘泉賦》「徘徊招搖，靈『迟迡』〔註 487〕兮。」注：「迟迡，即棲遲也。」〔註 488〕《漢書‧揚雄傳》：「俳佪招搖，靈『遅迡』〔註 489〕兮。」〔註 490〕《集韻‧㢮》：「屖㢮〔註 491〕，休息也。或作『徲』〔註 492〕。」〔註 493〕〈玄儒先生婁壽碑〉：「『徲徲』〔註 494〕衡門。」〔註 495〕〈繁陽令楊君碑〉：「『徲㢮』〔註 496〕樂志。」〔註 497〕〈處士嚴發殘碑〉：「『西遲』〔註 498〕衡門。」〔註 499〕迟迡、遅迡、徲徲、徲㢮，偏旁同化。

14. 滂 沱

〈陳風‧澤陂〉：「涕泗滂沱。」

〈小雅‧漸漸之石〉：「月離于畢，俾滂沱矣。」《箋》：「將有大雨，徵氣先見於天。」〔註 500〕

〔註 486〕《說文》，頁 400。

〔註 487〕迟，必搖切，聲屬幫母，古韻在脂部；迡，直尼切，聲屬澄母，古歸定母，古韻在脂部。迟、棲聲異韻同；迡、遲聲韻俱同。迟迡爲棲遲的異寫詞。

〔註 488〕蕭統（編）、李善（注）《文選》，頁 115。

〔註 489〕遅，直尼切，聲屬澄母，古歸定母，古韻在脂部；迡，直尼切，聲屬澄母，古歸定母，古韻在脂部。遅、棲聲異韻同；迡、遲聲韻俱同。遅迡爲棲遲的異寫詞。

〔註 490〕班固《漢書‧揚雄傳》，頁 1067。

〔註 491〕㢮，田黎切，聲屬定母，古韻在脂部。㢮、遲聲韻俱同。屖㢮爲棲遲的異寫詞。

〔註 492〕徲，直尼切，聲屬澄母，古歸定母，古韻在脂部。徲、遲聲韻俱同。屖徲爲棲遲的異寫詞。

〔註 493〕丁度（修）《集韻‧平聲‧齊‧㢮》，頁 14。

〔註 494〕徲，直尼切，聲屬澄母，古歸定母，古韻在脂部。徲、棲聲異韻同。徲徲爲棲遲的異寫詞。

〔註 495〕洪适《隸釋；隸續》，頁 103。

〔註 496〕徲，田黎切，聲屬定母，古韻在脂部；㢮，直尼切，聲屬澄母，古歸定母，古韻在脂部。徲、棲聲異韻同；遲、㢮聲韻俱同。徲㢮爲棲遲的異寫詞。

〔註 497〕洪适《隸釋；隸續》，頁 105。

〔註 498〕西，先稽切，聲屬心母，古韻在諄部；遲，直尼切，聲屬澄母，古歸定母，古韻在脂部。西、棲聲同韻近；遲、遲聲韻俱同。

〔註 499〕洪适《隸釋；隸續》，頁 300。

〔註 500〕《詩經》，頁 525。

案：滂沱，《傳》、《箋》無訓；《正義》曰：「目涕鼻泗一時俱下，滂沱然也。」〔註501〕只訓「涕泗」，不訓「滂沱」。全《詩》「滂沱」凡二見，除本詩外，另見〈小雅・漸漸之石〉：「月離于畢，俾滂沱矣。」《箋》曰：「將有大雨，徵氣先見於天。」據此，滂沱為大雨貌；涕泗滂沱，形容目涕鼻泗之多，猶如下大雨。

《說文》云：「滂，沛也」〔註502〕；又「沱，江別流也。出崏山東，別為沱」〔註503〕。滂字單用與滂沱聯用義近，而沱字於「大雨貌」無所取義，故知二字不可分訓。

滂，普郎切〔註504〕，聲屬滂母，古韻在陽部；沱，徒河切〔註505〕，聲屬定母，古韻在歌部。滂、定遠隔，陽、歌遠隔。滂沱聲韻畢異。

「滂沱」字形不定。《楚辭・王襃・九懷・株昭》：「卷佩將逝兮，涕流『滂洍』〔註506〕。」王注：「思君念國，泣霑衿也。」〔註507〕滂沱字形不定，無法確定偏旁同化的過程。

15. 果 贏

〈豳風・東山〉：「果贏之實。」《傳》：「果贏，栝樓也。」〔註508〕

案：《爾雅・釋草》云：「果贏之實，栝樓。」邢《疏》曰：「果贏之草，其實名栝樓。」〔註509〕潘富俊《詩經植物圖鑑》謂：「果贏又名『地樓』、『天瓜』，果實名『黃瓜』，即今栝樓……塊根之澱粉色白如雪，俗稱『天花粉』。」〔註510〕

《說文》云：「果，木實也。」〔註511〕贏同裸，《說文》云：「贏，但也。

〔註501〕《詩經》，頁256。
〔註502〕《說文》，頁547。
〔註503〕《說文》，頁517。
〔註504〕《廣韻》，頁182。
〔註505〕《廣韻》，頁159。
〔註506〕洍，徒何切，聲屬定母，古韻在歌部。洍、沱聲近韻同。滂洍為滂沱的異寫詞。
〔註507〕洪興祖《楚辭補注》，頁280。
〔註508〕《詩經》，頁296。
〔註509〕《爾雅》，頁135。
〔註510〕潘富俊《詩經植物圖鑑》，頁217。
〔註511〕《說文》，頁249。

从衣，羸聲。裸，羸或从果。」〔註512〕果爲木實總名，栝樓亦實也，果字單用與二字聯用義近。羸之本義爲裸裎，與「植物名」迥別。故知二字不可分訓。

果，古火切〔註513〕，聲屬見母，古韻在歌部；羸，郎果切〔註514〕，聲屬來母，古韻在歌部。見、來遠隔，歌部疊韻。果羸聲異韻同。

「果羸」字形不定。《爾雅》作「栝樓」〔註515〕。《說文》:「苦，苦蔞〔註516〕，果羸〔註517〕也。」段注:「果羸，宋鉉本作『果蓏』〔註518〕。……苦果、蔞羸皆雙聲。」〔註519〕程燕《詩經異文輯考》謂:「果，敦煌本作『猓』。……羸，敦煌本作『𧖅』。」〔註520〕苦蔞、栝樓，偏旁同化。

16. 町 畽

〈豳風·東山〉:「町畽鹿場。」《傳》:「町畽，鹿迹也。」〔註521〕

案:《說文》云:「町，田踐處曰町。」段注:「此踐字疑淺人所增。《廣韻·青韻》注曰:『田處』，〈迥韻〉注曰:『田塸』，塸者，俗區字。田處者，謂人所田之處。淺人以二字古奧，乃因下文『町畽』爲禽獸踐處，妄增之。」〔註522〕畽同疃，《說文》云:「疃，禽獸所踐處也。《詩》曰:『町疃鹿場。』」段注:「獸足蹂地曰厹，其所蹂之處曰疃，本不專謂鹿，《詩》則言鹿而已。」

〔註512〕《說文》，頁396。

〔註513〕《廣韻》，頁305。

〔註514〕《廣韻》，頁306。

〔註515〕栝，古活切，聲屬見母，古韻在月部；樓，落侯切，聲屬來母，古韻在侯部。栝、果聲同韻近；樓、羸聲同韻異。栝樓爲果羸的異寫詞。

〔註516〕苦，公活切，聲屬見母，古韻在月部；蔞，落侯切，聲屬來母，古韻在侯部。苦、果聲同韻近；蔞、羸聲同韻異。苦蔞爲果羸的異寫詞。

〔註517〕羸，郎果切，聲屬來母，古韻在歌部。羸、羸聲韻俱同。果羸爲果羸的異寫詞。

〔註518〕蓏，郎果切，聲屬來母，古韻在歌部。蓏、羸聲韻俱同。果蓏爲果羸的異寫詞。

〔註519〕《說文》，頁31～32。

〔註520〕猓，古火切，聲屬見母，古韻在歌部；𧖅，力爲切，聲屬來母，古韻在歌部。猓、果聲韻俱同；𧖅、羸聲韻俱同。猓𧖅爲果羸的異寫詞。程燕《詩經異文輯考》，頁205～206。

〔註521〕《詩經》，頁296。

〔註522〕《說文》，頁695。

……《毛傳》：『町疃，鹿迹也。』謂鹿迹所在也。」〔註523〕疃字單用與町疃聯用同義，町之本義爲田處，與獸蹂之處無關，故知二字不可分訓。

町，他典切〔註524〕，聲屬透母，古韻在耕部；疃，他袞切〔註525〕，聲屬透母，古韻在東部。透母雙聲，耕、東遠隔。町疃聲同韻異。

「町疃」字形不定。段玉裁《詩經小學》曰：「古『重』、『童』通用，《廣韻》『疃』〔註526〕亦作『疃』，亦作『畽』。」〔註527〕李富孫《詩經異文釋》謂：「《玉篇》云：『壿〔註528〕，鹿踐地。亦作疃。疃同。』古『重』、『童』聲同，从田、从土字亦通。」〔註529〕町疃、町疃、町畽，偏旁同化。

第三節　A（或B）本義與C相關，B（或A）不能單獨使用

1. 雎　鳩

〈周南・關雎〉：「關關雎鳩。」《傳》：「雎鳩，王雎也。鳥摯而有別。」

〔註530〕

案：朱熹《詩集傳》謂：「雎鳩，水鳥。一名王雎，狀類鳧鷖，今江淮間有之。生有定偶而不相亂偶，常並遊而不相狎，故《毛傳》以爲『摯而有別』。」〔註531〕邵晉涵《爾雅正義》曰：「《史記正義》云：『王鴡，金口鶚也。』……今鶚鳥能翱翔水上，捕魚而食，後世謂之魚鷹。其鳴緩而和順也。」〔註532〕綜上可知，雎鳩、王鴡、魚鷹，異名同實。

〔註523〕《說文》，頁697～698。

〔註524〕《廣韻》，頁288。

〔註525〕《廣韻》，頁283。

〔註526〕疃，吐緩切，聲屬透母，古韻在東部。疃、疃聲韻俱同。町疃爲町疃的異寫詞。

〔註527〕畽，吐緩切，聲屬透母，古韻在元部。畽、疃聲同韻異。町畽爲町疃的異寫詞。段玉裁《詩經小學》，《皇清經解毛詩類彙編》，臺北：藝文印書館，1986年，頁604。

〔註528〕壿，吐緩切，聲屬透母，古韻在東部。壿、疃聲韻俱同。町壿爲町疃的異寫詞。

〔註529〕李富孫《詩經異文釋》，《續經解毛詩類彙編》（一），頁485。

〔註530〕《詩經》，頁20。

〔註531〕朱熹《詩集傳》，《朱子全書》，頁402。

〔註532〕邵晉涵《爾雅正義》，《中華漢語工具書書庫》據清文炳齋劉氏刊本影印，合肥：安徽教育出版社，2002年，頁163。

雎與鴡同。《說文》云：「鴡，王鴡也」〔註533〕；又「鳩，鶻鵃也。」段注：「鳩爲五鳩之總名。」〔註534〕鳩爲類名，雎字不能單獨使用，故知雎、鳩二字不可分訓。

雎，七余切〔註535〕，聲屬清母，古韻在魚部。鳩，居求切〔註536〕，聲屬見母，古韻在幽部。清、見遠隔，魚、幽遠隔。雎鳩聲韻畢異。

「雎鳩」字形不定。《釋文》：「雎，依字，且邊……，旁或作鳥。」〔註537〕《字彙補》：「𪁎，七余切，音趨。𪁎鳩〔註538〕，不淫鳥。」〔註539〕鴡鳩、𪁎鳩，偏旁同化。

2. 輾　轉

〈周南·關雎〉：「輾轉反側。」《箋》：「臥而不周曰輾。」〔註540〕《釋文》曰：「輾，本亦作展。……呂忱從『車展』。」〔註541〕《正義》曰：「《書》傳曰：『帝猶反側晨興。』則反側亦臥而不正也。反側既爲一，則輾轉亦爲一，俱爲臥而不周矣。《箋》獨以輾爲不周者，辨其難明，不嫌與轉異也。」〔註542〕

〈陳風·澤陂〉：「輾轉伏枕。」

案：輾轉反側，透過失眠寫相思之苦。臥而不周，相當於口語「翻來覆去（睡不著覺）」。

古代只用「展」，不用「輾」，詩今作「輾」，非古。《說文》云：「展，轉也」

〔註533〕《說文》，頁 154。

〔註534〕《說文》，頁 149。

〔註535〕《廣韻》，頁 68。

〔註536〕《廣韻》，頁 208。

〔註537〕鴡，七余切，聲屬清母，古韻在魚部。鴡、雎聲韻俱同。鴡鳩爲雎鳩的異寫詞。
　　　　陸德明《經典釋文·毛詩音義》，頁 53。

〔註538〕𪁎，七余切，聲屬清母，古韻在魚部。𪁎、雎聲韻俱同。𪁎鳩爲雎鳩的異寫詞。

〔註539〕吳任臣《字彙補·亥集》，《續修四庫全書》經部·小學類，據彙賢齋刻本影印，
　　　　上海：上海古籍出版社，2002 年，頁 722。

〔註540〕《詩經》，頁 21。

〔註541〕陸德明《經典釋文·毛詩音義》，頁 53。

〔註542〕《詩經》，頁 22。

〔註543〕；又「轉，還也」〔註544〕。朱駿聲《說文通訓定聲・展字》謂：「單言之曰展，累言之曰展轉。……展轉即展也。」〔註545〕展、轉本義與臥而不周相近，按理「展轉」應屬並列式合義複詞，但由於展、轉凝結成新詞素，加上偏旁同化而成單純詞「輾轉」，遂令「輾」字無法單獨使用。故知輾轉爲聯綿詞，二字不可分訓。〔註546〕

輾，知演切〔註547〕，聲屬知母，古歸端母，古韻在元部；轉，陟兗切〔註548〕，聲屬知母，古歸端母，古韻在元部。知母雙聲，元部疊韻。輾轉聲韻俱同。

「輾轉」字形不定。王先謙《詩三家義集疏》云：「三家『輾』作『展』。」〔註549〕程燕《詩經異文輯考》：「輾轉，馬王堆帛書作『婘槫』。」〔註550〕輾轉，偏旁同化。

3. 崔嵬

〈周南・卷耳〉：「陟彼崔嵬。」《傳》：「崔嵬，土山之戴石者。」《正義》：「〈釋山〉云：『石戴土謂之崔嵬。』孫炎曰：『石山上有土者。』又云：『土戴石爲砠。』孫炎曰：『土山上有石者。』此及下《傳》云：『石山戴土曰砠』，與《爾雅》正反者，或傳寫誤也。」〔註551〕

〈小雅・谷風〉：「維山崔嵬。」《傳》：「崔嵬，山巔也。」〔註552〕

〔註543〕《說文》，頁400。

〔註544〕《說文》，頁727。

〔註545〕朱駿聲《說文通訓定聲》，臺北：藝文印書館，1994年，頁778。

〔註546〕朱熹《詩集傳》稱：「輾者，轉之半。轉者，輾之周。反者，輾之過。側者，轉之留。皆臥不安席之意。」輾、轉、反、側，四字分訓，立意雖新，難免穿鑿。

〔註547〕《廣韻》，頁290。

〔註548〕《廣韻》，頁293。

〔註549〕展，知演切，聲屬知母，古歸端母，古韻在元部。展、輾聲韻俱同。展轉爲輾轉的異寫詞。王先謙《詩三家義集疏》（上），頁13。

〔註550〕婘，古倦切，聲屬見母，古韻在元部；槫，徒官切，聲屬定母，古韻在元部。婘、輾聲近韻同；槫、轉聲近韻同。婘槫爲輾轉的異寫詞。程燕《詩經異文輯考》，頁6。

〔註551〕《詩經》，頁33～34。

〔註552〕《詩經》，頁435。

案：戴震《毛鄭詩考正》曰：「此及下《傳》疑轉寫為互譌。崔嵬，高貌也。凡高山其下多石為之基，故《爾雅》石帶〔註553〕土謂之崔嵬。」〔註554〕馬瑞辰《毛詩傳箋通釋》謂：「崔嵬及砠皆以《毛傳》為確。……《說文》又曰：『兀，高而上平也』；『阢，石山戴土也』。阢即兀也，知高而上平者為石山戴土，則知崔嵬之高而不平者，為土山戴石矣。」〔註555〕土戴石、石戴土，各家爭訟不休，莫衷一是，惟「崔嵬」與下章「高岡」相對成文，在此泛指高山，各家並無異議。又，〈小雅·谷風〉：「維山崔嵬。」《傳》曰：「崔嵬，山巔也。」依毛訓，口語謂「維山山巔」，不成辭。崔嵬訓高山，可引申為高貌，陳奐《詩毛氏傳疏》曰：「山巔即山頂。崔嵬者，是山巔巉巖之狀。」〔註556〕屈萬里《詩經詮釋》云：「崔嵬，高貌；與〈周南·卷耳〉之為名詞者異。」〔註557〕所言甚是。

《說文》云：「崔，大高也」〔註558〕；又「嵬，山石崔嵬，高而不平也」〔註559〕。崔之本義為大高，與「高山」、「高貌」之義相近，但許氏以崔嵬訓嵬，足見嵬字不能單獨使用，故知二字不可分訓。

崔，昨回切〔註560〕，聲屬從母，古韻在微部；嵬，五灰切〔註561〕，聲屬疑母，古韻在微部。從、疑遠隔，微部疊韻。崔嵬聲異韻同。

「崔嵬」字形不定。《楚辭·東方朔·七諫·初放》：「高山『崔巍』〔註562〕兮」王注：「崔巍，高貌。」〔註563〕《抱朴子·微旨》：「絕險縣邈，『崒嵬』〔註564〕崎嶇。」〔註565〕《古文苑·揚雄·蜀都賦》：「岵石巇崔，捘巇『嶵嵬』。」

〔註553〕帶，當作「戴」。

〔註554〕戴震《毛鄭詩考正》，《皇清經解毛詩類彙編》，頁431。

〔註555〕馬瑞辰《毛詩傳箋通釋》，頁14。

〔註556〕陳奐《詩毛氏傳疏》（一），頁544。

〔註557〕屈萬里《詩經詮釋》，臺北：聯經出版事業公司，1999年，頁385。

〔註558〕《說文》，頁441。

〔註559〕《說文》，頁437。

〔註560〕《廣韻》，頁98。

〔註561〕《廣韻》，頁98。

〔註562〕巍，語韋切，聲屬疑母，古韻在微部。巍、嵬聲韻俱同。崔巍為崔嵬的異寫詞。

〔註563〕洪興祖《楚辭補注》，頁236。

〔註564〕崒，徂累切，聲屬從母，古韻在微部。崒、崔聲韻俱同。崒嵬為崔嵬的異寫詞。

〔註565〕李中華（注釋）、黃志民（校閱）《新譯抱朴子》，頁168。

〔註566〕《漢書‧揚雄傳》:「峻『嶵隗』〔註567〕虖其相嬰」顏注:「嶵隗,猶崔嵬。」〔註568〕《文選‧揚雄‧甘泉賦》「峻『嶵隗』乎其相嬰」注:「嶵隗,高貌。」〔註569〕《廣韻‧陮字》:「陮隗〔註570〕,不平狀。」〔註571〕《世說新語‧言語》:「其山『崒巍』以嵯峨。」〔註572〕《漢書‧司馬相如傳》「『㠑娞』〔註573〕崛崎」注:「張揖曰:『㠑娞,高貌。』」〔註574〕〈李翕析里橋郙閣頌〉:「高山『崔巋』〔註575〕兮。」〔註576〕《文選‧嵇康‧琴賦》:「『磪嵬』〔註577〕岑嵓。」〔註578〕宋‧文同〈超然臺賦〉:「陟危譙以騁望兮,丘阜『摧娞』〔註579〕而參差。」〔註580〕南朝陳‧江總〈貞女峽賦〉:「或邐迤而四成,乍『崣隗』而五曲。」〔註581〕《楚辭‧屈原‧九章‧抽思》:「軫石『崴嵬』〔註582〕,蹇吾願兮。」

〔註566〕嶵,徂累切,聲屬從母,古韻在微部。隗,鄔毀切,聲屬影母,古韻在微部。嶵、崔聲韻俱同;隗、嵬聲異韻同。嶵隗爲崔嵬的異寫詞。章樵注《古文苑‧揚雄‧蜀都賦》,《國學名著珍本彙刊》總集彙刊之一,臺北:鼎文書局,1973年,頁97。

〔註567〕嶵,徂累切,聲屬從母,古韻在微部;隗,五罪切,聲屬疑母,古韻在微部。嶵、崔聲韻俱同;隗、嵬聲韻俱同。嶵隗爲崔嵬的異寫詞。

〔註568〕班固《漢書‧揚雄傳》,頁1065。

〔註569〕蕭統(編)、李善(注)《文選》,頁113。

〔註570〕陮,都辠切,聲屬端母,古韻在微部。陮、崔聲異韻同。陮隗爲崔嵬的異寫詞。

〔註571〕《廣韻》,頁272。

〔註572〕劉義慶(撰)、劉峻(注)《世說新語》,《百部叢書集成‧惜陰軒叢書》,臺北:藝文印書館,頁27。

〔註573〕娞,鄔毀切,聲屬影母,古韻在微部。娞、嵬聲近韻同。㠑娞爲崔嵬的異寫詞。

〔註574〕班固《漢書‧司馬相如傳》,頁727。

〔註575〕巋,於鬼切,聲屬影母,古韻在微部。巋、嵬聲異韻同。崔巋爲崔嵬的異寫詞。

〔註576〕洪适《隸釋‧隸續》,頁54。

〔註577〕磪,昨回切,聲屬從母,古韻在微部。磪、崔聲韻俱同。磪嵬爲崔嵬的異寫詞。

〔註578〕蕭統(編)、李善(注)《文選》,頁255。

〔註579〕摧,子罪切,聲屬精母,古韻在微部。摧、崔聲近韻同。摧娞爲崔嵬的異寫詞。

〔註580〕文同《丹淵集‧詞賦》,《四部叢刊初編縮本》,臺北:臺灣商務,1975年,頁50。

〔註581〕歐陽詢(撰)、汪紹楹(校),《藝文類聚》據宋紹興刻本爲底本,上海:上海古籍出版社,1999年),頁107。

〔註582〕崴,烏回切,聲屬影母,古韻在微部。崴、崔聲異韻同。崴嵬爲崔嵬的異寫詞。

王注:「崴嵬,崔巍,高貌也。」〔註 583〕《爾雅·釋山》:「崒者,厜㕒〔註 584〕。」
郭注:「謂山峯頭巉巖。」〔註 585〕崔巍、崣嵬、嶵魁、陮隗、崣巍、㠏嵳、崔隗、
摧嵳、崣隗、崴嵬、厜㕒,偏旁同化。

4. 婆娑

〈陳風·東門之枌〉一章:「婆娑其下」;二章:「市也婆娑」。《傳》:「婆
娑,舞也。」〔註 586〕

案:《說文》無婆字。《玉篇·女部》云:「婆,婆娑。又婆母也。」〔註 587〕
《說文》云:「娑,舞也。」〔註 588〕娑字單用與婆娑聯用同義,而訓「舞」義時
婆字不能單獨使用,故知二字不可分訓。

婆,薄波切〔註 589〕,聲屬並母,古韻在歌部;娑,素何切〔註 590〕,聲屬心
母,古韻在歌部。並、心遠隔,歌部疊韻。婆娑聲異韻同。

「婆娑」字形不定。《說文·女部》引本詩作「媻娑」。〔註 591〕婆娑字形不
定,無法確定偏旁同化的過程。

5. 鳲鳩

〈曹風·鳲鳩〉一、二、三、四章:「鳲鳩在桑。」《傳》:「鳲鳩,秸鞠也。」
〔註 592〕

案:馬瑞辰《毛詩傳箋通釋》謂:「《爾雅》:『鳲鳩,鵠鵴。』《說文》作

〔註 583〕洪興祖《楚辭補注》,頁 140。

〔註 584〕厜,津垂切,聲屬精母,古韻在歌部;㕒,魚爲切,聲屬疑母,古韻在歌部。厜、
崔聲近韻近;㕒、嵬聲同韻近。厜㕒爲崔嵬的異寫詞。

〔註 585〕《爾雅》,頁 117。

〔註 586〕《詩經》,頁 251。

〔註 587〕顧野王《玉篇》卷上,頁 3267。

〔註 588〕《說文》,頁 621。

〔註 589〕《廣韻》,頁 162。

〔註 590〕《廣韻》,頁 159。

〔註 591〕媻,薄波切,聲屬並母,古韻在元部。婆、媻聲同韻近。媻娑爲婆娑的異寫詞。《說
文》,頁 621。

〔註 592〕《詩經》,頁 271。

『秸鵴』。《方言》：『布穀，自關東、西梁、楚之間謂之結誥，周、魏之間謂之擊穀，自關而西或謂之布穀。』」〔註593〕

　　《說文》無鳲字，李富孫《詩經異文釋》曰：「《說文》云：『秸鵴，尸鳩。』鳥部無鳲，从鳥亦後人所加。」〔註594〕《說文》云：「鳩，鶻鵃也。」〔註595〕鳩爲類名，鳲字無法單獨使用，二字不可分訓。

　　鳲，式之切〔註596〕，聲屬審母，古歸透母，古韻在脂部；鳩，居求切〔註597〕，聲屬見母，古韻在幽部。透、見遠隔，脂、幽遠隔。鳲鳩聲韻畢異。

　　「鳲鳩」字形不定。《說文》作「尸鳩」。〔註598〕程燕《詩經異文輯考》謂：「鳲，馬王堆帛書、漢石經皆作『尸』。……鳩，馬王堆帛書作『�』〔註599〕。《說文》：『�，高氣也。从口，九聲。』『�』亦可能即『九』之繁化，『口』乃增繁部件。」〔註600〕鳲鳩，偏旁同化。

第四節　Ａ（或Ｂ）本義與Ｃ無關，Ｂ（或Ａ）不能單獨使用

1. 樸樕

〈召南・野有死麕〉：「林有樸樕。」《傳》：「樸樕，小木也。」〔註601〕

　　案：陳奐《詩毛氏傳疏》曰：「樸樕爲小木，猶扶蘇爲大木，皆疊韻連縣字。」〔註602〕

〔註593〕馬瑞辰《毛詩傳箋通釋》，頁135。

〔註594〕李富孫《詩經異文釋》，《續經解毛詩類彙編》（一），頁479。

〔註595〕《說文》，頁149。

〔註596〕《廣韻》，頁54。

〔註597〕《廣韻》，頁208。

〔註598〕尸，式脂切，聲屬審母，古歸透母，古韻在脂部。尸、鳲聲韻俱同。尸鳩爲鳲鳩的異寫詞。《說文》，頁149。

〔註599〕呌，巨鳩切，聲屬群母，古歸匣母，古韻在幽部。呌、鳩聲近韻同。尸呌爲鳲鳩的異寫詞。

〔註600〕程燕《詩經異文考》，頁189～190。

〔註601〕《詩經》，頁66。

〔註602〕陳奐《詩毛氏傳疏》（一），頁69。

《說文》云：「樸，木素也」〔註603〕；又「㮚，樸㮚，小木也」〔註604〕。樸之本義與「小木」毫不相關，㮚字不能單獨使用，故知樸㮚爲聯綿詞，二字不可分訓。

樸，博木切〔註605〕，聲屬幫母，古韻在屋部；㮚，桑谷切〔註606〕，聲屬心母，古韻在屋部。幫、心遠隔，屋部疊韻。樸㮚聲異韻同。

「樸㮚」字形不定。《漢書・蒯伍江息夫傳》：「諸曹以下『僕遬』〔註607〕不足數。」顏注：「僕遬，凡短之兒也。」〔註608〕程燕《詩經異文輯考》謂：「㮚，敦煌本作『棟』。」〔註609〕樸㮚、樸棟，偏旁同化。

2. 騶虞

〈召南・騶虞〉一、二章：「于嗟乎，騶虞！」《傳》：「騶虞，義獸也。白虎黑文，不食生物，有至信之德則應之。」〔註610〕

案：馬瑞辰《毛詩傳箋通釋》謂：「此詩『吁嗟乎騶虞』與『吁嗟麟兮』句法相似，麟既爲獸，則騶虞亦獸。」〔註611〕向熹《詩經語文論集》謂：「依毛說，『騶虞』是單純複音詞。三家詩以『騶虞』爲掌鳥獸之官。賈誼《新書》又分『騶虞』爲二，以騶爲文王之囿，虞爲管獸的官。這樣『騶虞』就不僅不是單純複音詞，而且不是一個詞。按『騶虞』作爲獸名，又見于《山海經・海內北經》，《毛傳》的解釋還是比較可信的。《說文・虍部》：『虞，騶虞也，白虎黑文，尾長于身，仁獸，食死之肉。』和《毛傳》的說法是一致的。」〔註612〕

〔註603〕《說文》，頁 252。

〔註604〕《說文》，頁 241。

〔註605〕《廣韻》，頁 452。

〔註606〕《廣韻》，頁 450。

〔註607〕僕，蒲木切，聲屬並母，古韻在屋部；遬，桑谷切，聲屬心母，古韻在屋部。僕、樸聲近韻同；遬、㮚聲韻俱同。僕遬爲樸㮚的異寫詞。

〔註608〕班固《漢書・蒯伍江息夫傳》，頁 603。

〔註609〕棟，桑谷切，聲屬心母，古韻在屋部。棟、㮚聲韻俱同。樸棟爲樸㮚的異寫詞。程燕《詩經異文輯考》，頁 34。

〔註610〕《詩經》，頁 63。

〔註611〕馬瑞辰《毛詩傳箋通釋》，頁 33。

〔註612〕向熹〈詩經裏的複音詞〉，頁 43～44。

二家所言甚是。

《說文》云：「騶，廄御也」〔註613〕；又「虞，騶虞也。白虎黑文。尾長於身。仁獸也。食自死之肉。」〔註614〕騶字於「獸名」無所取義，虞字不能單獨使用，故知二字不可分訓。〔註615〕

騶，側鳩切〔註616〕，聲屬莊母，古歸精母，古韻在侯部；虞，遇俱切〔註617〕，聲屬疑母，古韻在魚部。精、疑遠隔，侯、魚遠隔。騶虞聲韻畢異。

「騶虞」字形不定。《山海經·海內北經》：「林氏國有珍獸，大若虎，五采畢具，尾長於身，名曰『騶吾』〔註618〕，乘之日行千里。」〔註619〕《逸周書·王會解》：「『酋耳』〔註620〕者，身若虎豹，尾長參其身，食虎豹。」〔註621〕〈北魏孝文吊比干墓文〉：「祈『騶騳』〔註622〕而揔轡兮。」〔註623〕騶騳，偏旁同化。

3. 逍 遙

〈鄭風·清人〉：「河上乎逍遙。」

〈檜風·羔裘〉：「羔裘逍遙。」

〈小雅·白駒〉：「所謂伊人，於焉逍遙。」

案：逍遙，《傳》、《箋》無訓。《莊子·逍遙遊》云：「彷徨乎無為其側，逍

〔註613〕《說文》，頁 468。

〔註614〕《說文》，頁 209。

〔註615〕王先謙《詩三家義集疏》云：「騶者，天子之圉也。虞者，圉之司獸者也。」屈萬里《詩經詮釋》：「《韓詩外傳》卷二『顏無父之御』節，以御馬者為騶。騶，御者；虞，虞人。」此皆分訓之例。

〔註616〕《廣韻》，頁 209。

〔註617〕《廣韻》，頁 72。

〔註618〕吾，五乎切，聲屬疑母，古韻在魚部。吾、虞聲韻俱同。騶吾為騶虞的異寫詞。

〔註619〕袁珂（校注）《山海經校注》，台北：里仁書局，1995 年，頁 315。

〔註620〕酋，自秋切，聲屬從母，古韻在幽部；耳，而止切，聲屬日母，古歸泥母，古韻在之部。酋、騶聲近韻近；耳、虞聲近韻近。酋耳為騶虞的異寫詞。

〔註621〕孔晁（注）《逸周書·王會解》，《百部叢書集成·抱經堂叢書》，臺北：藝文印書館，1966 年，頁 11。

〔註622〕騶，莊溝切，聲屬莊母，古歸精母，古韻在幽部；騳，遇俱切，聲屬疑母，古韻在魚部。騶、騶聲同韻近；騳、虞聲韻俱同。騶騳為騶虞的異寫詞。

〔註623〕《北魏吊比干墓文》，《歷代碑帖法書選》，北京：文物出版社，2000 年。

遙乎寢臥其下。」成玄英《疏》曰:「逍遙,自得之稱。」〔註 624〕屈萬里《詩經詮釋》謂:「逍遙,優遊也。」〔註 625〕綜上所述,逍遙可訓爲優遊自得。

《說文》無逍、遙。《玉篇‧辵部》云:「逍,逍遙也」〔註 626〕;又「遙,遠也」。〔註 627〕逍字不能單獨使用,遙字於「優遊自得」無所取義,故知二字不可分訓。

逍,相邀切〔註 628〕,聲屬心母,古韻在宵部;遙,餘昭切〔註 629〕,聲屬喻部,古歸定母,古韻在宵部。心、定遠隔,宵部疊韻。逍遙聲異韻同。

「逍遙」字形不定。王先謙《詩三家義集疏》云:「《韓》『逍遙』作『消搖』。」〔註 630〕《漢書‧司馬相如傳》:「『消搖』〔註 631〕乎襄羊。」〔註 632〕《史記‧司馬相如列傳》:「『招搖』〔註 633〕乎襄羊。」〔註 634〕逍遙、招搖,偏旁同化。

4. 茹藘

〈鄭風‧東門之墠〉:「茹藘在阪。」《傳》:「茹藘,茅蒐也。」〔註 635〕

〈鄭風‧出其東門〉:「縞衣茹藘。」《傳》:「茹藘,茅蒐之染女服也。」

〔註 624〕郭慶藩(編)、王孝魚(整理)《莊子集釋》,臺北:萬卷樓圖書公司,1993 年,上冊,頁 41。

〔註 625〕屈萬里《詩經詮釋》,頁 141。

〔註 626〕顧野王《玉篇》卷上,頁 3320。

〔註 627〕顧野王《玉篇》卷上,頁 3321。

〔註 628〕《廣韻》,頁 146。

〔註 629〕《廣韻》,頁 148。

〔註 630〕消,相邀切,聲屬心母,古韻在宵部;搖,餘招切,聲屬喻部,古歸定母,古韻在宵部。消、逍聲韻俱同;搖、遙聲韻俱同。消搖爲逍遙的異寫詞。王先謙《詩三家義集疏》(上),頁 123。

〔註 631〕搯,餘招切,聲屬喻部,古歸定母,古韻在宵部。搯、遙聲韻俱同。消搯爲逍遙的異寫詞。

〔註 632〕班固《漢書‧司馬相如傳》,頁 731。

〔註 633〕招,止遙切,聲屬照母,古歸端母,古韻在宵部。招、逍聲異韻同。招搖爲逍遙的異寫詞。

〔註 634〕司馬遷《史記》,頁 1094。

〔註 635〕《詩經》,頁 178。

〔註636〕

　　案：《說文》云：「蒐，茅蒐，茹藘。人血所生，可以染絳。」段注：「陸機云：『茹藘，茅蒐，蒨艸也。一名地血。齊人謂之茜。徐州人謂之牛蔓。』」

〔註637〕潘富俊《詩經植物圖鑑》謂：「古人認爲茜草乃『人血所化』，因此又稱爲『地血』。……茜草爲自古即盛行栽培的染料植物，紫赤色的根部含茜素（alizarin）及茜草酸（munjistin）等成分，爲紅色染料，專供染御服之用，稱爲『染絳』。」〔註638〕

　　《說文》云：「茹，飤馬也。」〔註639〕《說文》無藘字，《玉篇・艸部》云：「藘，茹藘，茅蒐。」〔註640〕茹字於「植物名」無所取義，藘字不能單獨使用，故知二字不可分訓。

　　茹，人諸切〔註641〕，聲屬日母，古歸泥母，古韻在魚部；藘，力居切〔註642〕，聲屬來母，古韻在魚部。泥、來同位，魚部疊韻。茹藘聲近韻同。

　　「茹藘」字形不定。《廣韻・藘字》：「『蒘藘』〔註643〕草。」〔註644〕茹藘字形不定，無法確定偏旁同化的過程。

5. 蟋蟀

　　〈唐風・蟋蟀〉一、二、三章：「蟋蟀在堂。」《傳》：「蟋蟀，蛬也。」

〔註645〕

　　〈豳風・七月〉：「十月蟋蟀入我牀下。」

〔註636〕《詩經》，頁181。

〔註637〕《說文》，頁31。

〔註638〕潘富俊《詩經植物圖鑑》，頁143。

〔註639〕《說文》，頁44。

〔註640〕顧野王《玉篇》卷中，頁3349。

〔註641〕《廣韻》，頁71。

〔註642〕《廣韻》，頁70。

〔註643〕蒘，人諸切，聲屬日母，古歸泥母，古韻在魚部。蒘、茹聲韻俱同。蒘藘爲茹藘的異寫詞。

〔註644〕《廣韻》，頁70。

〔註645〕《詩經》，頁216。

案:《爾雅·釋蟲》曰:「蟋蟀,蛬。」郭璞《注》:「今促織也。亦名青蛚。」邢昺引陸機《疏》云:「蟋蟀,似蝗而小,正黑,有光澤如漆,有角翅。一名蛬,一名蛓蛚。楚人謂之王孫,幽州人謂之趨織。」〔註646〕

蟋蟀,《說文》作「悉䗖」。「悉,詳盡也」〔註647〕;又「䗖,悉䗖也。」〔註648〕悉字於「蟲名」無所取義,䗖字不能單獨使用,故知二字不可分訓。

蟋,息七切〔註649〕,聲屬心母,古韻在質部;蟀,所律切〔註650〕,聲屬疏母,古歸心母,古韻在沒部。心母雙聲;質、沒入聲旁轉。蟋蟀聲同韻近。

「蟋蟀」字形不定。《集韻·蟋》:「『蟋䗖』〔註651〕,蟲名促織也。」〔註652〕程燕《詩經異文輯考》謂:「蟋蟀,上博簡作『七䗖』。」〔註653〕又「蟋,敦煌本或作『蟋』。……蟀,敦煌本或作『蟀』〔註654〕,或作『蟀』。」〔註655〕蟋蟀、蟋䗖、蟋蟀、蟋蟀,偏旁同化。

6. 懮受

〈陳風·月出〉:「舒懮受兮。」

案:懮受與窈糾相對成文,《傳》、《箋》不釋懮受,意謂與窈糾同訓。馬瑞辰《毛詩傳箋通釋》謂:「窈糾猶窈窕,……與下『懮受』、『夭紹』同為形容美好之詞,非舒遲之義。」〔註656〕據此,懮受亦可訓為「美麗」。

《說文》無懮字。《玉篇·心部》云:「懮,懮受,舒遲之貌。」〔註657〕《說

〔註646〕《爾雅》,頁162。

〔註647〕《說文》,頁50。

〔註648〕《說文》,頁666。

〔註649〕《廣韻》,頁468。

〔註650〕《廣韻》,頁472。

〔註651〕蟋,思栗切,聲屬心母,古韻在質部;䗖,所律切,聲屬疏母,古歸心母,古韻在沒部。蟋、蟋聲韻俱同;䗖、蟀聲韻俱同。蟋䗖為蟋蟀的異寫詞。

〔註652〕丁度(修)《集韻·入聲·櫛·蟋》,頁3。

〔註653〕七,親吉切,聲屬清母,古韻在質部。七、蟋聲近韻同。七䗖為蟋蟀的異寫詞。程燕《詩經異文輯考》,頁163。

〔註654〕蟋,息七切,聲屬心母,古韻在質部。蟋、蟋聲韻俱同。蟋蟀為蟋蟀的異寫詞。

〔註655〕程燕《詩經異文輯考》,頁197。

〔註656〕馬瑞辰《毛詩傳箋通釋》,頁128。

〔註657〕顧野王《玉篇》卷上,頁3302。

文》云：「受，相付也。」〔註658〕儁字不能單獨使用，受字於「美麗」無所取義，故知二字不可分訓。

儁，於柳切〔註659〕，聲屬影母，古韻在幽部；受，職酉切〔註660〕，聲屬照母，古歸端母，古韻在幽部。影、端同位，幽部疊韻。儁受聲近韻同。

「儁受」字形不定。本詩一章：「舒『窈糾』兮」、三章：「舒『夭紹』兮」。〈周南・關雎〉：「『窈窕』淑女。」窈窕，偏旁同化。

7. 萇 楚

〈檜風・隰有萇楚〉一、二、三章：「隰有萇楚。」《傳》：「萇楚，銚弋也。」
〔註661〕

案：潘富俊《詩經植物圖鑑》謂：「『萇楚』，各家均解爲獼猴桃，原種果實較小。……一九〇六年從華中引進紐西蘭，經育種改良後，果實加大，於一九三四年開始進行商品性栽種，成爲紐西蘭水果出口大宗之『奇異果』（kiwi fruit）。」〔註662〕

《說文》云：「萇，萇楚、銚弋。一曰羊桃」〔註663〕；又「楚，叢木」〔註664〕。萇字不能單獨使用，楚字本義與「植物名」無關，故知二字不可分訓。

萇，直良切〔註665〕，聲屬澄母，古歸定母，古韻在陽部；楚，創舉切〔註666〕，聲屬初母，古歸清母，古韻在魚部。定、清遠隔，陽、魚陽陰對轉。萇楚聲異韻近。

「萇楚」字形不定。程燕《詩經異文輯考》謂：「萇，上博簡作『長』。」

〔註658〕《說文》，頁160。

〔註659〕《廣韻》，頁324。

〔註660〕《廣韻》，頁324。

〔註661〕《詩經》，頁264。

〔註662〕潘富俊《詩經植物圖鑑》，頁195。

〔註663〕《說文》，頁26。

〔註664〕《說文》，頁271。

〔註665〕《廣韻》，頁174。

〔註666〕《廣韻》，頁258。

〔註667〕

8. 鴟鴞

〈豳風・鴟鴞〉：「鴟鴞鴟鴞。」《傳》：「鴟鴞，鸋鴂也。」〔註668〕

案：鴟與雎同，《說文》云：「雎，雎也。」段注：「今江蘇俗呼鷂鷹。盤旋空中，攫雞子食之。……《爾雅》有鴟鴞、怪鴟、茅鴟，皆與單言鴟者各物。」〔註669〕《說文》云：「鴞，鴟鴞，寧鴂也。」〔註670〕鴟雎與鴟鴞有別，鴞字無法單獨使用，故知二字不可分訓。

鴟，處脂切〔註671〕，聲屬穿母，古歸透母，古韻在脂部；鴞，于嬌切〔註672〕，聲屬爲母，古歸匣母，古韻在宵部。透、匣遠隔，脂、宵遠隔。鴟鴞聲韻畢異。

「鴟鴞」字形不定。《楚辭・東方朔・七諫・初放》：「斥逐鴻鵠兮，近習『鴟梟』〔註673〕。」王注：「鴟梟，惡鳥。……梟，一作鴞。」〔註674〕程燕《詩經異文輯考》謂：「鴟，敦煌本作『鴟』。」〔註675〕鴟鴞、鴟鴞，偏旁同化。

第五節　Ａ、Ｂ不能單獨使用，否則各自無義

1. 芣苢

〈周南・芣苢〉一、二、三章：「采采芣苢。」《傳》：「芣苢，馬舃；馬舃，車前也。宜懷任焉。」《正義》：「〈釋草〉文也。郭璞曰：『今車前草大葉長穗，好生道邊。江東呼爲蝦蟆衣。』陸機《疏》云：『馬舃，一名車前，

〔註667〕長，直良切，聲屬澄母，古歸定母，古韻在陽部。長、萇聲韻俱同。長楚爲萇楚的異寫詞。程燕《詩經異文輯考》，頁188。

〔註668〕《詩經》，頁292。

〔註669〕《說文》，頁142。

〔註670〕《說文》，頁150。

〔註671〕《廣韻》，頁53。

〔註672〕《廣韻》，頁150。

〔註673〕梟，古堯切，聲屬見母，古韻在宵部。梟、鴞聲近韻同。鴟梟爲鴟鴞的異寫詞。

〔註674〕洪興祖《楚辭補注》，頁237。

〔註675〕鴟，處脂切，聲屬穿母，古歸透母，古韻在質部。鴟、鴟聲同韻近。鴟鴞爲鴟鴞的異寫詞。程燕《詩經異文輯考》，頁202。

一名當道。喜在牛跡中生，故曰車前、當道也。今藥中車前子是也。幽州
人謂之牛舌草，可鬻作茹，大滑。其子治婦人難產。』……言宜懷任者，
即陸機《疏》云所治難產是也。」〔註676〕

案：茉莒爲植物名，具有治療不孕症的功效，並非陸機所說治療難產。陳
啓源《毛詩稽古編》謂：「《爾雅》別茉莒之名，馬舄、車前，併茉莒而三焉。
《本草》又名當道，根葉及子皆入藥，而葉又可茹，其實主令人有子，周南婦
人當采其實矣。」〔註677〕

《說文》云：「茉，華盛。从艸，不聲。一曰：茉莒」〔註678〕；又「莒，
茉莒，一名馬舄。其實如李，令人宜子」〔註679〕。茉、莒拆開各自無義，二字
不可分訓。

茉，縛謀切〔註680〕，聲屬奉母，古歸並母，古韻在之部；莒，羊己切
〔註681〕，聲屬喻母，古歸定母，古韻在之部。並、定同位，之部疊韻。茉莒
聲近韻同。

「茉莒」字形不定。王先謙《詩三家義集疏》云：「《韓》『莒』作『苡』。」
〔註682〕《逸周書・王會解》：「『桴苡』〔註683〕者，其實如李，食之宜子。」孔
注：「食桴苡，即有身。」〔註684〕程燕《詩經異文輯考》謂：「茉，上博簡作
『柎』……莒，上博簡作『而』。」〔註685〕茉莒、茉苡，偏旁同化。

〔註676〕《詩經》，頁41。

〔註677〕陳啓源《毛詩稽古編》，《皇清經解毛詩類彙編》，臺北：藝文印書館，1986年，
　　　　頁10。

〔註678〕《說文》，頁37。

〔註679〕《說文》，頁28。

〔註680〕《廣韻》，頁211。

〔註681〕《廣韻》，頁251。

〔註682〕苡，羊巳切，聲屬喻母，古歸定母，古韻在之部。苡、莒聲韻俱同。茉苡爲茉莒
　　　　的異寫詞。王先謙《詩三家義集疏》（上），頁24。

〔註683〕桴，縛謀切，聲屬奉母，古歸並母，古韻在幽部。桴、茉聲同韻異。桴苡爲茉莒
　　　　的異寫詞。

〔註684〕孔晁（注）《逸周書・王會解》，頁13。

〔註685〕柎，甫無切，聲屬非母，古歸幫母，古韻在侯部；而，如之切，聲屬日母，古歸
　　　　泥母，古韻在之部。柎、茉聲近韻異；而、莒聲近韻同。柎而爲茉莒的異寫詞。

2. 踟 躕

〈邶風・靜女〉：「搔首踟躕。」《傳》：「言志往而行正。」《箋》云：「志往謂踟躕。」〔註686〕

案：李富孫《詩經異文釋》曰：「《玉篇》云：『踟躕，行不進也。』漢李夫人傳注師古曰：『躊躇，住足也。』踟躊聲相近，躕躇音亦同。」〔註687〕《廣雅・釋訓》云：「躊躇，猶豫也。」〔註688〕綜上可知，踟躕為猶豫不前的意思。

《說文》無踟、躕。《說文》云：「跱，躇也。」段注：「此以躇釋跱者，雙聲互訓也。……《毛詩》曰『踟躕』。」〔註689〕又，《說文》云：「躇，跱躇，不前也。」〔註690〕踟躕即跱躇，二字不可分訓。

踟，直離切〔註691〕，聲屬澄母，古歸定母，古韻在支部；躕，直誅切〔註692〕，聲屬澄母，古歸定母，古韻在侯部。定母雙聲，支、侯遠隔。踟躕聲同韻異。

「踟躕」字形不定。王先謙《詩三家義集疏》云：「《韓》……『踟躕』作『躊躇』〔註693〕。云：『躊躇，猶躑躅〔註694〕也。亦作跱躇。』」〔註695〕《說文》

程燕《詩經異文輯考》，頁 17。

〔註686〕《詩經》，頁 104。

〔註687〕李富孫《詩經異文釋》，《續經解毛詩類彙編》（一），頁 440。

〔註688〕王念孫《廣雅疏證》，頁 191。

〔註689〕《說文》，頁 67。

〔註690〕《說文》，頁 83。

〔註691〕《廣韻》，頁 49。

〔註692〕《廣韻》，頁 80。

〔註693〕躊，直由切，聲屬澄母，古歸定母，古韻在幽部；躇，直魚切，聲屬澄母，古歸定母，古韻在魚部。躊、踟聲同韻異；躇、躕聲同韻異。躊躇為踟躕的異寫詞。

〔註694〕躑，直炙切，聲屬澄母，古歸定母，古韻在錫部；躅，直錄切，聲屬澄母，古歸定母，古韻在屋部。躑、踟聲同韻近；躅、躕聲同韻近。躑躅為踟躕的異寫詞。

〔註695〕跱，直里切，聲屬澄母，古歸定母，古韻在之部；躇，宅加切，聲屬澄母，古歸定母，古韻在魚部。跱、踟聲同韻近；躇、躕聲同韻異。跱躇為踟躕的異寫詞。王先謙《詩三家義集疏》（上），頁 77。

峙字段注：「心部日『篙箸』〔註696〕、足部日『蹢躅』〔註697〕、《毛詩》曰『踟躕』、《廣雅》曰『蹢躅』〔註698〕、『跢跦』〔註699〕，皆雙聲疊韻而同義。」〔註700〕《後漢書·仲長統列傳》：「『躊躇』〔註701〕畦苑。」〔註702〕踟躕、躊躇、躑躅、峙躇、篙箸、蹢躅、蹢躅、跢跦、躊躇，偏旁同化。

3. 籧篨

〈邶風·新臺〉一章：「籧篨不鮮」；二章：「籧篨不殄」。《傳》：「籧篨，不能俯者。」《箋》：「籧篨口柔，常觀人顏色而爲之辭，故不能俯也。」
〔註703〕

案：王引之《經義述聞·爾雅中》「籧篨口柔也戚施面柔也」條曰：「《爾雅》此條兼釋籧篨、戚施、夸毗之義，則『口柔』、『面柔』自指《詩》之『籧篨』、『戚施』而言，非《國語》所云也〔註704〕，而《毛傳》乃云『不能俯』、『不能仰』，則豈有衛宣一人而兼此二疾者乎？《國語》之『籧篨』、『戚施』自是人疾之名，與『口柔』、『面柔』之義兩不相涉，鄭《箋》謂口柔者不能俯、面柔者不能仰，俱是強爲傅會。口柔者不必仰首，面柔者亦不必俯首，

〔註696〕篙，直由切，聲屬澄母，古歸定母，古韻在幽部；箸，遲倨切，聲屬聲屬澄母，古歸定母，古韻在魚部。篙、踟聲同韻異；箸、躕聲同韻異。篙箸爲踟躕的異寫詞。

〔註697〕蹢，直炙切，聲屬澄母，古歸定母，古韻在錫部。蹢、踟聲同韻近。蹢躅爲踟躕的異寫詞。

〔註698〕躅，直錄切，聲屬澄母，古歸定母，古韻在屋部。躅、躕聲同韻近。蹢躅爲踟躕的異寫詞。

〔註699〕跢，陳知切，聲屬澄母，古歸定母，古韻在歌部；跦，陟輸切，聲屬知母，古歸端母，古韻在侯部。跢、踟聲同韻異；跦、躕聲近韻同。跢跦爲踟躕的異寫詞。

〔註700〕《說文》，頁67。

〔註701〕躊，直誅切，聲屬澄母，古歸定母，古韻在侯部。躊、踟聲同韻異。躊躇爲踟躕的異寫詞。

〔註702〕范曄（撰）、李賢（注）《後漢書·仲長統列傳》，頁745。

〔註703〕《詩經》，頁106。

〔註704〕《國語·晉語四》：「文公問於胥臣，曰：『吾欲使陽處父傳讙也而教誨之，其能善之乎？』對曰：『是在讙也。籧篨不可使俯，戚施不可使仰，僬僥不可使舉，侏儒不可使援，矇瞍不可使視，嚚瘖不可使言，聾聵不可使聽，童昏不可使謀。』」

且面柔之人，正欲人之見其顏色，不宜於俯首也。」〔註705〕據此，《傳》、《箋》之訓皆不取。《方言疏證》曰：「簟，宋、魏之間謂之笙，或謂之籧苗。自關而西或謂之簟，或謂之筟，其麤者謂之籧篨。」〔註706〕馬瑞辰《毛詩傳箋通釋》謂：「籧篨，疊韻字。物之醜惡者，謂之籧篨。」〔註707〕大凡事理相近者，其名亦同〔註708〕，物之醜惡者，謂之籧篨，人之醜惡者亦謂之籧篨。

《說文》云：「籧，籧篨，粗竹蓆也」〔註709〕；又「篨，籧篨也」〔註710〕。籧、篨不能單獨使用，故知二字不可分訓。

籧，強魚切〔註711〕，聲屬群母，古歸匣母，古韻在魚部；篨，直魚切〔註712〕，聲屬澄母，古歸定母，古韻在魚部。匣、定同位，魚部疊韻。籧篨聲近韻同。

「籧篨」字形不定。《淮南子·脩務》：「啳䁖哆㖃，『蘧蒢』〔註713〕戚施，雖粉白黛黑，弗能為美者，嫫母仳倠也。」高注：「籧篨，傴也。戚施，僂也。皆醜貌。」〔註714〕程燕《詩經異文輯考》謂：「籧，敦煌本作『蘧』……篨，敦煌本作『蒢』。」〔註715〕籧篨、蘧蒢，偏旁同化。

〔註705〕王引之《經義述聞》，頁 648。

〔註706〕戴震《方言疏證》，頁 448。

〔註707〕馬瑞辰《毛詩傳箋通釋》，頁 50。

〔註708〕王引之《經義述聞·國語下》「嚚瘖不可使言聾聵不可使聽」條：「凡事理之相近者，其名即相同。……侏儒，短人也，故梁上短柱亦謂之侏儒，《淮南子·主術篇》：「脩者以為櫚榱，短者以為朱儒、枅櫨」，是也。不能言謂之瘖，故不言亦謂之瘖。《晏子春秋·諫篇》曰：「近臣嘿，遠臣瘖」，是也。不能言謂之嚚，不能聽謂之聾，故口不道忠信之言，亦謂之嚚，耳不聽五聲之和，亦謂之聾。《左傳·僖二十四年》富辰所云，是也。」

〔註709〕《說文》，頁 192。

〔註710〕《說文》，頁 192。

〔註711〕《廣韻》，頁 67。

〔註712〕《廣韻》，頁 70。

〔註713〕蒢，直魚切，聲屬澄母，古歸定母，古韻在魚部。蒢、篨聲韻俱同。蘧蒢為籧篨的異寫詞。

〔註714〕劉安（撰）、高誘（注）《淮南子》，頁 854～855。

〔註715〕蘧，強魚切，聲屬群母，古歸匣母，古韻在魚部。蘧、籧聲韻俱同。蘧蒢為籧篨的異寫詞。程燕《詩經異文輯考》，頁 76。

4. 螮蝀

〈鄘風・螮蝀〉:「螮蝀在東。」《傳》:「螮蝀,虹也。」〔註716〕

案:《說文》無「螮」字。《釋文》曰:「螮蝀,虹也。《爾雅》作蝃蝀,音同。」〔註717〕《說文》云:「蝃,蝃蝀,虹也」〔註718〕;又「蝀,蝃蝀也」〔註719〕。蝃(螮)、蝀不能單獨使用,故知二字不可分訓。

螮,都計切〔註720〕,聲屬端母,古韻在月部;蝀,都貢切〔註721〕,聲屬端母,古韻在東部。端母雙聲,月、東遠隔。螮蝀聲同韻異。

「螮蝀」字形不定。王先謙《詩三家義集疏》云:「《魯》『螮』作『蝃』。」〔註722〕螮蝀字形不定,無法確定偏旁同化的過程。

5. 蝤蠐

〈衛風・碩人〉:「領如蝤蠐。」《傳》:「蝤蠐,蝎蟲也。」《正義》:「蠀螬也、蝤蠐也、蛣蝟也、蝤蠐也、蛣蝠也、桑蠹也、蝎也,一蟲而六名也。以在木中,白而長,故以比頸。」〔註723〕

案:邱靜子《詩經蟲魚意象研究》謂:「據古書之描繪,驗証今之昆蟲圖鑑,諸家所言之『蝤蠐』,應為鞘翅目中鍬形蟲、金龜子、天牛等甲蟲之幼蟲。……此類昆蟲之幼蟲,俗稱『雞母蟲』,以朽木為食,蛹呈白色,藉其加工分解,使朽木之養分得以回歸自然。」〔註724〕

《說文》云:「蝤,蝤蠐也」〔註725〕;又「蠐,蠐螬也」〔註726〕。蠐螬即蝤

〔註716〕《詩經》,頁122。

〔註717〕陸德明《經典釋文・毛詩音義》,頁61。

〔註718〕《說文》,頁673。

〔註719〕《說文》,頁673。

〔註720〕《廣韻》,頁370。

〔註721〕《廣韻》,頁23。

〔註722〕蝃,都計切,聲屬端母,古韻在月部。蝃、螮聲韻俱同。蝃蝀為螮蝀的異寫詞。
　　　　王先謙《詩三家義集疏》(上),頁90。

〔註723〕《詩經》,頁129。

〔註724〕邱靜子《詩經蟲魚意象研究》,頁26。

〔註725〕《說文》,頁665。

〔註726〕《說文》,頁665。

蠐。蝤、蠐不能單獨使用，否則各自無義，故知二字不可分訓。

蝤，自秋切〔註727〕，聲屬從母，古韻在幽部；蠐，徂奚切〔註728〕，聲屬從母，古韻在脂部。從母雙聲，幽、脂遠隔。蝤蠐聲同韻異。

「蝤蠐」字形不定。王先謙《詩三家義集疏》云：「《魯》『蝤』作『蠐』。」〔註729〕《說文》：「蝎，蛣蟩〔註730〕也。」〔註731〕《方言疏證》：「『蠀螬』〔註732〕謂之蟥，自關而東謂之『蛴螬』。」〔註733〕《莊子・至樂》：「烏足之根為『蠐螬』〔註734〕」《釋文》：「司馬本作『螬蠐』，云：蝎也。」〔註735〕程燕《詩經異文輯考》謂：「蠐……敦煌本作『齊』。」〔註736〕蝤蠐、螬蠐、蛣蟩、蠀螬、蛴螬，偏旁同化。

6. 邂 逅

〈鄭風・野有蔓草〉一、二章：「邂逅相遇。」《傳》：「邂逅，不期而會。」
〔註737〕

〈唐風・綢繆〉二章：「見此邂逅」、「如此邂逅何」，《傳》：「邂逅，解說之貌。」〔註738〕

案：邂逅訓「不期而會」，原句謂「不期而會而相遇」，殊不成辭。陳奐

〔註727〕《廣韻》，頁 205。

〔註728〕《廣韻》，頁 86。

〔註729〕螬，昨勞切，聲屬從母，古韻在幽部。螬、蝤聲韻俱同。螬蠐為蝤蠐的異寫詞。
王先謙《詩三家義集疏》（上），頁 102。

〔註730〕蟩，徂奚切，聲屬從母，古韻在脂部。蟩、蠐聲韻俱同。蛣蟩為蝤蠐的異寫詞。

〔註731〕《說文》，頁 665。

〔註732〕蠀，取私切，聲屬清母，古韻在脂部；螬，昨勞切，聲屬從母，古韻在幽部。蠀、
蝤聲近韻異；螬、蠐聲同韻異。蠀螬為蝤蠐的異寫詞。

〔註733〕蛴，取私切，聲屬清母，古韻在脂部。蛴、蠐聲近韻同。蛴螬為蝤蠐的異寫詞。
戴震《方言疏證》，頁 480。

〔註734〕蠐，徂奚切，聲屬從母，古韻在脂部。蠐、蝤聲同韻異。蠐螬為蝤蠐的異寫詞。

〔註735〕郭慶藩（編）、王孝魚（整理）《莊子集釋》下冊，頁 626。

〔註736〕齊，徂奚切，聲屬從母，古韻在脂部。齊、蠐聲韻俱同。蝤齊為蝤蠐的異寫詞。
程燕《詩經異文輯考》，頁 99。

〔註737〕《詩經》，頁 182。

〔註738〕《詩經》，頁 223。

《詩毛氏傳疏》謂：「《傳》文邂逅下奪『相遇適我願兮』六字。『邂逅相遇適我願兮』，此《傳》複經句也，二句作一氣讀，『不期而會適其時願』此《傳》釋經義也，八字亦作一氣讀……轉寫者刪去複句未盡，遂誤以《傳》文『不期而會』四字專釋『邂逅』二字，沿謏至今，直以邂逅爲塗遇之通稱，學者失其義久矣。」〔註739〕全《詩》「邂逅」凡三見，除本詩外，另見〈唐風・綢繆〉二章：「見此邂逅」、「如此邂逅何」，彼《傳》曰：「邂逅，解說之貌。」〔註740〕王先謙《詩三家義集疏》云：「『解說』乃相悅以解之意。思見其人，求而忽得，則志意開豁，歡然相迎，即所謂『邂逅』矣。」〔註741〕邂逅訓「解說」，正合詩意。

　　《說文》無邂、逅。《玉篇・辵部》云：「邂，邂逅，不期而會也」；又「逅，邂逅。」〔註742〕邂、逅不能單獨使用，故知二字不可分訓。

　　邂，胡懈切〔註743〕，聲屬匣母，古韻在支部；逅，胡遘切〔註744〕，聲屬匣母，古韻在侯部。匣母雙聲，支、侯遠隔。邂逅聲同韻異。

　　「邂逅」字形不定。〈綢繆〉：「見此邂逅」《釋文》：「邂，本亦作『解』。……覯，本亦作『逅』〔註745〕。……《韓詩》云：『邂覯〔註746〕，不固之貌。』」〔註747〕程燕《詩經異文輯考》謂：「逅，敦煌本作『适』。」〔註748〕又「邂，敦煌本作『解』。……逅，敦煌本作『覯』。」〔註749〕邂逅、邂适，偏旁同化。

〔註739〕陳奐《詩毛氏傳疏》（一），頁237。

〔註740〕《詩經》，頁223。

〔註741〕王先謙《詩三家義集疏》（上），頁132。

〔註742〕顧野王《玉篇》卷上，頁3320。

〔註743〕《廣韻》，頁383。

〔註744〕《廣韻》，頁437。

〔註745〕解，胡懈切，聲屬匣母，古韻在支部。解、邂聲韻俱同。解逅爲邂逅的異寫詞。

〔註746〕覯，古候切，聲屬見母，古韻在侯部。覯、逅聲近韻同。邂覯爲邂逅的異寫詞。

〔註747〕陸德明《經典釋文・毛詩音義》，頁68。

〔註748〕程燕《詩經異文輯考》，頁136～137。

〔註749〕覯，古候切，聲屬見母，古韻在侯部。覯、逅聲近韻同。解覯爲邂逅的異寫詞。程燕《詩經異文輯考》，頁168。

7. 綢　繆

〈唐風・綢繆〉一章：「綢繆束薪」；二章：「綢繆束芻」；三章：「綢繆束楚」。《傳》：「綢繆，猶纏綿也。」〔註750〕

〈豳風・鴟鴞〉：「綢繆牖戶。」《傳》：「綢繆，猶纏綿也。」〔註751〕

案：陳奐《詩毛氏傳疏》謂：「綢繆、纏綿皆疊韻字，古今語也。」〔註752〕纏綿，緊密纏縛之意。

《說文》云：「綢，繆也」〔註753〕；又「繆，枲之十絜也。一曰綢繆」。〔註754〕綢、繆本義為「麻十束」，別義為「綢繆」，猶纏綿。取別義時，二字不能單獨使用，否則各自無義，故知綢、繆不可分訓。

綢，直由切〔註755〕，聲屬澄母，古歸定母，古韻在幽部；繆，武彪切〔註756〕，聲屬微母，古歸明母，古韻在幽部。定、明遠隔，幽部疊韻。綢繆聲異韻同。

「綢繆」字形不定。《廣雅・釋訓》：「綢繆，纏緜〔註757〕也。」王念孫《疏證》：「此疊韻之轉也。」〔註758〕〈梁相孔耽神祠碑〉：「竭凱風以『惆憀』〔註759〕，惟蓼儀以愴悢。」〔註760〕符定一《聯緜字典》：「惆憀與綢繆諧聲同，通用。」〔註761〕綢繆字形不定，無法確定偏旁同化的過程。

〔註750〕《詩經》，頁222。

〔註751〕《詩經》，頁293。

〔註752〕陳奐《詩毛氏傳疏》（一），頁287。

〔註753〕《說文》，頁661。

〔註754〕《說文》，頁661。

〔註755〕《廣韻》，頁209。

〔註756〕《廣韻》，頁216。

〔註757〕纏，直連切，聲屬澄母，古歸定母，古韻在元部；緜，武延切，聲屬微母，古歸明母，古韻在元部。纏、綢聲同韻異；緜、繆聲同韻異。纏緜為綢繆的異寫詞。

〔註758〕王念孫《廣雅疏證》，頁197。

〔註759〕惆，丑鳩切，聲屬徹母，古歸透母，古韻在幽部；憀，力求切，聲屬來母，古韻在幽部。惆、綢聲近韻同；憀、繆聲近韻同。惆憀為綢繆的異寫詞。

〔註760〕洪适《隸釋・隸續》，頁59。

〔註761〕符定一《聯緜字典》，北京：中華書局，1983年，頁82。

8. 菡 萏

〈陳風・澤陂〉：「有蒲菡萏。」《傳》：「菡萏，荷華也。」〔註762〕

案：菡萏即菡蘭。《說文》云：「菡，菡蘭也」〔註763〕；又「蘭，菡蘭，扶渠華。未發爲菡蘭，已發爲夫容。」〔註764〕菡、蘭不能單獨使用，否則各自無義，故知二字不可分訓。

菡，胡感切〔註765〕，聲屬匣母，古韻在談部；萏，徒感切〔註766〕，聲屬定母，古韻在談部。匣、定同位，談部疊韻。菡萏聲近韻同。

「菡萏」字形不定。《說文》作「菡蘭」〔註767〕。《華嚴經音義》「菡萏花。」注：「『菡萏』二字，《玉篇》作『菡萏』，字書作『荅蓞』。」〔註768〕菡萏字形不定，無法確定偏旁同化的過程。

9. 蜉 蝣

〈曹風・蜉蝣〉一章：「蜉蝣之羽」；二章：「蜉蝣之翼」；三章：「蜉蝣掘閱」。《傳》：「蜉蝣，渠略也。朝生夕死，猶有羽翼以自脩飾。」《正義》：「郭璞曰：『似蛣蜣，身狹而長，有角，黃黑色。藂生糞土中，朝生暮死。豬好噉之。』陸機《疏》云：『蜉蝣，方土語也。通謂之渠略，似甲蟲，有角，大如指，長三四寸，甲下有翅，能飛。夏月陰雨時，地中出。今人燒炙噉之，美如蟬也。』樊光謂之糞中蝎蟲，隨陰雨時爲之，朝生而夕死。」〔註769〕

案：洪章夫〈從昆蟲學角度平議各家注疏詩經「蜉蝣掘閱」一詞之得失〉云：「叢生糞土中渾身臭泥的蝎蟲，恐難與『衣裳楚楚』的形容相互對比；如果

〔註762〕《詩經》，頁257。
〔註763〕《說文》，頁34。
〔註764〕《說文》，頁34。
〔註765〕《廣韻》，頁331。
〔註766〕《廣韻》，頁330。
〔註767〕菡，胡敢切，聲屬匣母，古韻在談部；蘭，徒感切，聲屬定母，古韻在談部。菡、菡聲韻俱同；蘭、萏聲韻俱同。菡蘭爲菡萏的異寫詞。
〔註768〕釋慧苑《華嚴經音義》，《粵雅堂叢書》，臺北，華文書局，1965年，頁5571。
〔註769〕《詩經》，頁268～269。

此甲蟲一如其他鞘翅目昆蟲，前翅硬化變成『黃黑色』翅鞘，與『麻衣如雪』的外貌關係更遠。雖然此蟲『甲下有翅能飛』，指的是膜質白色的後翅，但是甲蟲類的後翅，平常藏匿翅鞘下，只有飛翔時才露出使用。……蜉蝣成蟲翅膜質，前翅發達，後翅退化或缺如。休息時直立背面，從不下垂。所以蜉蝣靜止時，『蜉蝣之羽、蜉蝣之翼』都是呈現，供詩人吟詠的。可見《詩經‧蜉蝣》篇裡所言及的昆蟲，就是現代昆蟲學的蜉蝣，不是陸機和郭璞所說『糞土中生的甲蟲』。」〔註770〕

蜉同蛗，《說文》云：「蛗，蟲蛗也。」〔註771〕《說文》無蝣字，《廣韻‧尤字》云：「蝣，蜉蝣，朝生夕死。」〔註772〕二字皆不可單獨使用，否則各自無義，故知蜉、蝣不可分訓。

蜉，縛謀切〔註773〕，聲屬奉母，古歸並母，古韻在幽部；蝣，以周切〔註774〕，聲屬喻母，古歸定母，古韻在幽部。並、定同位，幽部疊韻。蜉蝣聲近韻同。

「蜉蝣」字形不定。《大戴禮‧夏小正》：「『浮游』〔註775〕有殷。」〔註776〕《荀子‧大略》：「不飲不食者，浮蝣也。」楊注：「浮蝣，渠略，朝生夕死蟲也。」〔註777〕《玉篇‧虫部》：「蜉，蜉蚘〔註778〕也。」〔註779〕蜉蝣、浮游、蜉蚘，偏旁同化。

〔註770〕洪章夫〈從昆蟲學角度平議各家注疏詩經「蜉蝣掘閱」一詞之得失〉，國立臺灣師範大學《國文學報》第三十七期，2005年6月，頁7。

〔註771〕《說文》，頁676。

〔註772〕《廣韻》，頁204。

〔註773〕《廣韻》，頁211。

〔註774〕《廣韻》，頁204。

〔註775〕浮，縛謀切，聲屬奉母，古歸並母，古韻在幽部；游，以周切，聲屬喻母，古歸定母，古韻在幽部。浮、蜉聲韻俱同；游、蝣聲韻俱同。浮游為蜉蝣的異寫詞。

〔註776〕黃懷信主撰；孔德立、周海生參撰《大戴禮記彙校集注》，西安：三秦出版社，2005年，頁239。

〔註777〕荀況（撰）、楊倞（注）《荀子》，《二十二子》，浙江書局據嘉善謝氏校刻，臺北：先知出版社，1976年，頁664。

〔註778〕蚘，力求切，聲屬來母，古韻在幽部。蚘、蝣聲近韻同。蜉蚘為蜉蝣的異寫詞。

〔註779〕顧野王《玉篇》卷下，頁3436。

10. 拮据

〈豳風·鴟鴞〉:「予手拮据。」《傳》:「拮据,撠挶也。……手病、口病,故能免乎大鳥之難。」《正義》:「其室巢所用者,皆是予之所蓄爲,予手、口盡病,乃得成此室巢,用免大鳥之難。」〔註780〕

案:陳奐《詩毛氏傳疏》謂:「《釋文》引《韓詩》:『口足爲事曰拮据』。《韓》蓋以鳥之手即鳥之足,其撠下予口卒瘏爲訓,故必兼言口也。《說文》:『拮,手口其有所作也』、『据,戟挶也』。案許於据下用《毛》,而於拮下用《韓》,以見《毛》、《韓》訓異意同,非分釋拮、据兩義也。《玉篇》云:『拮据,手病也。戟挶者,即手病之謂。俗作撠。』」〔註781〕陳氏所言甚是。

《說文》云:「拮,口手共有所作也」〔註782〕;又「据,戟挶也」〔註783〕。如陳奐所言,許君非分釋兩義,則拮亦戟挶也,故知二字不可單獨使用,否則各自無義。

拮,居質切〔註784〕,聲屬見母,古韻在質部;据,九魚切〔註785〕,聲屬見母,古韻在魚部。見母雙聲,質、魚遠隔。拮据聲同韻異。

「拮据」字形不定。胡承珙《毛詩後箋》:「『拮据』、『撠挶』〔註786〕皆雙聲字。」〔註787〕拮据字形不定,無法確定偏旁同化的過程。

11. 蠨蛸

〈豳風·東山〉:「蠨蛸在戶。」《傳》:「蠨蛸,長踦也。」〔註788〕

案:《爾雅·釋蟲》云:「蠨蛸,長踦。」郭注:「小鼅鼄長腳者,俗呼爲喜

〔註780〕《詩經》,頁293。

〔註781〕陳奐《詩毛氏傳疏》(一),頁375。

〔註782〕《說文》,頁607。

〔註783〕《說文》,頁602。

〔註784〕《廣韻》,頁469。

〔註785〕《廣韻》,頁67。

〔註786〕撠,几劇切,聲屬見母,古韻在鐸部;挶,居玉切,聲屬見母,古韻在魚部。撠、拮聲同韻異;挶、据聲韻俱同。撠挶爲拮据的異寫詞。

〔註787〕胡承珙(撰)、郭全芝(點校)《毛詩後箋》(上),頁702。

〔註788〕《詩經》,頁296。

子。」邢昺引陸機《疏》云：「一名長腳，荊州、河內人謂之喜母。此蟲來著人衣，當有親客至，有喜也。幽州人謂之親客，亦如蜘蛛爲羅罔居之。」〔註789〕

　　《說文》無蟏字，《玉篇·虫部》云：「蟏，蟏蛸，喜子。」〔註790〕《說文》云：「蛸，蟲蛸，堂蜋子。」〔註791〕蟏、蛸無法單獨使用，否則各自無義，故知二字不可分訓。

　　《廣韻》無蟏字，《玉篇》云：「蟏，先么切。」〔註792〕聲屬心母，古韻在幽部；蛸，所交切〔註793〕，聲屬疏母，古歸心母，古韻在宵部。心母雙聲，幽、宵陰聲旁轉。蟏蛸聲同韻近。

　　「蟏蛸」字形不定。《爾雅》作「蠨蛸」〔註794〕。程燕《詩經異文輯考》謂：「蠨，敦煌本作『蕭』。……蛸，敦煌本作『蛸』。」〔註795〕蠨蛸、蕭蛸，偏旁同化。

〔註789〕《爾雅》，頁 164。

〔註790〕顧野王《玉篇》卷下，頁 3435。

〔註791〕《說文》，頁 666。

〔註792〕顧野王《玉篇》卷下，頁 3435。

〔註793〕《廣韻》，頁 153。

〔註794〕蠨，蘇彫切，聲屬心母，古韻在覺部。蠨、蟏聲同韻近。蠨蛸爲蟏蛸的異寫詞。

〔註795〕蕭，蘇彫切，聲屬心母，古韻在幽部；蛸，所交切，聲屬疏母，古歸心母，古韻在宵部。蕭、蠨聲韻俱同；蛸、蛸聲韻俱同。蕭蛸爲蟏蛸的異寫詞。程燕《詩經異文輯考》，頁 206。

第四章 〈雅〉〈頌〉聯綿詞析論

在尋找聯綿詞語音之前，應先確認是否為一個「詞素」，才能進一步觀察其語音關係。因此，以上、下字本義與詞義關係的歸類情況，能證明複音詞是否共表一義。

根據聯綿詞的情況，以上下字本義與整體詞義關係的遠近，將聯綿詞分成五類：（1）二字各有本義，單獨使用與二字聯用毫不相關。（2）其中一字單用與二字聯用同義或義近，而另一字單用與二字聯用毫不相關。（3）其中一字單用與二字聯用同義或義近，而另一字不能單獨使用。（4）其中一字單用與二字聯用毫不相關，而另一字不能單獨使用。（5）二字不能單獨使用，否則各自無義。為了清楚表示聯綿詞上、下字與聯綿詞詞義的關係，以下將用 A、B 代表聯綿詞上、下字，C 代表聯綿詞詞義，分為成五節：

第一節 A、B 各有本義，兩者與 C 無關

1. 倭 遲

〈小雅・四牡〉：「周道倭遲。」《傳》：「倭遲，歷遠之貌。」〔註1〕

案：倭、委同音，遲、蛇聲同韻近。〔註2〕朱熹《詩集傳》謂：「倭遲，回

〔註1〕《詩經》，頁 317。

遠之貌。」〔註3〕聞一多《風詩類鈔》云：「委蛇，……如山脈，如河流，蜿蜒而曲折也。」〔註4〕《說文》云：「回，轉也。从口，中象回轉之形。」〔註5〕「回遠」與「蜿蜒曲折」義正相成，故知「倭遲」與「委蛇」音近義同。

　　《說文》云：「倭，順皃。从人，委聲。《詩》曰：『周道倭遲』。」〔註6〕又，「遲，徐行也。」〔註7〕倭、遲本義與「蜿蜒曲折」無關，二字不可分訓。

　　倭，於爲切〔註8〕，聲屬影母，古韻在微部；遲，直尼切〔註9〕，聲屬澄母，古歸定母，古韻在脂部。影、定遠隔，微、脂陰聲旁轉。倭遲聲異韻近。

　　「倭遲」字形不定。〈召南・羔羊〉：「委蛇委蛇。」〈鄘風・君子偕老〉：「委委佗佗。」王先謙《詩三家義集疏》云：「《齊》『倭遲』作『郁夷』，《韓》詩曰：『周道威夷』。」〔註10〕《說文》引本詩作「周道倭遲」〔註11〕。《文選・江淹・別賦》：「車『逶遲』於山側」〔註12〕《文選・顏延之・秋胡詩》：「行路正『威遲』」李注並引《毛傳》曰：「逶遲，歷遠貌。」〔註13〕《文選・嵇康・琴賦》：「臨迴江之『威儀』〔註14〕」李注引《韓詩》：「周道『威夷』。」〔註15〕《楚辭・王逸・九思・逢尤》：「望舊邦兮路『逶隨』〔註16〕」自注：「逶隨，迂遠也。」

〔註2〕倭、委，切語並作「於爲切」；遲、蛇，定母雙聲，脂、歌陰聲旁轉。

〔註3〕朱熹《詩集傳》，《朱子全書》，頁545。

〔註4〕聞一多《風詩類鈔》，《聞一多全集》（四），頁71。

〔註5〕《說文》，頁277。

〔註6〕《說文》，頁368。

〔註7〕《說文》，頁72。

〔註8〕《廣韻》，頁42。

〔註9〕《廣韻》，頁53。

〔註10〕王先謙：《詩三家義集疏》（下），頁196。

〔註11〕遲，直尼切，聲屬澄母，古歸定母，古韻在脂部。遲、遲聲韻俱同。倭遲為倭遲的異寫詞。

〔註12〕蕭統（編）、李善（注）《文選》，頁237。

〔註13〕蕭統（編）、李善（注）《文選》，頁301。

〔註14〕儀，魚羈切，聲屬疑母，古韻在歌部。儀、遲聲異韻近。威儀為倭遲的異寫詞。

〔註15〕蕭統（編）、李善（注）《文選》，頁256。

〔註16〕隨，旬爲切，聲屬邪母，古歸定母，古韻在歌部。隨、遲聲同韻異。逶隨為倭遲的異寫詞。

〔註17〕程燕《詩經異文輯考》謂：「倭，敦煌本作『委』。……遲，敦煌本作『遟』。」

〔註18〕逶遲，偏旁同化。

2. 脊令

〈小雅・常棣〉：「脊令在原。」《傳》：「脊令，雝渠也。飛則鳴，行則搖，不能自舍耳。」〔註19〕

〈小雅・小宛〉：「題彼脊令。」《傳》：「脊令不能自舍，君子有取節爾。」〔註20〕

案：《爾雅・釋鳥》云：「鶺鴒，雝渠。」邢《疏》曰：「雀屬也。飛則鳴，行則搖。」〔註21〕故知「脊令」即「鶺鴒」，雀屬。

《說文》云：「脊，背呂也」〔註22〕；又「令，發號也」。〔註23〕二字本義與「鳥名」無涉，脊令不可分訓。

脊，資昔切〔註24〕，聲屬精母，古韻在錫部；令，力政切〔註25〕，聲屬來母，古韻在真部。精、來遠隔，錫、真遠隔。脊令聲韻畢異。

「脊令」字形不定。《釋文》：「脊，亦作『即』〔註26〕，又作『鶺』，皆同。令，本亦作『鴒』，同。」〔註27〕毛奇齡《續詩傳鳥名》：「脊令即鶺鴒〔註28〕，《爾雅》、《玉篇》諸書亦作鶺鴒。」〔註29〕鶺鴒、鶺鴒，偏旁同化。

〔註17〕洪興祖《楚辭補注》，頁315。

〔註18〕程燕《詩經異文輯考》，頁217。

〔註19〕《詩經》，頁321。

〔註20〕《詩經》，頁419。

〔註21〕《爾雅》，頁184。

〔註22〕《說文》，頁611。

〔註23〕《說文》，頁430。

〔註24〕《廣韻》，頁516。

〔註25〕《廣韻》，頁431。

〔註26〕即，子令切，聲屬精母，古韻在質部；鴒，郎丁切，聲屬來母，古韻在真部。即、脊聲同韻異；鴒、令聲韻俱同。即鴒為脊令的異寫詞。

〔註27〕陸德明《經典釋文・毛詩音義》，頁75。

〔註28〕鶺，資昔切，聲屬精母，古韻在錫部。鶺、脊聲韻俱同。鶺鴒為脊令的異寫詞。

〔註29〕鶺，資昔切，聲屬精母，古韻在質部。鶺、脊聲同韻近。鶺鴒為脊令的異寫詞。毛

3. 螟蛉

〈小雅・小宛〉：「螟蛉有子。」《傳》：「螟蛉，桑蟲也。」〔註30〕

案：《正義》引陸機《疏》曰：「螟蛉者，桑上小青蟲也。似步屈，其色青而細小，或在草萊上。」〔註31〕

《說文》云：「螟，蟲食穀心者」〔註32〕；又「蛉，蜻蛉也」。〔註33〕螟、蛉本義與「桑蟲」迥別，故知二字不可分訓。

螟，莫經切〔註34〕，聲屬明母，古韻在耕部；蛉，郎丁切〔註35〕，聲屬來母，古韻在眞部。明、來同位，耕、眞遠隔。螟蛉聲近韻異。

「螟蛉」字形不定。《說文》：「蠕，螟蠕〔註36〕，桑蟲也。」〔註37〕螟蛉字形不定，無法確定偏旁同化的過程。

4. 桑扈

〈小雅・小宛〉：「交交桑扈。」《傳》：「桑扈，竊脂也。」〔註38〕

〈小雅・桑扈〉一、二章：「交交桑扈。」《箋》：「桑扈，竊脂也。」〔註39〕

案：《爾雅・釋鳥》曰：「桑鳸，竊脂。」郭注：「俗謂之青雀。觜曲，食肉，好盜脂膏，因名云。」〔註40〕

《說文》云：「桑，蠶所食葉木」〔註41〕；又「扈，夏后同姓所封戰於甘者。

奇齡《續詩傳鳥名》，《續經解毛詩類彙編》（一），臺北：藝文印書館，1986 年，頁 80。

〔註30〕《詩經》，頁 419。
〔註31〕《詩經》，頁 419。
〔註32〕《說文》，頁 664。
〔註33〕《說文》，頁 668。
〔註34〕《廣韻》，頁 197。
〔註35〕《廣韻》，頁 195。
〔註36〕蠕，朗丁切，聲屬來母，古韻在眞部。蠕、蛉聲韻俱同。螟蠕爲螟蛉的異寫詞。
〔註37〕《說文》，頁 667。
〔註38〕《詩經》，頁 420。
〔註39〕《詩經》，頁 480。
〔註40〕《爾雅》，頁 184。
〔註41〕《說文》，頁 272。

在鄟。有扈谷甘亭」〔註42〕。桑、扈本義與「鳥名」無涉，故知二字不可分訓。

桑，息郎切〔註43〕，聲屬心母，古韻在陽部；扈，侯古切〔註44〕，聲屬匣母，古韻在魚部。心、匣遠隔，陽、魚陽陰對轉。桑扈聲異韻近。

「桑扈」字形不定。《爾雅·釋鳥》作「桑鳸」〔註45〕。《說文》云：「鳸，……『桑雇』〔註46〕竊脂。」〔註47〕

5. 荏 染

〈小雅·巧言〉：「荏染柔木。」《傳》：「荏染，柔意也。」〔註48〕

〈大雅·抑〉：「荏染柔木。」《箋》云：「柔忍之木荏染然。」〔註49〕

案：《箋》於荏染無訓，蓋與《傳》同。朱熹《詩集傳》稱：「荏染，柔貌。」〔註50〕亦與《傳》訓同意。

《說文》云：「荏，桂荏，蘇也」〔註51〕；又「染，以繪染爲色」。〔註52〕荏、染本義與「柔貌」無涉，故知二字不可分訓。〔註53〕

荏，如甚切〔註54〕，聲屬日母，古歸泥母，古韻在侵部；染，而琰切〔註55〕，聲屬日母，古歸泥母，古韻在添部。泥母雙聲，侵、添陽聲旁轉。荏染聲同韻近。

〔註42〕《說文》，頁286。
〔註43〕《廣韻》，頁180。
〔註44〕《廣韻》，頁267。
〔註45〕鳸，胡古切，聲屬匣母，古韻在魚部。鳸、扈聲韻俱同。桑鳸爲桑扈的異寫詞。
〔註46〕雇，古暮切，聲屬見母，古韻在魚部。雇、扈聲近韻同。桑雇爲桑扈的異寫詞。
〔註47〕《說文》，頁143。
〔註48〕《詩經》，頁425。
〔註49〕《詩經》，頁648。
〔註50〕朱熹《詩集傳》，《朱子全書》，頁606。
〔註51〕《說文》，頁23。
〔註52〕《說文》，頁565。
〔註53〕馬瑞辰《毛詩傳箋通釋》謂：「荏者，稔之假借……染者，苒之假借。」此爲分訓之例。
〔註54〕《廣韻》，頁328。
〔註55〕《廣韻》，頁334。

「荏染」字形不定。陳喬縱《詩經四家異文攷》:「『荏苒』〔註56〕,《毛詩》作『荏染』,《傳》云:『柔意也。』,字異而訓同。」〔註57〕荏苒,偏旁同化。

6. 鞅掌

〈小雅・北山〉:「或王事鞅掌。」《傳》:「鞅掌,失容也。」《正義》:「《傳》以鞅掌爲煩勞之狀,故云失容。言事煩鞅掌然,不暇爲容儀也。」〔註58〕

案:《說文》云:「鞅,頸靼也」〔註59〕;又「掌,手中也」。〔註60〕鞅、掌各有本義,與「煩勞之狀」無關,故知二字不可分訓。〔註61〕

鞅,於兩切〔註62〕,聲屬影母,古韻在陽部;掌,諸兩切〔註63〕,聲屬照母,古歸端母,古韻在陽部。影、端同位,陽部疊韻。鞅掌聲近韻同。

「鞅掌」無異形詞。

7. 間關

〈小雅・車舝〉:「間關車之舝兮。」《傳》:「間關,設舝也。」〔註64〕

案:朱熹《詩集傳》謂:「間關,設舝聲也。」〔註65〕馬瑞辰《毛詩傳箋通釋》曰:「舝、轄古通用。《左傳》:『叔孫賦〈車轄〉。』即此詩。《說文》:『轄,車聲也。』《三家詩》必有作轄,訓爲車聲者,爲《說文》所本。然以轄爲車聲,不以間關爲車聲也。間關二字疊韻。《後漢書・荀彧傳・論》曰:『荀君乃越河冀,間關以從。』曹氏注:『間關,猶展轉也。』阮氏福曰:『車之設舝

〔註56〕苒,而琰切,聲屬日母,古歸泥母,古韻在添部。苒、染聲韻俱同。荏苒爲荏染的異寫詞。
〔註57〕陳喬樅《詩經四家異文攷》,《續經解毛詩類彙編》(三),臺北:藝文印書館,1986年,頁3003。
〔註58〕《詩經》,頁444～445。
〔註59〕《說文》,頁110。
〔註60〕《說文》,頁593。
〔註61〕《箋》:「鞅,猶何也。掌,謂捧之也。負何捧持以趨走,言促遽也。」是分訓之例。
〔註62〕《廣韻》,頁310～311。
〔註63〕《廣韻》,頁311。
〔註64〕《詩經》,頁484。
〔註65〕朱熹《詩集傳》,《朱子全書》,頁634。

則婉轉如意，亦猶人之周流四方，動而不息。』故論以爲間關，以從曹氏注，以爲『猶展轉也』。間關言貌而不言聲，當從《毛傳》爲是。」〔註66〕馬氏所謂「展轉」，謂輾轉前進貌。今從馬說。

　　閒、間古今字。《說文》云：「閒，隙也」；又「關，以木橫持門戶也」〔註67〕。間、關本義與「輾轉前進貌」無涉，二字不可分訓。

　　《廣韻》間作閒。閒，古閑切〔註68〕，聲屬見母，古韻在元部；關，古還切〔註69〕，聲屬見母，古韻在元部。見母雙聲，元部疊韻。間關聲韻俱同。

　　「間關」字形不定。《後漢書‧獨行列傳》：「王莽居攝，玄於是縱使者車，變易姓名，『閒竄』〔註70〕歸家，因以隱遁。」〔註71〕間關，偏旁同化。

8. 阿　難

〈小雅‧隰桑〉：「隰桑有阿，其葉有難。」《傳》：「阿然，美貌。難然，盛貌。」〔註72〕

　　案：陳奐《詩毛氏傳疏》謂：「阿難連緜字。〈萇楚〉曰『猗儺』，〈那〉曰『猗那』，聲義皆同也。」〔註73〕據此，則「阿難」與「猗儺」同訓爲「美盛之貌」也。

　　《說文》云：「阿，大陵曰阿」〔註74〕；又「鸂，鸂鳥也。从鳥，堇聲。難，鸂或从隹。」〔註75〕阿、難本義與「美盛之貌」無關，故知二字不可分訓。〔註76〕

〔註66〕馬瑞辰《毛詩傳箋通釋》，頁229。

〔註67〕《說文》，頁590。

〔註68〕《廣韻》，頁129。

〔註69〕《廣韻》，頁127。

〔註70〕竄，七亂切，聲屬清母，古韻在月部。竄、關聲異韻近。閒竄爲間關的異寫詞。

〔註71〕范曄（撰）、李賢（注）《後漢書‧獨行列傳》，頁1214。

〔註72〕《詩經》，頁515。

〔註73〕陳奐《詩毛氏傳疏》（一），頁628。

〔註74〕《說文》，頁731。

〔註75〕《說文》，頁151。

〔註76〕《傳》：「阿然，美貌。難然，盛貌。」即爲分訓之例。

阿，烏何切〔註77〕，聲屬影母，古韻在歌部；《釋文》曰：「難，乃多反。」〔註78〕聲屬泥母，古韻在歌部。影、泥遠隔，歌部疊韻。阿難聲異韻同。

「阿難」字形不定。〈檜風・隰有萇楚〉：「猗儺其枝」、「猗儺其華」、「猗儺其實」。〈商頌・那〉：「猗與那與。」李富孫《詩經異文釋》：「《釋文》：『難，乃多反。』與儺音同。『阿那』、『猗儺』、『旖旎』一也。」〔註79〕《抱朴子・君道》：「嘉穗『婀娜』而盈箱。」〔註80〕《說文・木部》：「橋，木『橋施』也。」〔註81〕旖旎、婀娜，偏旁同化。

9. 緜蠻

〈小雅・緜蠻〉一、二、三章：「緜蠻黃鳥。」《傳》：「緜蠻，小鳥貌。」〔註82〕

案：朱熹《詩集傳》稱：「緜蠻，鳥聲。」〔註83〕胡承珙《毛詩後箋》曰：「《文選》李注竝引《韓詩章句》以緜蠻為文貌，雖與毛異，然皆不以為鳥聲。惟長樂劉氏始有緜蠻鳥聲之說，實無所本。何氏《古義》遂以聯緜不絕及南蠻鴃舌釋之，不知凡雙聲字不當分析為訓。《詩》中言黃鳥者，惟〈葛覃〉以喈喈狀其聲耳，其睍睆、交交、緜蠻皆非聲。蓋詩不以雙聲疊韻象聲也。周氏柄中曰：『古〈箕山歌〉：甘瓜施兮葉緜蠻。樹葉亦稱緜蠻，則非鳥聲可知矣。』」〔註84〕胡氏所說甚是。

《說文》云：「緜，聯微也」〔註85〕；又「蠻，南蠻」〔註86〕。緜、蠻皆與「小貌」無關，故知二字不可分訓。

〔註77〕《廣韻》，頁161。

〔註78〕陸德明《經典釋文・毛詩音義》，頁88。

〔註79〕李富孫《詩經異文釋》，《續經解毛詩類彙編》（一），頁536。

〔註80〕李中華（注釋）、黃志民（校閱）《新譯抱朴子》，頁92。

〔註81〕《說文》，頁250。

〔註82〕《詩經》，頁521。

〔註83〕朱熹《詩集傳》，《朱子全書》，頁648。

〔註84〕胡承珙（撰）、郭全芝（校點）《毛詩後箋》（下），頁1201。

〔註85〕《說文》，頁643。

〔註86〕《說文》，頁673。

緜，武延切〔註87〕，聲屬微母，古歸明母，古韻在元部；蠻，莫還切〔註88〕，聲屬明母，古韻在元部。明母雙聲，元部疊韻。緜蠻聲韻俱同。

緜蠻字形不定。《禮記・大學》引本詩作「『緡蠻』〔註89〕黃鳥」〔註90〕。

10. 畔　援

〈大雅・皇矣〉：「無然畔援。」《傳》：「無是畔道，無是援取。」《箋》：「畔援，猶拔扈也。」〔註91〕

案：「畔援」即「伴奐」。畔、伴同音，援、奐聲近韻同。〔註92〕聯綿詞義存乎聲，《毛傳》拆字爲訓，非是。〈大雅・卷阿〉：「伴奐爾游矣。」《箋》云：「伴奐，自縱弛之意也。」縱弛，有「鬆弛、放鬆」義，《後漢書・崔駰傳》云：「是以王綱縱弛於上，智士鬱伊於下。」〔註93〕即其例。本詩鄭訓「猶拔扈也」，跋扈爲「鬆弛、放鬆」之引申。詳味詩意，當以「鬆弛、放鬆」爲允。高本漢《詩經注釋》謂：「卷阿篇『伴奐爾游矣』的『伴奐』確是『鬆弛』的意思……用到本篇『無然畔援』的『畔援』也最合宜。上文已經說過，文王和他的人民生活在安靜和樂之中。現在，題旨轉到仇人密國的大威脅。上天因此警戒文王，叫他不要鬆懈。」〔註94〕所言甚是。

《說文》云：「畔，田界也」〔註95〕；又「援，引也」〔註96〕。畔、援本義與「鬆弛、放鬆」無涉，故知二字不可分訓。〔註97〕

畔，薄半切〔註98〕，聲屬並母，古韻在元部；援，王眷切〔註99〕，聲屬爲

〔註87〕《廣韻》，頁 139。

〔註88〕《廣韻》，頁 128。

〔註89〕緡，彌延切，聲屬明母，古韻在眞部。緡、緜聲同韻近。緡蠻爲緜蠻的異寫詞。

〔註90〕《禮記》，頁 984。

〔註91〕《詩經》，頁 571。

〔註92〕畔、伴，切語並作「薄半切」；援、奐，匣、曉旁紐雙聲，元部疊韻。

〔註93〕范曄（撰）、李賢（注）《後漢書・崔駰傳》，頁 782。

〔註94〕高本漢（撰）、董同龢（譯）《高本漢詩經注釋》下冊，頁 804。

〔註95〕《說文》，頁 696。

〔註96〕《說文》，頁 605。

〔註97〕《傳》：「無是畔道，無是援取。」即是分訓之例。

〔註98〕《廣韻》，頁 404。

母，古歸匣母，古韻在元部。並、匣同位，元部疊韻。畔援聲近韻同。

「畔援」字形不定。〈大雅‧卷阿〉：「伴奐爾游矣。」〈周頌‧訪落〉：「繼猶判渙。」王先謙《詩三家義集疏》云：「《齊》作『畔換』。」〔註100〕《玉篇‧人部》引本詩作「無然『伴換』」。〔註101〕

11. 伴 奐

〈大雅‧卷阿〉：「伴奐爾游矣。」《傳》：「伴奐，廣大有文章也。」《箋》：「伴奐，自縱弛之意也。」《正義》曰：「伴奐之言與優游相類。」〔註102〕

案：「伴奐」與「優游」相對成文，《傳》訓「廣大有文章」，與「優游」不類。《箋》訓「自縱弛」，縱弛，有「鬆弛、放鬆」義，《後漢書‧崔駰傳》曰：「是以王綱縱弛於上，智士鬱伊於下。」〔註103〕即其例。朱熹《詩集傳》謂：「優游，閑暇之意。」〔註104〕「鬆弛、放鬆」與「閒暇」義正相成，是故《正義》曰：「伴奐之言與優游相類。」

《說文》云：「伴，大皃」〔註105〕；又「奐，取奐也。一曰大也」〔註106〕。伴、奐本義與「鬆弛、放鬆」無涉，故知二字不可分訓。

伴，薄半切〔註107〕，聲屬並母，古韻在元部；奐，火貫切〔註108〕，聲屬曉母，古韻在元部。並、曉遠隔，元部疊韻。伴奐聲異韻同。

「伴奐」字形不定。〈大雅‧皇矣〉：「無然畔援。」〈周頌‧訪落〉：「繼猶判渙。」

12. 詭 隨

〈大雅‧民勞〉一、二、三、四、五章：「無縱詭隨。」《傳》：「詭隨，詭

〔註99〕《廣韻》，頁409。

〔註100〕王先謙《詩三家義集疏》（下），頁297。

〔註101〕顧野王《玉篇》卷上，頁3261。

〔註102〕《詩經》，頁626。

〔註103〕范曄（撰）、李賢（注）《後漢書‧崔駰傳》，頁782。

〔註104〕朱熹《詩集傳》，《朱子全書》，頁687。

〔註105〕《說文》，頁369。

〔註106〕《說文》，頁104。

〔註107〕《廣韻》，頁404。

〔註108〕《廣韻》，頁404。

人之善，隨人之惡者。」〔註109〕

　　案：王引之《經義述聞》卷七「無縱詭隨」條曰：「詭隨疊韻字，不得分訓。……詭隨，謂譎詐謾欺之人也。」〔註110〕今從之。

　　《說文》云：「詭，責也」〔註111〕；又「隨，從也」〔註112〕。詭、隨本義與「譎詐謾欺之人」無涉，二字不可分訓。〔註113〕

　　詭，過委切〔註114〕，聲屬見母，古韻在歌部；隨，旬爲切〔註115〕，聲屬邪母，古歸定母，古韻在歌部。見、定遠隔，歌部疊韻。詭隨聲異韻同。

　　「詭隨」無異形詞。

13. 夸　毗

　　〈大雅・板〉：「無爲夸毗。」《傳》：「夸毗，體柔人也。」〔註116〕

　　案：馬瑞辰《毛詩傳箋通釋》謂：「《爾雅》與『籧篨』、『戚施』同釋，三者皆連緜字，非可分析言之。……孫炎云：『夸毗，屈己卑身，以柔順人也。』義正與《毛傳》同。《爾雅》以口柔、面柔、體柔同釋，蓋猶《論語》巧言、令色、足恭三者竝舉，足恭即體柔也。」〔註117〕

　　《說文》云：「夸，奢也。」〔註118〕毗同毗，《說文》云：「毗，毗齎，人齎也。」〔註119〕夸、毗本義與「體柔人」無涉，故知二字不可分訓。〔註120〕

〔註109〕《詩經》，頁 631。

〔註110〕王引之《經義述聞》，頁 164。

〔註111〕《說文》，頁 100。

〔註112〕《說文》，頁 70。

〔註113〕《傳》：「詭隨，詭人之善，隨人之惡者。」是分訓之例。

〔註114〕《廣韻》，頁 242。

〔註115〕《廣韻》，頁 43。

〔註116〕《詩經》，頁 634。

〔註117〕馬瑞辰《毛詩傳箋通釋》，頁 288。

〔註118〕《說文》，頁 492。

〔註119〕《說文》，頁 501。

〔註120〕朱熹《詩集傳》稱：「夸，大。毗，附也。小人之於人，不以大言夸之，則以諛言毗之也。」是分訓之例。

夸，苦瓜切〔註121〕，聲屬溪母，古韻在魚部；毗，房脂切〔註122〕，聲屬奉母，古歸並母，古韻在脂部。溪、並遠隔，魚、脂遠隔。夸毗聲韻畢異。

「夸毗」字形不定。《集韻・毗》：「𡡗毗〔註123〕，體柔。或作『𡡗』〔註124〕、『𡢃』〔註125〕，通作毗。」〔註126〕𡡗毗、𡡗𡡗、𡡗𡢃，偏旁同化。

14. 殿屎

〈大雅・板〉：「民之方殿屎。」《傳》：「殿屎，呻吟也。」〔註127〕

案：《說文》云：「殿，擊聲也。」〔註128〕屎同𥝖，《說文》云：「𥝖，糞也。」〔註129〕殿、屎本義與「呻吟」無涉，故知二字不可分訓。

殿，堂練切〔註130〕，聲屬定母，古韻在諄部；屎，喜夷切〔註131〕，聲屬曉母，古韻在脂部。定、曉遠隔，諄、脂陽陰旁對轉。殿屎聲異韻近。

「殿屎」字形不定。王先謙《詩三家義集疏》云：「《魯》屎亦作『呬』。」〔註132〕《說文・口部》唸字引本詩作「民之方『唸呎』」。〔註133〕《說文・口部》呎字段注：「陸氏詩、《爾雅音義》皆云：『殿屎，《說文》作「唸呎」。』

〔註121〕《廣韻》，頁166。

〔註122〕《廣韻》，頁52。

〔註123〕𡡗，苦瓜切，聲屬溪母，古韻在魚部；毗，房脂切，聲屬奉母，古歸並母，古韻在脂部。𡡗、夸聲韻俱同；毗、毗聲韻俱同。𡡗毗為夸毗的異寫詞。

〔註124〕𡡗，房脂切，聲屬奉母，古歸並母，古韻在脂部。𡡗、毗聲韻俱同。𡡗𡡗為夸毗的異寫詞。

〔註125〕𡢃，房脂切，聲屬奉母，古歸並母，古韻在脂部。𡢃、毗聲韻俱同。𡡗𡢃為夸毗的異寫詞。

〔註126〕丁度（修）《集韻・平聲・脂・毗》，頁29。

〔註127〕《詩經》，頁634。

〔註128〕《說文》，頁119。

〔註129〕《說文》，頁44。

〔註130〕《廣韻》，頁409。

〔註131〕《廣韻》，頁58。

〔註132〕呬，虛器切，聲屬曉母，古韻在脂部。呬、屎聲韻俱同。殿呬為殿屎的異寫詞。王先謙《詩三家義集疏》（下），頁318。

〔註133〕唸，都甸切，聲屬端母，古韻在侵部。唸、殿聲近韻異。唸呎為殿屎的異寫詞。《說文》，頁60。

〔註134〕《廣韻・唸字》：「唸𡃱，呻也。亦作『嚖𡰪』〔註135〕。經典又作『殿屎』。」

〔註136〕唸𡃱、唸哎，偏旁同化。

15. 游 衍

〈大雅・板〉：「及爾游衍。」《傳》：「游，行。衍，溢也。」《正義》：「游行衍溢，亦自恣之意也。」〔註137〕

案：馬瑞辰《毛詩傳箋通釋》謂：「《小爾雅》：『延、衍，散也。』游衍，即放散之義。」〔註138〕放散猶自恣，口語謂「放蕩」也。

《說文》云：「游，旌旗之流也」〔註139〕；又「衍，水朝宗于海兒也」。〔註140〕游、衍本義與「放蕩」迴別，故知二字不可分訓。〔註141〕

游，以周切〔註142〕，聲屬喻母，古歸定母，古韻在幽部。衍，以淺切〔註143〕，聲屬喻母，古歸定母，古韻在元部。定母雙聲，幽、元遠隔。游衍聲同韻異。

「游衍」字形不定。《賈誼新書・瑰瑋》：「刑佚樂而心『縣愆』。」〔註144〕《漢書・外戚傳》：「燕『淫衍』〔註145〕而撫楹兮。」〔註146〕並字異而義同。

〔註134〕哎，馨伊切，聲屬曉母，古韻在諄部。哎、屎聲同韻近。唸哎為殿屎的異寫詞。《說文》，頁 60。

〔註135〕嚖，丁練切，聲屬端母，古韻在諄部。嚖、殿聲近韻同。嚖𡰪為殿屎的異寫詞。

〔註136〕殿，丁練切，聲屬端母，古韻在諄部。殿、殿聲韻俱同。殿屎為殿屎的異寫詞。《廣韻》，頁 409。

〔註137〕《詩經》，頁 636。

〔註138〕馬瑞辰《毛詩傳箋通釋》，頁 290。

〔註139〕《說文》，頁 311。

〔註140〕《說文》，頁 546。

〔註141〕《傳》：「游，行。衍，溢也。」即分訓之例。

〔註142〕《廣韻》，頁 204。

〔註143〕《廣韻》，頁 290。

〔註144〕縣，胡涓切，聲屬匣母，古韻在元部；愆，去乾切，聲屬溪母，古韻在元部。縣、游聲近韻異；愆、衍聲異韻同。縣愆為游衍的異寫詞。賈誼《賈誼新書・瑰瑋》，頁 98。

〔註145〕淫，餘針切，聲屬喻母，古歸定母，古韻在侵部。淫、游聲同韻異。淫衍為游衍的異寫詞。

16. 捊　克

〈大雅‧蕩〉：「曾是捊克。」《傳》：「捊克，自伐而好勝人也。」〔註147〕

案：「捊克」有二說：毛訓「自伐而好勝人」，朱熹《詩集傳》則謂「聚斂之臣也」。〔註148〕上文「咨汝殷商」，殷商，謂商紂王也。〔註149〕《史記‧殷本紀》云：「帝紂資辨捷疾，聞見甚敏，材力過人，手格猛獸。知，足以距諫；言，足以飾非。矜人臣以能，高天下以聲，以爲皆出己之下。」〔註150〕衡諸史書，當以「自伐而好勝人」爲允，「聚斂」之說，義似稍遜。

《說文》云：「捊，杷也」〔註151〕；又「克，肩也」〔註152〕。二字本義與「自伐勝人」無涉，故知捊克不可分訓。〔註153〕

捊，薄侯切〔註154〕，**聲屬並母，古韻在之部**；克，苦得切〔註155〕，**聲屬溪母，古韻在職部**。並、溪遠隔，之、職陰入對轉。捊克聲異韻近。

「捊克」訓自伐勝人，無異形詞。

17. 炰　烋

〈大雅‧蕩〉：「女炰烋于中國。」《傳》：「炰烋，猶彭亨也。」《箋》：「炰烋，自矜氣健之貌。」〔註156〕

案：胡承珙《毛詩後箋》曰：「《傳》『彭亨』者，炰烋之轉，以今語釋古語耳。」〔註157〕《文選‧左思‧魏都賦》云：「剋剸方命，吞滅咆烋。」李注：

〔註146〕班固《漢書‧外戚傳》，頁603。

〔註147〕《詩經》，頁641。

〔註148〕朱熹《詩集傳》，《朱子全書》，頁693。

〔註149〕《箋》云：「厲王弭謗，穆公朝廷之臣，不敢斥言王之惡，故上陳文王咨嗟殷紂，以切刺之。」

〔註150〕司馬遷《史記》，頁36。

〔註151〕《說文》，頁598。

〔註152〕《說文》，頁320。

〔註153〕《正義》：「自伐解捊，好勝解克。」是分訓之例。

〔註154〕《廣韻》，頁215。

〔註155〕《廣韻》，頁529。

〔註156〕《詩經》，頁642。

〔註157〕胡承珙（撰）、郭全芝（校點）《毛詩後箋》（下），頁1392。

「咆烋，猶咆哮，自矜健之貌也。《詩》云：『咆烋于中國』。」〔註158〕然則「彭亨」、「咆哮」皆「炰烋」之轉語，毛以今語釋古語，鄭輔以義訓，非有異說也。

炰同炮，《說文》云：「炮，毛炙肉也。」〔註159〕《說文》無烋字，《玉篇》云：「烋，美也，福祿也，慶善也。」〔註160〕炰、烋本義與「自矜氣健之貌」無涉，故知二字不可分訓。

炰，薄交切〔註161〕，聲屬並母，古韻在幽部；烋，香幽切〔註162〕，聲屬曉母，古韻在幽部。並、曉遠隔，幽部疊韻。炰烋聲異韻同。

「炰烋」字形不定。《廣韻·咆字》：「咆虓〔註163〕，熊虎聲。」〔註164〕《三國志·高柔傳》：「賜以棺、衣，殯斂於宅。」裴注引晉·孫盛曰：「不恭可斂衽於一朝，『炰哮』〔註165〕可屈膝於象魏矣。」〔註166〕《文選·左思·魏都賦》李注引本詩作「咆烋」。《文選·嵇康·琴賦》：「鬱怒『彪休』〔註167〕」李注：「彪休，怒貌。」〔註168〕。炰烋、咆哮，偏旁同化。

18. 於 乎

〈大雅·抑〉十章：「於呼〔註169〕小子」；十二章：「於乎小子」。

〈大雅·桑柔〉：「於乎有哀。」

〔註158〕蕭統（編）、李善（注）《文選》，頁103～104。

〔註159〕《說文》，頁482。

〔註160〕顧野王《玉篇》卷下，頁3405。

〔註161〕《廣韻》，頁154。

〔註162〕《廣韻》，頁216。

〔註163〕咆，薄交切，聲屬並母，古韻在幽部；虓，許交切，聲屬曉母，古韻在宵部。咆、炰聲韻俱同。虓、烋聲同韻近。咆虓為炰烋的異寫詞。

〔註164〕《廣韻》，頁154。

〔註165〕哮，許交切，聲屬曉母，古韻在幽部。哮、烋聲韻俱同。炰哮為炰烋的異寫詞。

〔註166〕陳壽（撰）、盧弼（著）《三國志集解·魏書·高柔傳》，頁604。

〔註167〕彪，甫烋切，聲屬非母，古歸幫母，古韻在幽部；休，許尤切，聲屬曉母，古韻在幽部。彪、炰聲近韻同；休、烋聲韻俱同。彪休為炰烋的異寫詞。

〔註168〕蕭統（編）、李善（注）《文選》，頁255。

〔註169〕阮元《校勘記》：「唐石經小字本、相臺本『呼』作『乎』。閩本、明監本、毛本同。案『呼』字誤也。」

〈大雅·雲漢〉:「於乎!何辜今之人!」

〈大雅·召旻〉:「於乎哀哉!」

〈周頌·維天之命〉:「於乎不顯!」

〈周頌·烈文〉:「於乎前王不忘。」

〈周頌·閔予小子〉:「於乎皇考」、「於乎皇王」。《箋》:「於乎君王,歎文王、武王也。」〔註170〕

〈周頌·訪落〉:「於乎悠哉!」

案:王引之《經傳釋詞》卷四「於」字條云:「《詩·文王傳》曰:『於,歎詞也。』一言則曰『於』,下加一言則曰『於乎』。或作『於戲』,或作『烏呼』,其義一也。」〔註171〕

於同烏,《說文》云:「烏,孝鳥也。……於,象古文烏省」〔註172〕;又「乎,語之餘也」。〔註173〕於、乎本義與「歎辭」無涉,故知二字不可分訓。

於,哀都切〔註174〕,聲屬影母,古韻在魚部;乎,戶吳切〔註175〕,聲屬匣母,古韻在魚部。影、匣旁紐雙聲,魚部疊韻。於乎聲近韻同。

「於乎」字形不定。王先謙《詩三家義集疏》云:「《魯》、《韓》於乎作『嗚呼』。」〔註176〕《漢書·蒯伍江息夫傳》:「痛入天兮『嗚譹』。」〔註177〕《漢書·五行志》:「『烏嘑』〔註178〕箕子。」〔註179〕《漢書·爰盎鼂錯傳》:「大

〔註170〕《詩經》,頁739。

〔註171〕王引之《經傳釋詞》,南京:江蘇古籍出版社,2000年,頁44。

〔註172〕《詩經》,頁157。

〔註173〕《說文》,頁204。

〔註174〕《廣韻》,頁85。

〔註175〕《廣韻》,頁81。

〔註176〕嗚,哀都切,聲屬影母,古韻在魚部;呼,荒烏切,聲屬曉母,古韻在魚部。嗚、於聲韻俱同;呼、乎聲近韻同。嗚呼為於乎的異寫詞。王先謙《詩三家義集疏》（下）,頁325。

〔註177〕譹,荒烏切,聲屬曉母,古韻在魚部。譹、乎聲近韻同。嗚譹為於乎的異寫詞。班固《漢書·蒯伍江息夫傳》,頁605。

〔註178〕烏,哀都切,聲屬影母,古韻在魚部;嘑,火故切,聲屬曉母,古韻在魚部。烏、於聲韻俱同;嘑、乎聲近韻同。烏嘑為於乎的異寫詞。

夫其正論，毋枉執事，『烏虖』〔註180〕戒之。」〔註181〕《史記・滑稽列傳》：
「武帝大笑曰：『於呼！安得長者之語而稱之？安所受之？』」〔註182〕《韓詩
外傳》：「晏子捧杯血仰天而嘆曰：『惡乎〔註183〕，崔杼將爲無道，而殺其君。』」
〔註184〕《史記・三王世家》：「於戲〔註185〕！保國艾民，可不敬與？王其戒之！」
〔註186〕〈北海相景君銘〉：「歍歔〔註187〕哀哉。」〔註188〕〈仲秋下旬碑〉：「歍
歔〔註189〕悢哉。」〔註190〕程燕《詩經異文輯考》謂：「乎，上博簡作『虍』。」
〔註191〕又：「乎，中山王鼎作『虖』。」〔註192〕嗚呼、歍歔、歍歔，偏旁同化。

19. 倉兄

〈大雅・桑柔〉：「倉兄塡兮。」《傳》：「倉，喪也。兄，滋也。」〔註193〕

案：朱熹《詩集傳》曰：「倉兄，與『愴怳』同，悲閔之意也。」〔註194〕《廣
韻・愴字》曰：「愴怳，失意兒。」〔註195〕綜上可知，「倉兄」訓「悲愴失意」
也。

〔註179〕班固《漢書・五行志》，頁 324。

〔註180〕虖，荒烏切，聲屬曉母，古韻在魚部。虖、乎聲近韻同。烏虖爲於乎的異寫詞。

〔註181〕班固《漢書・爰盎鼂錯傳》，頁 639。

〔註182〕司馬遷《史記》，頁 1166。

〔註183〕惡，哀都切，聲屬影母，古韻在魚部。惡、於聲韻俱同。惡乎爲於乎的異寫詞。

〔註184〕韓嬰《韓詩外傳》，《百部叢書集成・畿輔叢書》，臺北：藝文印書館，頁 8。

〔註185〕戲，荒烏切，聲屬曉母，古韻在魚部。戲、乎聲近韻同。於戲爲於乎的異寫詞。

〔註186〕司馬遷《史記》，頁 715。

〔註187〕歍，哀都切，聲屬影母，古韻在魚部；歔，朽居切，聲屬曉母，古韻在魚部。歍、
於聲韻俱同；歔、乎聲近韻同。歍歔爲於乎的異寫詞。

〔註188〕洪适《隸釋：隸續》，頁 72。

〔註189〕歍，荒烏切，聲屬曉母，古韻在魚部。歍、乎聲近韻同。歍歔爲於乎的異寫詞。

〔註190〕洪适《隸釋：隸續》，頁 184。

〔註191〕程燕《詩經異文輯考》，頁 336。

〔註192〕程燕《詩經異文輯考》，頁 338。

〔註193〕《詩經》，頁 653。

〔註194〕朱熹《詩集傳》，《朱子全書》，頁 699。

〔註195〕《廣韻》，頁 311。

《說文》云:「倉,穀藏也」〔註196〕;又「兄,長也」。〔註197〕倉、兄本義與「悲愴失意」無涉,故知二字不可分訓。〔註198〕

倉兄,同「愴怳」。愴,初兩切〔註199〕,聲屬初母,古歸清母,古韻在陽部;怳,許昉切〔註200〕,聲屬曉母,古韻在陽部。清、曉同位,陽部疊韻。倉兄聲近韻同。

「倉兄」字形不定。《釋文》:「兄,本亦作『況』。」〔註201〕《廣韻》作「愴怳」。愴怳,偏旁同化。

20. 噫 嘻

〈周頌‧噫嘻〉:「噫嘻成王。」《傳》:「意,歎也。嘻,和也。」《箋》:「噫嘻,有所多大之聲也。」〔註202〕

案:朱熹《詩集傳》云:「噫嘻,亦歎詞也。」〔註203〕從之。

《說文》云:「噫,飽出息也。」〔註204〕《說文》無嘻字,《玉篇》云:「嘻,嘻嘻,和樂聲。」〔註205〕二字本義與「歎辭」無涉,噫嘻不可分訓。〔註206〕

噫,於其切〔註207〕,聲屬影母,古韻在之部;嘻,許其切〔註208〕,聲屬曉母,古韻在職部。影、曉旁紐雙聲,之、職陰入對轉。噫嘻聲近韻近。

〔註196〕《說文》,頁223。

〔註197〕《說文》,頁405。

〔註198〕《傳》:「倉,喪也。兄,滋也。」是分訓之例。

〔註199〕《廣韻》,頁311。

〔註200〕《廣韻》,頁313。

〔註201〕況,許訪切,聲屬曉母,古韻在陽部。況、兄聲韻俱同。倉況爲倉兄的異寫詞。陸德明《經典釋文‧毛詩音義》,頁97。

〔註202〕《詩經》,頁724。

〔註203〕朱熹《詩集傳》,《朱子全書》,頁729。

〔註204〕《說文》,頁55。

〔註205〕顧野王《玉篇》卷上,頁3282。

〔註206〕《傳》:「意,歎也。嘻,和也。」爲分訓之例。

〔註207〕《廣韻》,頁62。

〔註208〕《廣韻》,頁62。

「噫嘻」字形不定。《釋文》:「意嘻〔註 209〕,意又作噫,同。」〔註 210〕
噫嘻,偏旁同化。

21. 猗　與

〈周頌・潛〉:「猗與漆沮。」《箋》云:「猗與,歎美之言也。」〔註 211〕

案:《說文》云:「猗,犗犬也」〔註 212〕;又「與,黨與也」。〔註 213〕猗、
與本義與「歎辭」無涉,故知二字不可分訓。

猗,於離切〔註 214〕,聲屬影母,古韻在歌部;與,余呂切〔註 215〕,聲屬喻
母,古歸定母,古韻在魚部。影、定遠隔,歌、魚遠隔。猗與聲韻畢異。

「猗與」字形不定。《文選・曹植・王仲宣誄》:「『猗歟』〔註 216〕侍中,遠
祖彌芳。」〔註 217〕《玉篇・欠部》:「欹,欹歟〔註 218〕,歎辭。」〔註 219〕程燕《詩
經異文輯考》謂:「猗,敦煌本作『狺』。」〔註 220〕欹歟,偏旁同化。

22. 判　渙

〈周頌・訪落〉:「繼猶判渙。」《傳》:「判,分。渙,散也。」《箋》:「繼
續其業,圖我所失,分散者收斂之。」〔註 221〕

〔註 209〕意,於其切,聲屬影母,古韻在之部。意、噫聲韻俱同。意嘻為噫嘻的異寫詞。
〔註 210〕陸德明《經典釋文・毛詩音義》,頁 102。
〔註 211〕《詩經》,頁 733。
〔註 212〕《說文》,頁 473。
〔註 213〕《說文》,頁 105。
〔註 214〕《廣韻》,頁 49。
〔註 215〕《廣韻》,頁 256。
〔註 216〕歟,余呂切,聲屬喻母,古歸定母,古韻在魚部。歟、與聲韻俱同。猗歟為猗與
的異寫詞。
〔註 217〕蕭統(編)、李善(注)《文選》,頁 778。
〔註 218〕欹,丘奇切,聲屬群母,古歸匣母,古韻在歌部。欹、猗聲近韻同。欹歟為猗與
的異寫詞。
〔註 219〕顧野王《玉篇》卷上,頁 3313。
〔註 220〕狺,於離切,聲屬影母,古韻在歌部。狺、猗聲韻俱同。狺與為猗與的異寫詞。
程燕《詩經異文輯考》,頁 337。
〔註 221〕《詩經》,頁 739。

案：毛拆字為訓，鄭或訓「拔扈」（〈皇矣〉）、或訓「自縱弛」（〈卷阿〉）、或如本詩從毛分訓，義不一律，並失之。俞樾《羣經平議》：「『判渙』即『伴奐』也。〈卷阿〉篇：『伴奐爾游矣。』《箋》云：『伴奐，自縱弛之意也。』『將予就之，繼猶判渙』，言將助我而就之，繼猶自縱弛也。《傳》、《箋》均未得其義。此詩『判渙』即〈卷阿〉篇之『伴奐』，亦即〈皇矣〉篇之『畔援』，古義存乎聲，無定字也。」〔註222〕鄭訓所謂「縱弛」，有「鬆弛、放鬆」義，《後漢書・崔駰傳》云：「是以王綱縱弛於上，智士鬱伊於下。」〔註223〕即其例。援此訓，全句謂「繼之我將鬆懈不振」，則渙然冰釋。

《說文》云：「判，分也」〔註224〕；又「渙，散流也」〔註225〕。判、渙本義與「鬆弛、放鬆」迥別，故知二字不可分訓。〔註226〕

判，普半切〔註227〕，聲屬滂母，古韻在元部；渙，火貫切〔註228〕，聲屬曉母，古韻在元部。滂、曉同位，元部疊韻。判渙聲近韻同。

「判渙」字形不定。〈大雅・皇矣〉：「無然畔援。」〈大雅・卷阿〉：「伴奐爾游矣。」

23. 莘蜂

〈周頌・小毖〉：「莫予莘蜂。」《傳》：「莘蜂，摩曳也。」〔註229〕

案：《爾雅・釋訓》云：「甹夆，掣曳也。」郭注：「謂牽挽。」〔註230〕牽挽，即牽引。胡承珙《毛詩後箋》曰：「摩曳者，謂牽引而使之也。……言往日之事無有摩曳使我為之者，乃我自求辛螫之害耳。」〔註231〕所言甚是。

〔註222〕俞樾《羣經平議》（上），頁731～732。
〔註223〕范曄（撰）、李賢（注）《後漢書・崔駰傳》，頁782。
〔註224〕《說文》，頁180。
〔註225〕《說文》，頁547。
〔註226〕《傳》：「判，分。渙，散也。」即分訓之例。
〔註227〕《廣韻》，頁404。
〔註228〕《廣韻》，頁404。
〔註229〕《詩經》，頁745。
〔註230〕郭注：「謂牽挴。」邢《疏》：「郭云：『謂牽挽。』」今依邢《疏》。詳見《爾雅》，頁59。
〔註231〕胡承珙（撰）、郭全芝（校點）《毛詩後箋》（下），頁1568～1569。

《說文》云：「莑，馬帚也。」〔註232〕蜂與𧒂同，《說文》云：「𧒂，飛蟲螫人者。」〔註233〕莑、蜂本義與「牽引」無涉，故知二字不可分訓。〔註234〕

莑，薄經切〔註235〕，聲屬並母，古韻在耕部；蜂，薄紅切〔註236〕，聲屬並母，古韻在東部。並母雙聲，耕、東遠隔。莑蜂聲同韻異。

「莑蜂」字形不定。王先謙《詩三家義集疏》云：「《魯》莑蜂作『甹夆』〔註237〕，云：掣曳也。一作『莫予併螽』。」〔註238〕《爾雅》作「甹夆」〔註239〕。《集韻·夆》：「徬徎〔註240〕，使也。」〔註241〕徬徎，偏旁同化。

24. 猗　那

〈商頌·那〉：「猗與那與。」《傳》：「猗，歎辭。那，多也。」〔註242〕

案：馬瑞辰《毛詩傳箋通釋》謂：「猗、那二字疊韻，皆美盛之貌。通作猗儺。」〔註243〕陳奐《詩毛氏傳疏》曰：「阿難連緜字。〈萇楚〉曰『猗儺』，〈那〉曰『猗那』，聲義皆同也。」〔註244〕二家所言甚是，從之。

《說文》云：「猗，犗犬也」〔註245〕；又「那，西夷國」〔註246〕。猗、那

〔註232〕《說文》，頁 29。

〔註233〕《說文》，頁 675。

〔註234〕高亨《詩經今注》：「莑，借為抨，擊也。莫予莑蜂，即予莫莑蜂。」

〔註235〕《廣韻》，頁 197。

〔註236〕《廣韻》，頁 32。

〔註237〕甹，普丁切，聲屬滂母，古韻在耕部；夆，符容切，聲屬奉母，古歸並母，古韻在東部。甹、莑聲近韻同；夆、蜂聲韻俱同。甹夆為莑蜂的異寫詞。

〔註238〕併，蒲迴切，聲屬並母，古韻在耕部；螽，職戎切，聲屬照母，古歸端母，古韻在冬部。併、莑聲韻俱同；螽、蜂聲異韻近。併螽為莑蜂的異寫詞。王先謙《詩三家義集疏》（下），頁 360。

〔註239〕甹，普丁切，聲屬滂母，古韻在耕部。甹、莑聲近韻同。甹夆為莑蜂的異寫詞。

〔註240〕徎，數容切，聲屬敷母，古歸滂母，古韻在東部。徎、蜂聲近韻同。徬徎為莑蜂的異寫詞。

〔註241〕丁度（修）《集韻·平聲·東·徎》，頁 6。

〔註242〕《詩經》，頁 789。

〔註243〕馬瑞辰《毛詩傳箋通釋》，頁 361。

〔註244〕陳奐《詩毛氏傳疏》（一），頁 628。

〔註245〕《說文》，頁 473。

本義與「美盛之貌」迴別，故知二字不可分訓。〔註247〕

猗，於綺切〔註248〕，聲屬影母，古韻在歌部；那，奴可切〔註249〕，聲屬泥母，古韻在歌部。影、泥遠隔，歌部疊韻。猗那聲異韻同。

「猗那」字形不定。〈檜風・隰有萇楚〉一章：「猗儺其枝」；二章：「猗儺其華」；三章：「猗儺其實」。〈小雅・隰桑〉：「隰桑有阿，其葉有難。」《抱朴子・君道》：「嘉穗『婀娜』而盈箱。」〔註250〕《說文・木部》：「橚，木『橚施』也。」〔註251〕程燕《詩經異文輯考》謂：「猗，敦煌本作『㛂』。那，敦煌本作『那』。」〔註252〕婀娜，偏旁同化。

25. 昆　吾

〈商頌・長發〉：「昆吾夏桀。」《傳》：「有韋國者，有顧國者，有昆吾國者。」
〔註253〕

案：《說文》云：「昆，同也」〔註254〕；又「吾，我自偁也」。〔註255〕昆、吾本義與「國名」無涉，二字不可分訓。

昆，古渾切〔註256〕，聲屬見母，古韻在諄部；吾，五乎切〔註257〕，聲屬疑母，古韻在魚部。見、疑旁紐雙聲，諄、魚遠隔。昆吾聲近韻異。

「昆吾」訓國名，無異形詞。

〔註246〕《說文》，頁294。

〔註247〕《傳》：「猗，歎辭。那，多也。」為分訓之例。

〔註248〕《廣韻》，頁242。

〔註249〕《廣韻》，頁304。

〔註250〕李中華（注釋）、黃志民（校閱）《新譯抱朴子》，頁92。

〔註251〕《說文》，頁250。

〔註252〕**那**，奴可切，聲屬泥母，古韻在歌部。**那**、那聲韻俱同。**㛂那**為猗那的異寫詞。程燕《詩經異文輯考》，頁349。

〔註253〕《詩經》，頁803。

〔註254〕《說文》，頁308。

〔註255〕《說文》，頁56～57。

〔註256〕《廣韻》，頁116。

〔註257〕《廣韻》，頁83。

第二節　A（或B）本義與C相關，B（或A）本義與C無關

1. 常　棣

〈小雅・常棣〉：「常棣之華。」《傳》：「常棣，棣也。」〔註258〕

案：常、唐、棠古音同。〔註259〕本詩《傳》曰：「常棣，棣也。」〈秦風・晨風〉：「山有苞棣」，彼《傳》曰：「棣，唐棣也。」王先謙《詩三家義集疏》云：「《魯》『常』作『棠』。」〔註260〕故知「常棣」、「唐棣」、「棠棣」，實為一物。

《說文》云：「常，下帬也」〔註261〕；又「棣，白棣也」〔註262〕。常字本義與「植物名」無涉，二字不可分訓。〔註263〕

常，市羊切〔註264〕，聲屬禪母，古歸定母，古韻在陽部。棣，特計切〔註265〕，聲屬定母，古韻在脂部。定母雙聲，陽、脂遠隔。常棣聲同韻異。

「常棣」字形不定。〈召南・何彼襛矣〉：「唐棣之華。」《文選・曹植・求通親親表》：「中詠『棠棣』，非他之誡。」〔註266〕程燕《詩經異文輯考》謂：「棣，敦煌本或作『樣』〔註267〕，或作『捗』。」〔註268〕棠棣，偏旁同化。

2. 優　游

〈小雅・白駒〉：「慎爾優游。」

〈小雅・采菽〉：「優哉游哉。」

〈大雅・卷阿〉：「優游爾休矣。」

〔註258〕《詩經》，頁321。

〔註259〕常、唐、棠，定母雙聲，陽部疊韻，三字古音同。

〔註260〕王先謙《詩三家義集疏》（下），頁198。

〔註261〕《說文》，頁358。

〔註262〕《說文》，頁245。

〔註263〕馬瑞辰《毛詩傳箋通釋》謂：「常為棠字之叚借。」此為分訓之例。

〔註264〕《廣韻》，頁176。

〔註265〕《廣韻》，頁372。

〔註266〕蕭統（編）、李善（注）《文選》，頁521。

〔註267〕樣，特計切，聲屬定母，古韻在脂部。樣、棣聲韻俱同。常樣為常棣的異寫詞。

〔註268〕捗，特計切，聲屬定母，古韻在脂部。捗、棣聲韻俱同。常捗為常棣的異寫詞。程燕《詩經異文輯考》，頁220。

案：優游，《傳》、《箋》無訓。〈大雅‧卷阿〉：「伴奐爾游矣，優游爾休矣。」《箋》云：「伴奐，自縱弛之意也。」「伴奐」與「優游」相對成文，朱熹《詩集傳》謂：「優游，閑暇之意。」〔註269〕縱弛，有「鬆弛、放鬆」義，《後漢書‧崔駰傳》云：「是以王綱縱弛於上，智士鬱伊於下。」〔註270〕即其例。「鬆弛、放鬆」與「閒暇」義正相成，朱說可從。

《說文》云：「優，饒也。」段注：「引伸之爲優游、爲優柔、爲俳優。」〔註271〕《說文》云：「游，旌旗之流也。」〔註272〕優字單用與優游聯用同義，而游字於「閒暇」無所取義，故知二字不可分訓。〔註273〕

優，於求切〔註274〕，聲屬影母，古韻在幽部；游，以周切〔註275〕，聲屬喻母，古歸定母，古韻在幽部。影、定遠隔，幽部疊韻。優游聲異韻同。

「優游」字形不定。王先謙《詩三家義集疏》云：「《韓》『游』作『柔』。」〔註276〕《後漢書‧符融傳》：「『優遊』〔註277〕不仕。」〔註278〕《廣韻‧㥘字》注：「『㥘游』〔註279〕，本亦作優。」〔註280〕《漢書‧敘傳》：「宿禮故老，『優繇』〔註281〕亮直。」〔註282〕《荀子‧正論》：「而聖王之生民也，皆使當厚『優

〔註269〕朱熹《詩集傳》，《朱子全書》，頁 687。

〔註270〕范曄（撰）、李賢（注）《後漢書‧崔駰傳》，頁 782。

〔註271〕《說文》，頁 375。

〔註272〕《說文》，頁 311。

〔註273〕〈小雅‧采菽〉：「優哉游哉」，《正義》：「優饒之哉，遊縱之哉。」爲分訓之例。

〔註274〕《廣韻》，頁 202。

〔註275〕《廣韻》，頁 204。

〔註276〕柔，耳由切，聲屬日母，古歸泥母，古韻在幽部。柔、游聲異韻同。優柔爲優游的異寫詞。王先謙《詩三家義集疏》（下），頁 242。

〔註277〕遊，以周切，聲屬喻母，古歸定母，古韻在幽部。遊、游聲韻俱同。優遊爲優游的異寫詞。

〔註278〕范曄（撰）、李賢（注）《後漢書‧符融傳》，頁 1015。

〔註279〕㥘，於求切，聲屬影母，古韻在幽部。㥘、優聲韻俱同。㥘游爲優游的異寫詞。

〔註280〕《廣韻》，頁 202。

〔註281〕繇，餘昭切，聲屬喻母，古歸定母，古韻在宵部。繇、游聲同韻近。優繇爲優游的異寫詞。

〔註282〕班固《漢書‧敘傳七十下》，頁 1319。

猶』〔註283〕不知足，而不得以有餘過度。」〔註284〕〈漢孫君碑〉:「家富人喜，『優嗂』〔註285〕樂業。」〔註286〕

3. 萋 斐

〈小雅・巷伯〉:「萋兮斐兮。」《傳》:「萋斐，文章相錯也。」〔註287〕

案:《說文》云:「萋，艸盛。」〔註288〕又:「斐，分別文也。」段注:「許云分別者，渾言之則爲文，析言之則爲分別之文。」〔註289〕萋之本義爲艸盛，與「文章相錯」無關，斐字單用與萋斐聯用義近，故知二字不可分訓。

萋，七稽切〔註290〕，聲屬清母，古韻在脂部；斐，敷尾切〔註291〕，聲屬敷母，古歸滂母，古韻在微部。清、滂同位，脂、微陰聲旁轉。萋斐聲近韻近。

「萋斐」字形不定。《說文・糸部》引本詩作「緀兮斐兮」〔註292〕。《釋文》:「斐，本或作『菲』。」〔註293〕萋菲，偏旁同化。

4. 混 夷

〈大雅・緜〉:「混夷駾矣。」《箋》云:「混夷，夷狄國也。」〔註294〕

〔註283〕猶，以周切，聲屬喻母，古歸定母，古韻在幽部。猶、游聲韻俱同。優猶爲優游的異寫詞。

〔註284〕荀況（撰）、楊倞（注）《荀子》，頁431～432。

〔註285〕嗂，餘昭切，聲屬喻母，古歸定母，古韻在宵部。嗂、游聲同韻近。優嗂爲優游的異寫詞。

〔註286〕洪适《隸釋：隸續》，頁38。

〔註287〕《詩經》，頁428。

〔註288〕《說文》，頁38。

〔註289〕《說文》，頁425。

〔註290〕《廣韻》，頁87。

〔註291〕《廣韻》，頁255。

〔註292〕緀，七稽切，聲屬清母，古韻在脂部。緀、萋聲韻俱同。緀斐爲萋斐的異寫詞。《說文》，頁649。

〔註293〕菲，敷尾切，聲屬敷母，古歸滂母，古韻在微部。菲、斐聲韻俱同。萋菲爲萋斐的異寫詞。陸德明《經典釋文・毛詩音義》，頁83。

〔註294〕《詩經》，頁550。

案：《說文》云：「混，豐流也」〔註295〕；又「夷，東方之人也」。〔註296〕混字本義與「夷狄國」無涉，夷字單用與混夷聯用同義，故知二字不可分訓。

混，胡本切〔註297〕，聲屬匣母，古韻在諄部；夷，以脂切〔註298〕，聲屬喻母，古歸定母，古韻在脂部。匣、定同位，諄、脂陽陰旁對轉。混夷聲近韻近。

「混夷」字形不定。〈大雅・皇矣〉：「串夷載路。」《說文・馬部》駬字引《詩》作「昆夷」。〔註299〕《說文・口部》呬字引《詩》作「犬夷」。〔註300〕《史記・匈奴列傳》：「周西伯昌伐『畎夷〔註301〕』氏。」〔註302〕

5. 串　夷

〈大雅・皇矣〉：「串夷載路。」《傳》：「串，習。夷，常。」《箋》：「串夷即混夷，西戎國名也。」〔註303〕

案：高亨《詩經今注》謂：「串夷，即混夷，亦即犬戎。載，猶則也。路，通露，敗也。太王原居豳，犬戎侵豳，太王因而遷岐，以後打敗犬戎。」〔註304〕依高氏所言，當以《箋》訓爲是。

《說文》無串字。《玉篇》云：「串，《爾雅》云：『習也。』或爲『慣』、『遺』。」〔註305〕《說文》云：「夷，東方之人也。」〔註306〕串字本義與「夷狄國」無涉，夷字單用與串夷聯用同義，故知二字不可分訓。〔註307〕

〔註295〕《說文》，頁 546。

〔註296〕《說文》，頁 493。

〔註297〕《廣韻》，頁 282。

〔註298〕《廣韻》，頁 51。

〔註299〕昆，古渾切，聲屬見母，古韻在諄部。昆、混聲近韻同。昆夷爲混夷的異寫詞。《說文》，頁 467。

〔註300〕犬，苦泫切，聲屬溪母，古韻在元部。犬、混聲近韻近。犬夷爲混夷的異寫詞。《說文》，頁 56。

〔註301〕畎，姑泫切，聲屬見母，古韻在元部。畎、混聲近韻近。畎夷爲混夷的異寫詞。

〔註302〕司馬遷《史記》，頁 1032。

〔註303〕《詩經》，頁 568。

〔註304〕高亨《詩經今注》，頁 390。

〔註305〕顧野王《玉篇》卷中，頁 3336。

〔註306〕《說文》，頁 493。

〔註307〕《傳》：「串，習。夷，常。」爲分訓之例。

串，古患切〔註308〕，聲屬見母，古韻在元部；夷，以脂切〔註309〕，聲屬喻母，古歸定母，古韻在脂部。見、定遠隔，元、脂陽陰旁對轉。串夷聲異韻近。

「串夷」字形不定。〈大雅・緜〉：「混夷駾矣。」《說文・馬部》駾字引《詩》作「昆夷」。〔註310〕《說文・口部》呬字引《詩》作「犬夷」。〔註311〕《史記・匈奴列傳》：「周西伯昌伐『畎夷』氏。」〔註312〕

6. 盧　旅

〈大雅・公劉〉：「于時盧旅。」《傳》：「盧，寄也。」〔註313〕

案：馬瑞辰《毛詩傳箋通釋》謂：「詩上下文『處處』、『言言』、『語語』皆用疊字，不應『盧旅』獨異詞。竊疑古本原作『盧盧』，謂寄其所當寄者，故《毛傳》但釋盧字。……盧、旅古通用，本或作旅旅，後又譌爲上盧下旅。」〔註314〕《說文》「旅」字段注：「凡言羈旅，義取乎盧。盧，寄也。故〈大雅〉『盧旅』猶『處處』、『言言』、『語語』也。」〔註315〕二家所言甚是。

《說文》云：「盧，寄也。秋冬去，春夏居」〔註316〕；又「旅，軍之五百人」。〔註317〕盧字單用與盧旅聯用同義，而旅字於「羈旅」無所取義，故知二字不可分訓。〔註318〕

盧，力居切〔註319〕，聲屬來母，古韻在魚部；旅，力舉切〔註320〕，聲屬來

〔註308〕《廣韻》，頁405。

〔註309〕《廣韻》，頁51。

〔註310〕《說文》，頁467。

〔註311〕《說文》，頁56。

〔註312〕司馬遷《史記》，頁1032。

〔註313〕《詩經》，頁618。

〔註314〕馬瑞辰《毛詩傳箋通釋》，頁281～282。

〔註315〕《說文》，頁312。

〔註316〕《說文》，頁443。

〔註317〕《說文》，頁312。

〔註318〕《箋》：「盧舍其賓旅。」爲分訓之例。

〔註319〕《廣韻》，頁70。

〔註320〕《廣韻》，頁256。

母，古韻在魚部。來母雙聲，魚部疊韻。盧旅聲韻俱同。

「盧旅」無異形詞。馬瑞辰疑古本原作「盧盧」，或作「旅旅」。

第三節　A（或B）本義與C相關，B（或A）不能單獨使用

1. 梧　桐

〈大雅・卷阿〉：「梧桐生矣。」《傳》：「梧桐，柔木也。出東日朝陽。梧桐不生山岡，太平而後生朝陽。」《正義》曰：「梧桐可以爲琴瑟，是柔韌之木，故曰柔木。〈釋木〉云：『櫬，梧。』郭璞曰：『今梧桐又曰榮桐木。』郭璞云：『則梧桐木也。』然則梧桐一木耳。」〔註321〕

案：《說文》云：「梧，梧桐木」〔註322〕；又「桐，榮也」〔註323〕；又「榮，桐木也」。〔註324〕〈鄘風・定之方中〉：「椅桐梓漆。」朱熹《詩集傳》謂：「桐，梧桐也。」〔註325〕綜上可知，梧字不能單獨使用，桐字單用與梧桐聯用同義，故知二字不可分訓。〔註326〕

梧，五乎切〔註327〕，聲屬疑母，古韻在魚部；桐，徒紅切〔註328〕，聲屬定母，古韻在東部。疑、定遠隔，魚、東遠隔。梧桐聲韻畢異。

「梧桐」字形不定。《漢書・西域傳》：「多葭葦檉柳，『胡桐』〔註329〕白草。」〔註330〕梧桐，偏旁同化。

〔註321〕《詩經》，頁629。

〔註322〕《說文》，頁247。

〔註323〕《說文》，頁247。

〔註324〕《說文》，頁247。

〔註325〕朱熹《詩集傳》，《朱子全書》，頁445。

〔註326〕陳奐《詩毛氏傳疏》稱：「梧與桐，二木名。《爾雅》云：『櫬，梧。』又云：『榮，桐木。』」此爲分訓之例。

〔註327〕《廣韻》，頁83～84。

〔註328〕《廣韻》，頁23。

〔註329〕胡，戶吳切，聲屬匣母，古韻在魚部。胡、梧聲近韻同。胡桐爲梧桐的異寫詞。

〔註330〕班固《漢書・西域傳》，頁1186。

第四節　Ａ（或Ｂ）本義與Ｃ無關，Ｂ（或Ａ）不能單獨使用

1. 觱　沸

〈小雅・采菽〉：「觱沸檻泉。」《傳》：「觱沸，泉出貌。」〔註331〕

〈大雅・瞻卬〉：「觱沸檻泉。」

案：觱同觱，《說文》云：「觱，羌人所吹角屠觱，以驚馬也」〔註332〕；又「沸，畢沸，濫泉也」〔註333〕。觱字本義與「泉出貌」無關，沸字不能單獨使用，故知二字不可分訓。

觱，卑吉切〔註334〕，聲屬幫母，古韻在質部；沸，方味切〔註335〕，聲屬非母，古歸幫母，古韻在沒部。幫母雙聲，質、沒入聲旁轉。觱沸聲同韻近。

「觱沸」字形不定。王先謙《詩三家義集疏》云：「《韓》觱亦作『潷』。」〔註336〕《說文》作「畢沸」〔註337〕段注：「〈上林賦〉『潷弗』〔註338〕，一本作『浡』。」〔註339〕潷沸、潷浡，偏旁同化。

第五節　Ａ、Ｂ不能單獨使用，否則各自無義

1. 獫　狁

〈小雅・采薇〉一章：「靡室靡家，獫狁之故；不遑啟居，獫狁之故」；五章：「獫狁孔棘。」《傳》：「獫狁，北狄也。」《箋》：「北狄，今匈奴也。」

〔註331〕《詩經》，頁500。

〔註332〕《說文》，頁188。

〔註333〕《說文》，頁553。

〔註334〕《廣韻》，頁471。

〔註335〕《廣韻》，頁359。

〔註336〕潷，卑吉切，聲屬幫母，古韻在質部。潷、觱聲韻俱同。潷沸爲觱沸的異寫詞。王先謙《詩三家義集疏》（下），頁275。

〔註337〕畢，卑吉切，聲屬幫母，古韻在質部。畢、觱聲韻俱同。畢沸爲觱沸的異寫詞。

〔註338〕弗，方味切，聲屬非母，古歸幫母，古韻在沒部。弗、沸聲韻俱同。潷弗爲觱沸的異寫詞。

〔註339〕浡，蒲沒切，聲屬並母，古韻在沒部。浡、沸聲近韻同。潷浡爲觱沸的異寫詞。《說文》，頁553。

〔註340〕

〈小雅・出車〉三章：「玁狁于襄」；六章：「玁狁于夷」。

〈小雅・六月〉一章：「玁狁孔熾」；三章：「薄伐玁狁」；四章：「玁狁匪茹」；
五章：「薄伐玁狁」。

〈小雅・采芑〉：「征伐玁狁。」

案：王國維《觀堂集林・鬼方昆夷玁狁考》指出：「我國古時有一彊梁之
外族，其族西自汧隴，環中國而北，東及太行、常山間，中間或分或合，時
入侵暴中國。……中國之稱之也，隨世異名，因地殊號，至於後世，或且以
醜名加之。其見於商周間者，曰鬼方，曰混夷，曰獯鬻；其在宗周之季，則
曰玁狁；入春秋後則始謂之戎，繼號曰狄；戰國以降，又稱之曰胡、曰匈奴。」
〔註341〕

《說文》無玁、狁。《玉篇》云：「玁，玁狁，北狄也」；又「狁，玁狁」。
〔註342〕玁、狁無法單獨使用，否則各自無義，故知二字不可分訓。

玁，虛檢切〔註343〕，聲屬曉母，古韻在談部；狁，余準切〔註344〕，聲屬喻
母，古歸定母，古韻在諄部。曉、定遠隔，談、諄遠隔。玁狁聲韻畢異。

「玁狁」字形不定。《釋文》：「玁，本或作『獫』，音險。狁，音允，本
亦作『允』。」〔註345〕程燕《詩經異文輯考》謂：「玁，虢季子白盤作『厰』。
……狁，虢季子白盤作『䡴』。」〔註346〕玁狁、獫狁，偏旁同化。

〔註340〕《詩經》，頁332。

〔註341〕王國維《海寧王靜安先生遺書》第二冊，頁571。

〔註342〕顧野王《玉篇》卷下，頁3423。

〔註343〕《廣韻》，頁333。

〔註344〕《廣韻》，頁277。

〔註345〕獫，虛檢切，聲屬曉母，古韻在談部；允，余準切，聲屬喻母，古歸定母，古韻
　　　　在諄部。獫、玁聲同韻近；允、狁聲韻俱同。獫允為玁狁的異寫詞。陸德明《經
　　　　典釋文・毛詩音義》，頁76。

〔註346〕厰，五今切，聲屬疑母，古韻在談部。厰、玁聲近韻同。厰䡴為玁狁的異寫詞。程
　　　　燕《詩經異文輯考》，頁247。

2. 螟蠃

〈小雅・小宛〉：「螟蠃負之。」《傳》：「螟蠃，蒲盧也。」《箋》云：「蒲盧取桑蟲之子，負持而去，煦嫗養之，以成其子。」〔註347〕

案：高亨《詩經今註》云：「螟蠃，一種青黑色的細腰土蜂，常捕螟蛉以喂幼蟲，古人誤以爲螟蠃養螟蛉爲子，因把『螟蛉』或『螟蛉子』作爲養子的代稱。」〔註348〕邱靜子《詩經蟲魚意象研究》謂：「蜂實有細腰蜂、土蜂及螟蠃科三種，……螟蠃屬中大型蜂類，腹有腹柄，成蟲獨自生活，以泥築壺狀之巢室，黏附於樹枝、屋簷及牆上。雌蟲則於巢室內存放鱗翅目之幼蟲，供幼蟲孵化後食之。……以『螟蠃』一名，古今皆有，殆屬螟蠃科應不誤矣。」〔註349〕螟與蜾同，《說文》云：「蜾，蜾蠃，蒲盧，細要土蠭也」〔註350〕；又「蠃，蜾蠃也」。〔註351〕螟、蠃無法單獨使用，否則各自無義，故知二字不可分訓。

螟，古火切〔註352〕，聲屬見母，古韻在歌部；蠃，郎果切〔註353〕，聲屬來母，古韻在歌部。見、來遠隔，歌部疊韻。螟蠃聲異韻同。

「螟蠃」字形不定。王先謙《詩三家義集疏》云：「三家『螟』作『蜾』。」〔註354〕《太玄經・親》：「螟蛉不屬，『螟蠃』〔註355〕取之，不迂侮。」〔註356〕程燕《詩經異文輯考》謂：「螟，敦煌本作『蜾』。……蠃，敦煌本作『蠃』。」〔註357〕

〔註347〕《詩經》，頁419。

〔註348〕高亨《詩經今注》，頁292。

〔註349〕邱靜子《詩經蟲魚意象研究》，頁48。

〔註350〕《說文》，頁667。

〔註351〕《說文》，頁667。

〔註352〕《廣韻》，頁305。

〔註353〕《廣韻》，頁306。

〔註354〕蜾，古火切，聲屬見母，古韻在歌部。蜾、螟聲韻俱同。蜾蠃爲螟蠃的異寫詞。王先謙《詩三家義集疏》（下），頁242。

〔註355〕蠃，郎果切，聲屬來母，古韻在歌部。蠃、蠃聲韻俱同。螟蠃爲螟蠃的異寫詞。

〔註356〕揚雄《太玄經・親》，《景印文淵閣四庫全書》，臺北：臺灣商務，1983年，頁37。

〔註357〕螟，古火切，聲屬見母，古韻在歌部；蠃，力爲切，聲屬來母，古韻在歌部。螟、

3. 霢霂

〈小雅・信南山〉：「益之以霢霂。」《傳》：「小雨曰霢霂。」〔註358〕

案：《說文》無霢字。《玉篇・雨部》曰：「霢，小雨曰霢霂。」〔註359〕《說文》云：「霂，霢霂也」。〔註360〕霢、霂不能單獨使用，否則各自無義，故知二字不可分訓。

《廣韻》曰：「霡，亦作霢。」霢，莫獲切〔註361〕，聲屬明母，古韻在錫部；霂，莫卜切〔註362〕，聲屬明母，古韻在屋部。明母雙聲，錫、屋遠隔。霢霂聲同韻異。

「霢霂」字形不定。《太玄經・少》：「密雨『溟沐』〔註363〕，潤于枯瀆。」〔註364〕潘尼〈苦雨賦〉：「始『濛溓』〔註365〕而徐墜，終滂沛而難禁。」〔註366〕《集韻・霡》：「《說文》：『霡霂〔註367〕，小雨也』。或作『霢』、『霙』。」〔註368〕霢霂字形不定，無法確定偏旁同化的過程。

4. 鴛鴦

〈小雅・鴛鴦〉一章：「鴛鴦于飛」；二章：「鴛鴦在梁」。《傳》：「鴛鴦，匹

蠑聲韻俱同；贏、蠃聲韻俱同。蠑蠃爲蠑蠃的異寫詞。程燕《詩經異文輯考》，頁 261。

〔註358〕《詩經》，頁 461。

〔註359〕顧野王《玉篇》卷中，頁 3393。

〔註360〕《說文》，頁 573。

〔註361〕《廣韻》，頁 513。

〔註362〕《廣韻》，頁 452。

〔註363〕溟，莫經切，聲屬明母，古韻在耕部；沐，莫卜切，聲屬明母，古韻在屋部。溟、霢聲同韻近；沐、霂聲韻俱同。溟沐爲霢霂的異寫詞。

〔註364〕揚雄《太玄經・少》，頁 16。

〔註365〕濛，莫紅切，聲屬明母，古韻在東部；溓，莫撥切，聲屬明母，古韻在質部。濛、霢聲同韻異；溓、霂聲同韻異。濛溓爲霢霂的異寫詞。

〔註366〕潘尼《潘太常集・賦・苦雨賦》，《七十二家集》，《續修四庫全書》集部・總集類，據北京圖書館藏明末刻本影印，上海：上海古籍，1995 年，頁 578。

〔註367〕霡，莫獲切，聲屬明母，古韻在錫部。霡、霢聲韻俱同。霡霂爲霢霂的異寫詞。

〔註368〕霙，莫獲切，聲屬明母，古韻在錫部。霙、霢聲韻俱同。霙霂爲霢霂的異寫詞。丁度（修）《集韻・入聲・麥・霡》，頁 12。

鳥。」〔註369〕

〈小雅・白華〉:「鴛鴦在梁。」

案:毛奇齡《續詩傳鳥名》謂:「鴛鴦,鳧屬。然以其有匹,又名『匹鳥』。……《古今註》云:『雌雄未嘗暫離,止相依而飛則雙。』此曰『于飛』,正言兩鳥之共飛也,與『黃鳥于飛』不同。」〔註370〕

《說文》云:「鴛,鴛鴦也」〔註371〕;又「鴦,鴛鴦也」。〔註372〕鴛、鴦不能單獨使用,否則各自無義,故知二字不可分訓。

鴛,於袁切〔註373〕,聲屬影母,古韻在元部;鴦,烏郎切〔註374〕,聲屬影母,古韻在陽部。影母雙聲,元、陽遠隔。鴛鴦聲同韻異。

「鴛鴦」無異形詞。

5. 繾綣

〈大雅・民勞〉:「以謹繾綣。」《傳》:「繾綣,反覆也。」《正義》曰:「繾綣者,牢固相著之意。」〔註375〕

案:毛訓「反覆」,謂反覆無常者;孔曰「牢固相著」,謂固著於君者也。《左傳・昭公二十五年》:「繾綣從公」杜注:「繾綣,不離散。」〔註376〕唯其牢固相著,斯可不離散,據此,當以孔說為允。

《說文》無繾、綣。《玉篇》云:「繾,繾綣,不離散也」;又「綣,繾綣也」。〔註377〕繾、綣不能單獨使用,否則各自無義,故知二字不可分訓。

繾,去演切〔註378〕,聲屬溪母,古韻在元部;綣,去阮切〔註379〕,聲屬溪

〔註369〕《詩經》,頁482。
〔註370〕毛奇齡《續詩傳鳥名》,《續經解毛詩類彙編》(一),頁83。
〔註371〕《說文》,頁152。
〔註372〕《說文》,頁152。
〔註373〕《廣韻》,頁115。
〔註374〕《廣韻》,頁182。
〔註375〕《詩經》,頁632。
〔註376〕《左傳》,頁894。
〔註377〕顧野王《玉篇》卷下,頁3448。
〔註378〕《廣韻》,頁291。

母，古韻在元部。溪母雙聲，元部疊韻。繾綣聲韻俱同。

　　「繾綣」字形不定。《釋文》:「繾綣，上音遣，下起阮反，字或作『卷』。」〔註380〕《楚辭‧王逸‧九思‧疾世》:「心『緊綣』〔註381〕兮傷懷。」自注:「緊綣，糾繚也。……一作繾綣。」〔註382〕《楚辭‧屈原‧九章‧悲回風》:「氣繚轉而自縮。」王注:「思念『緊卷』而成結也。緊卷，一作繾綣。」〔註383〕繾綣，偏旁同化。

〔註379〕《廣韻》，頁281。

〔註380〕卷，巨員切，聲屬群母，古歸匣母，古韻在元部。卷、綣聲近韻同。繾卷爲繾綣的異寫詞。陸德明《經典釋文‧毛詩音義》，頁95。

〔註381〕緊，居忍切，聲屬見母，古韻在眞部；綣，去願切，聲屬溪母，古韻在元部。緊、繾聲近韻近；綣、綣聲韻俱同。緊綣爲繾綣的異寫詞。

〔註382〕洪興祖《楚辭補注》，頁319。

〔註383〕洪興祖《楚辭補注》，頁158～159。

第五章 《詩經》聯綿詞譜

因聲韻關係為聯綿詞辨識之基礎，故本譜依聲韻關係分類。茲依三、四章析論，以「聲韻俱同」、「聲同韻近」、「聲同韻異」、「聲近韻同」、「聲異韻同」、「聲近韻近」、「聲異韻近」、「聲近韻異」及「聲韻畢異」為次，繪製「《詩經》聯綿詞譜」，作為歸類、統計、分析之根據。

第一節　聲韻俱同

聲韻俱同是指聲母、韻部皆同。如輾轉，聲母皆為端母，韻部皆為元部，則屬聲韻俱同。

詞目	詞　義	上下字本義	聲韻關係	字形不定	偏旁同化
輾轉	臥而不周	展，轉也 轉，還也	輾：端／元 轉：端／元	展轉、輾轉、婘槫	輾轉
薽苇	茂盛	薽，薽薽，小艸也 苇、莆同字 莆，道多艸，不可行	薽：幫／月 苇：幫／月	薽苿、蒂苇	
睍睆	好貌	睍，目出貌也 睆，出目貌	睍：匣／元 睆：匣／元	簡簡	睍睆
燕婉	好貌	燕，燕燕，玄鳥也 婉，順也	燕：影／元 婉：影／元	嬿婉、曣婉、宴婉、嬿娩	嬿婉、嬿娩

勺藥	植物名	勺，枓也 藥，治病艸	勺：定／藥 藥：定／藥	芍藥	芍藥
間關	輾轉前進貌	閒、間古今字閒，隟也 關，以木橫持門戶也	間：見／元 關：見／元	閒竄	間關
緜蠻	小貌	緜，聯微也 蠻，南蠻	緜：明／元 蠻：明／元	綿蠻	
廬旅	羈旅	廬，寄也。秋冬去，春夏居 旅，軍之五百人	廬：來／魚 旅：來／魚		
繾綣	牢固相著	繾，繾綣，不離散也 綣，繾綣也	繾：溪／元 綣：溪／元	繾卷、緊縈、緊卷	繾綣

第二節　聲同韻近

聲同韻近是指聲母相同，韻部或旁轉、或對轉、或旁對轉。如厭浥，二字聲母皆爲影母，韻部爲談、緝旁對轉，則屬聲同韻近。

詞目	詞義	上下字本義	聲韻關係	字形不定	偏旁同化
厭浥	溼也	厭，笮也 笮，迫也 浥，溼也	厭：影／談 浥：影／緝 影母雙聲； 談、緝旁對轉	湆浥、悒悒	湆浥
匍匐	盡力	匍，手行也 匐，伏地也	匍：並／魚 匐：並／職 並母雙聲； 魚、職旁對轉	扶服、蒲服	匍匐
蟋蟀	蟲名	蟋蟀，《說文》作悉螂 悉，詳盡也 螂，悉螂也	蟋：心／質 蟀：心／沒 心母雙聲；質、沒入聲旁轉	悉螂、蟋螂、七街、蜤蟀、蟋蟀	蟋蟀、蟋螂、蜤蟀、蟋蟀、蟋蟀
觱發	風寒	觱、觱同字觱，羌人所吹角屠觱，以驚馬也 發，躰發也	觱：幫／質 發：幫／月 幫母雙聲；質、月入聲旁轉	畢發、滭冹	滭冹

栗烈	寒氣	栗、㮚同字 㮚,栗木也 烈,火猛也	栗:來/質 烈:來/月 來母雙聲;質、月入聲旁轉	凓洌	凓洌
伊威	蟲名	伊,殷聖人阿衡也。尹治天下者 威,姑也	伊:影/脂 威:影/微 影母雙聲;脂、微陰聲旁轉	蚚威、蛜蝛	蛜蝛
蠨蛸	蟲名	蠨,蠨蛸,喜子 蛸,蟲蛸,堂蜋子	蠨:心/幽 蛸:心/宵 心母雙聲;幽、宵陰聲旁轉	蠨蛸、蕭蛸	蠨蛸、蠨蛸
荏染	柔貌	荏,桂荏,蘇也 染,以繒染為色	荏:泥/侵 染:泥/添 泥母雙聲;侵、添陽聲旁轉	荏苒	荏苒
觱沸	泉出貌	觱同觱 觱,羌人所吹角屠觱,以驚馬也 沸,畢沸,濫泉也	觱:幫/質 沸:幫/沒 幫母雙聲;質、沒入聲旁轉	滭沸、畢沸、渾弗、渾浡	滭沸、渾浡

第三節　聲同韻異

聲同韻異是指聲母相同,韻部遠隔。如參差,二字聲母皆為清母,韻部侵、歌遠隔,則屬聲同韻異。

詞目	詞義	上下字本義	聲韻關係	字形不定	偏旁同化
參差	不齊	參,參、商,星也 差,貳也 貳,從人求物也	參:清/侵 差:清/歌	槮差、差池 嵾嵯、槮嵳	嵾嵯、槮嵳
唐棣	植物名	唐,大言也 棣,白棣也	唐:定/陽 棣:定/脂	常棣、棠棣	棠棣
頡頏	于飛之貌	頡,直項也 亢(頏),人頸也	頡:匣/質 頏:匣/陽	𩒠𩖎、䀛鳸 頡頏、吉頏	頡頏、䀛𩖎
黽勉	勤勉、努力	黽,黽黽也 勉,劈也;劈,迫也	黽:明/蒸 勉:明/諄	密勿、僶勉 閔勉、閔免 侔免、侔莫 劢莫、茂明 蠠沒、文莫 汶沒、僶俛	汶沒、僶俛

流離	鳥名	流，水行也 離，離黃，倉庚也	流：來／幽 離：來／歌	留離（或栗留）、鶹離、鶹鶹、鶹鶹	鶹鶹、鶹鶹
踟躕	猶豫不前	踟躕，《說文》作歭躇 歭，躇也 躇，歭躇，不前也	踟：定／支 躕：定／侯	躊躇、躑躅、跱躇、歭躇、篿篅、蹢躅、蹢躅、跢跦、躕躇	踟躕、躊躇、躑躅、跱躇、篿篅、蹢躅、蹢躅、跢跦、躕躇
螮蝀	虹也	螮蝀，《說文》作蝀蝀 蝀，蝀蝀，虹也 蝀，蝀蝀也	螮：端／月 蝀：端／東	蝀蝀	
蝤蠐	蟲名	蝤蠐，《說文》作蝤蠤、蠤蟲 蝤，蝤蠤也 蠤，蠤蟲也	蝤：從／幽 蠐：從／脂	蠐蠐（或蠐蝤）、蝤蠤、蠤蟲、蠐蝤、蝤蠐、蝤齊	蝤蠐、蠐蠐、蝤蠤、蠤蟲、蝤蠐、蝤蠐
挑達	往來貌	挑，撓也 達，行不相遇也	挑：透／宵 達：透／月	㨆達、佻達、挑撻	挑撻
邂逅	解說	邂，邂逅，不期而會也 逅，邂逅	邂：匣／支 逅：匣／侯	解觀、邂觀、邂适、解觀	邂逅、邂适
肅霜	天高氣清	肅，持事振敬也 霜，喪也。成物者	肅：心／覺 霜：心／陽	蕭霜	
滌場	搖落無餘	滌，洒也 場，祭神道也。一曰山田不耕者。一曰治穀田也	滌：定／覺 場：定／陽	滌蕩、條場	
拮据	口手共有所作	拮，口手共有所作也 据，戟挶也	拮：見／質 据：見／魚	戟挶	
町畽	獸蹂之處	町，田踐處 畽同疃 疃，禽獸所踐處也	町：透／耕 畽：透／東	町疃、町暖、町壇	町畽、町疃、町暖
常棣	植物名	常，下帬也 棣，白棣也	常：定／陽 棣：定／脂	唐棣、棠棣、常棣、常拜	棠棣
霢霂	小雨	霢，小雨曰霢霂 霂，霢霂也	霢：明／錫 霂：明／屋	溟沐、濛濊、霢霂、霢霂	
鴛鴦	鳥名	鴛，鴛鴦也 鴦，鴛鴦也	鴛：影／元 鴦：影／陽		

游衍	放蕩	游，旌旗之流也 衍，水朝宗于海兒也	游：定／幽 衍：定／元	縣愆、淫衍	
荓蜂	牽引	荓，馬帚也 蜂與蠭同蠭，飛蟲螫人者	荓：並／耕 蜂：並／東	粵夆、併盩、 粵夆、徬徉	徬徉

第四節 聲近韻同

聲近韻同是指發聲部位相同、相近、或發聲方法相同，韻部相同。如苤苢，聲母並、定的發聲方法相同，韻部皆爲之部，則屬聲近韻同。

詞目	詞　義	上下字本義	聲韻關係	字形不定	偏旁同化
苤苢	植物名	苤，華盛 苢，苤苢，一名馬舄。其實如李，令人宜子	苤：並／之 苢：定／之 並、定同位； 之部疊韻	苤苢、桴苢、柎而	苤苢、苤苢
籧篨	醜惡	籧，籧篨，粗竹蓆也 篨，籧篨也	籧：匣／魚 篨：定／魚 匣、定同位； 魚部疊韻	籧篨、蘧蒢	籧篨、蘧蒢
茹藘	植物名	茹，飤馬也 藘，茹藘，茅蒐	茹：泥／魚 藘：來／魚 泥、來同位； 魚部疊韻	蕠藘	
猗嗟	歎辭	猗，犗犬也 嗟，嗟歎也	猗：影／歌 嗟：精／歌 影、精同位； 歌部疊韻	于嗟、於差	
窈糾	美麗	窈，深遠也 糾，繩三合也	窈：影／幽 糾：見／幽 影、見同位； 幽部疊韻	憂受、夭紹、 窈窕	窈窕
憂受	美麗	憂，憂受，舒遲之貌 受，相付也	憂：影／幽 受：端／幽 影、端同位； 幽部疊韻	窈糾、夭紹、 窈窕	窈窕

菡萏	植物名	菡萏即萏蕑蕑，蕑蕑也蕑，蕑蕑，扶渠華。未發爲蕑蕑，已發爲夫容	菡：匣／談 萏：定／談 匣、定同位； 談部疊韻	蕑蕑、菡萏、菡萏、荅苔	
蜉蝣	蟲名	蜉同蟁蟁，蠹蟁也蝣，蜉蝣，朝生夕死	蜉：並／幽 蝣：定／幽 並、定同位； 幽部疊韻	浮游、浮蝣、蜉蚰	蜉蝣、浮游、蜉蚰
靰掌	煩勞之狀	靰，頸鞈也掌，手中也	靰：影／陽 掌：端／陽 影、端同位； 陽部疊韻		
畔援	鬆弛、放鬆	畔，田界也援，引也	畔：並／元 援：匣／元 並、匣同位； 元部疊韻	伴奐、判渙、畔換、伴換	
於乎	歎辭	於同烏烏，孝鳥也乎，語之餘也	於：影／魚 乎：匣／魚 影、匣旁紐雙聲；魚部疊韻	於戲、烏呼、嗚呼、嗚謼、烏嘑、烏虖、於呼、惡乎、歔欷、歔歐、於虖、於虖	嗚呼、歔歐、歔歐
倉兄	悲愴失意	倉，穀藏也兄，長也	倉兄同愴怳 愴：清／陽 怳：曉／陽 清、曉同位； 陽部疊韻	倉況、愴怳	愴怳
判渙	鬆弛、放鬆	判，分也渙，散流也	判：滂／元 渙：曉／元 滂、曉同位； 元部疊韻	畔援、伴奐	

第五節　聲異韻同

聲異韻同是指聲母遠隔，韻部相同。如崔嵬，聲母從、疑遠隔，韻部皆爲微部，則屬聲異韻同。

詞目	詞　義	上下字本義	聲韻關係	字形不定	偏旁同化
崔嵬	高山	崔，大高也 嵬，山石崔嵬，高而不平也	崔：從／微 嵬：疑／微	崔巍、崒嵬、嶉嵬、嶂隗、崒隗、陮隗、崒巍、摧嵏、崔隗、磪嵬、摧嵏、崒隗、崴嵬、厜㒹	崔巍、崒嵬、嶉嵬、陮隗、崒巍、崔嵏、崔隗、摧嵏、崒隗、崴嵬、厜㒹
㿀隤	病也	㿀，以注鳴者 隤，下隊也	崔：曉／微 嵬：定／微	瘣穨、㿀穨、㿀穨、㿀隤、回隤、㿀穨	㿀隤
樸樕	小木	樸，木素也 樕，樸樕，小木也	樸：幫／屋 樕：心／屋	僕遬、樸楝	樸樕、樸楝
差池	不齊	差，貳也 池，陂也	差：清／歌 池：定／歌	參差、佌傂、柴虒、柴池、傺池、茈虒、遞沱、骐池、骐虵	佌傂
虛邪	從容不迫	虛，大丘也 邪，琅邪郡也	虛：曉／魚 邪：定／魚	虛徐、虛耶	
逍遙	優遊自得	逍，逍遙也 遙，遠也	逍：心／宵 遙：定／宵	消搖、消摴、招搖	逍遙、招搖
扶蘇	大木	扶，左也 蘇，桂荏也	扶：並／魚 蘇：心／魚	枎疏、扶疏、枎胥、枎蘇	
婉孌	少好貌	婉，順也 孌，慕也	婉：影／元 孌：來／元	婉嬌、倇孌	婉孌、婉嬌
沮洳	溼地	沮，沮水。出漢中房陵。東入江 洳同㴕 㴕，漸溼也	沮：精／魚 洳：泥／魚	漸洳	
椒聊	植物名	椒，同茮 茮，茮莍也 聊，耳鳴也	椒：精／幽 聊：來／幽	茮莍	茮莍
綢繆	纏綿	綢，繆也 繆，枲之十絜也。一曰綢繆	綢：定／幽 繆：明／幽	纏綿（縣）、惆悵	
婆娑	舞也	婆，婆娑。又婆母也 娑，舞也	婆：並／歌 娑：心／歌	媻娑	

棲遲	休息	棲，鳥棲也。亦作栖 遲，徐行也	棲：心／脂 遲：定／脂	屖遲、迡迡、遲迡、屖俤、屖徲、徚徲、徛伭、西遲	迡迡、遲迡、徛伭、徛伭
夭紹	美麗	夭，屈也 紹，繼也	夭：影／宵 紹：定／宵	窈窕、窈糾、懮受、要紹、便紹	窈窕
猗儺	美盛之貌	猗，犗犬也 儺，行有節也	猗：影／歌 儺：泥／歌	阿難、猗那、旖旎、婀娜、橢施、亞箬	旖旎、婀娜
倉庚	鳥名	倉，穀藏也 庚，位西方。象秋時萬物庚庚有實也	倉：清／陽 庚：見／陽	鶬鶊、商庚、蒼鶊	鶬鶊
果臝	植物名	果，木實也 臝同裸（臝）臝，但也。从衣，羸聲。裸，臝或从果。	果：見／歌 臝：來／歌	栝樓、苦蔞、果臝、果蓏、蜾臝	栝樓、苦蔞
優游	閒暇之意	優，饒也 游，旌旗之流也	優：影／幽 游：定／幽	優柔、優遊、優游、優繇、優猶、優喀	
蜾臝	蟲名	蜾與蠃同蠃，蠃臝，蒲盧，細要土鑾也 臝，蠃臝也	蜾：見／歌 臝：來／歌	蠃臝、蜾臝、蜾臝	
阿難	美盛之貌	阿，大陵曰阿 難同鸐 鸐，鸐鳥也	阿：影／歌 難：泥／歌	猗儺、猗那、阿那、旖旎、婀娜、橢施	旖旎、婀娜
伴奐	鬆弛、放鬆	伴，大皃 奐，取奐也。一曰大也	伴：並／元 奐：曉／元	畔援、判渙	
詭隨	譎詐謾欺之人	詭，責也 隨，從也	詭：見／歌 隨：定／歌		
炰休	自矜氣健之貌	炰同炮 炮，毛炙肉也 休，美也，福祿也，慶善也	炰：並／幽 休：曉／幽	彭亨、咆哮、咆虓、炰哮、咆烋、彪休	炰休、咆哮
猗那	美盛之貌	猗，犗犬也 那，西夷國	猗：影／歌 那：泥／歌	猗儺、阿難、婀娜、橢施、猗那	婀娜

第六節　聲近韻近

聲近韻近是指發聲部位相同、相近、或發聲方法相同，韻部或旁轉、或對轉、或旁對轉。如蒙戎，聲母明、泥的發聲方法相同，韻部東、冬陽聲旁轉，則屬聲近韻近。

詞目	詞　義	上下字本義	聲韻關係	字形不定	偏旁同化
蒙戎	蓬鬆	蒙，王女也 戎，兵也	蒙：明／東 戎：泥／冬 明、泥同位，東、冬陽聲旁轉	蒙茸、尨茸	蒙茸
掘閱	體貌展樣俊美	掘，搰也 閱，具數於門中也	掘：匣／沒 閱：定／月 匣、定同位，沒、月入聲旁轉	堀閱	
萋斐	文章相錯	萋，艸盛 斐，分別文也	萋：清／脂 斐：滂／微 清、滂同位，脂、微陰聲旁轉	緀斐、萋菲	萋菲
混夷	夷狄國	混，豐流也 夷，東方之人也	混：匣／諄 夷：定／脂 匣、定同位，諄、脂陽陰旁對轉	串夷、昆夷、犬夷、畎夷	
噫嘻	歎辭	噫，飽出息也 嘻，嘻嘻，和樂聲	噫：影／之 嘻：曉／職 影、曉旁紐雙聲，之、職陰入對轉	意嘻	噫嘻

第七節　聲異韻近

聲異韻近是指聲母遠隔，韻部或旁轉、或對轉、或旁對轉。如窈窕，聲母影、定遠隔，幽、宵陰聲旁轉，則屬聲異韻近。

詞目	詞　義	上下字本義	聲韻關係	字形不定	偏旁同化
窈窕	美麗	窈，深遠也 窕，深肆極也	窈：影／幽 窕：定／宵 幽、宵陰聲旁轉	窈糾、懮受、夭紹、苗條、釥嫽、苭芍	苭芍
委蛇	委曲自得之貌	委，委隨也 蛇是「它」的後出增體字	委：影／微 蛇：定／歌 微、歌陰聲旁轉	逶迤、螇蛇、逶蛇、委佗、遺蛇、委它、	逶迤、螇蛇、逶迆、倭他、隇陭、逶迆、

		它，虫也。从虫而長。象冤曲垂尾形		倭遲、倭夷、威夷、威遲、郁夷、褘隋、遳池、褘隋、褘它、倭他、委移、歸邪、隑䗇、委陀、逶佟、委維、委墮、麾匜、逶迤、委ⴲ、蜲䖤、蝛䖤、蹺跎、逶沱、委池、逶虵、逶隨、褘隋、委虵、委蚵	蹺跎、逶沱
委佗	委曲自得之貌	委，委隨也 佗，負何也	委：影／微 佗：定／歌 微、歌陰聲旁轉	委蛇、委虵、褘它、逶迤、委它、委他	逶池
仳離	別離	仳，別也 離，離黃，倉庚也	仳：滂／脂 離：來／歌 脂、歌陰聲旁轉	披麗、披離、配藜、被離、被麗、仳罹	
豈弟	樂易	豈，還師振旅樂也 弟，韋束之次弟也	豈：溪／微 弟：定／脂 脂、微陰聲旁轉	豈俤、愷俤、愷弟、凱弟、凱俤、幾自、敳第、幾俤、幾屖、豈俤	愷俤
萇楚	植物名	萇，萇楚、銚弋。一曰羊桃 楚，叢木	萇：定／陽 楚：清／魚 魚陽陰對轉	長楚	
倭遲	蜿蜒曲折	倭，順皃 遲，徐行也	倭：影／微 楚：定／脂 微、脂陰聲旁轉	委蛇、委佗、郁夷、威夷、倭遲、逶遲、威遲、威儀、逶隨、委遲	逶遲
桑扈	鳥名	桑，蠶所食葉木扈，夏后同姓所封戰於甘者。在鄠。有扈谷甘亭	桑：心／陽 扈：匣／魚 陽、魚陽陰對轉	桑鳸、桑雇	
串夷	夷狄國	串，《爾雅》云：「習也。」或為「慣」、「遺」 夷，東方之人也	串：見／元 夷：定／脂 元、脂陽陰旁對轉	混夷、昆夷、犬夷、畎夷	

| 殿屎 | 呻吟 | 殿，擊聲也
屎同薦
薦，糞也 | 殿：定／諄
屎：曉／脂
諄、脂陽陰旁對轉 | 殿吒、唸吒
唸咿、嘰屎、
歐屎 | 唸吒、唸咿 |
| 掊克 | 自伐勝人 | 掊，杷也
克，肩也 | 掊：並／之
克：溪／職
之、職陰入對轉 | | |

第八節　聲近韻異

　　聲近韻異是指發聲部位相同、相近、或發聲方法相同，韻部遠隔。如戚施，聲母清、透的發聲方法相同，韻部覺、歌遠隔，則屬聲近韻異。

詞目	詞　義	上下字本義	聲韻關係	字形不定	偏旁同化
戚施	醜惡	戚，戊也 施，旗旖施也	戚：清／覺 施：透／歌 清、透同位	醮鼀	醮鼀
歇驕	短嘴獵犬	歇，息也 驕，馬高六尺為驕	歇：曉／月 驕：見／宵 曉（深喉）、見（淺喉）發聲部位相近	猲獢	猲獢
權輿	初始	權，黃華木 輿，車輿也	權：匣／元 輿：定／魚 匣、定同位	蘿藩、灌渝	蘿藩、灌渝
螟蛉	蟲名	螟，蟲食穀心者 蛉，蜻蛉也	螟：明／耕 蛉：來／眞 明、來同位	螟蠕	
昆吾	國名	昆，同也 吾，我自偁也	昆：見／諄 吾：疑／魚 見、疑旁紐雙聲		

第九節　聲韻畢異

　　聲韻畢異是指聲母、韻部遠隔。如雎鳩，聲母清、見遠隔，韻部魚、幽遠隔，則屬聲韻畢異。

詞目	詞　義	上下字本義	聲韻關係	字形不定	偏旁同化
雎鳩	鳥名	雎與鴡同 鴡，王鴡也 鳩，鶻鵃也	雎：清／魚 鳩：見／幽	鴡鳩、鵬鳩	鴡鳩、鵬鳩

于嗟	歎辭	于即亏 亏，於也 嗟，嗟歎也	于：匣／魚 嗟：精／歌	吁嗟、猗嗟	吁嗟
騶虞	獸名	騶，廄御也 虞，騶虞也。白虎黑文。尾長於身。仁獸也。食自死之肉	騶：精／侯 虞：疑／魚	騶吾、酋耳、騶驔	騶驔
滂沱	大雨貌	滂，沛也 沱，江別流也。出崏山東，別為沱	滂：滂／陽 沱：定／歌	滂沱	
鳲鳩	鳥名	《說文》云桔鵴，尸鳩。鳥部無鳲，從鳥亦後人所加 鳩，鶻鵃也	鳲：透／脂 鳩：見／幽	尸鳩、尸臼	鳲鳩
莎雞	蟲名	莎，鎬矦也 雞，知時畜也	莎：心／歌 雞：見／支	酸雞、沙雞	
鴟鴞	鳥名	鴟與雕同 雕，鵰也 鴞，鴟鴞，寧鴂也	鴟：透／脂 鴞：匣／宵	鴟梟、鵋鴞	鴟鴞、鵋鴞
脊令	鳥名	脊，背呂也 令，發號也	脊：精／錫 令：來／眞	即鴒、鶺鴒、鵖鴒	鶺鴒、鶺鴒
玁狁	外族名	玁，玁狁，北狄也 狁，玁狁	玁：曉／談 狁：定／諄	獫允、獫狁、廠靴	玁狁、玁狁
梧桐	植物名	梧，梧桐木 桐，榮也 榮，桐木也	梧：疑／魚 桐：定／東	胡桐	梧桐
夸毗	體柔人	夸，奢也 毗同毗 毗，毗臠，人臠也	夸：溪／魚 毗：並／脂	骻肶、骻骳、骻跊	骻肶、骻骳、骻跊
猗與	歎辭	猗，牂犬也 與，黨與也	猗：影／歌 與：定／魚	猗歟、歆歟、猗與	歆歟

第六章　關於《詩經》聯綿詞之綜合觀察

第一節　聯綿詞的聲韻現象

　　《詩經》聯綿詞共有一百零七例，以聯綿詞聲韻相同或相近的關係，分成「聲韻俱同」、「聲同韻近」、「聲同韻異」、「聲近韻同」、「聲異韻同」、「聲近韻近」、「聲異韻近」、「聲近韻異」、「聲韻畢異」九種，其統計如下：

聲韻關係	小　計	比　例
聲韻俱同	9	8%
聲同韻近	9	8%
聲同韻異	19	18%
聲近韻同	13	12%
聲異韻同	24	22%
聲近韻近	5	5%
聲異韻近	11	10%
聲近韻異	5	5%
聲韻畢異	12	11%
總　計	有聲韻關係：95	89%
	無聲韻關係：12	11%

聯綿詞具聲韻關係爲九十五例，佔整體百分之八十九，而無聲韻關係爲十二

例，佔百分之十一，證明聯綿詞多數具有聲韻關係，僅少數無關，聲音為聯綿詞上下二字主要的媒介。聯綿詞的聲韻關係，其中又以「聲異韻同」（疊韻）比例最高，而「聲同韻異」（雙聲）次之，疊韻比例高於雙聲。統計聯綿詞聲母、韻母相同、相近的狀況，則發現聲母相近、相同為六十例，韻母相近、相同為七十一例，相較之下，韻母比例仍偏重於聲母。顯示《詩經》聯綿詞雖然雙聲、疊韻差距不大，但主要仍以疊韻形式較多。為了清楚聲母、韻母與聲調的情況，下面將個別論述。

一、聲母、韻母比較

（一）聲 母

聲母可分成相同與相近關係。「相同」是指聲母一致，而「相近」則指聲母透過某種方式而能相通，因此又可分「旁紐」、「同位」、「發聲部位相近」三種，以下分別論述。

1. 聲 同

聲母相同的聯綿詞，以發音部位可分成喉、牙、舌、齒、脣等五種。下面統計聯綿詞數量與比例：

發音部位	聲 母	聯 綿 詞	數量	比例
喉	影	燕婉、厭浥、伊威、鴛鴦	4	11%
	匣	睍睆、頡頏、邂逅	3	8%
牙	見	拮据、間關	2	5%
	溪	繾綣	1	3%
舌	端	輾轉、蝃蝀	2	5%
	透	挑達、町畽	2	5%
	定	勺藥、唐棣、踟躕、滌場、常棣、游衍	6	16%
	泥	荏染	1	3%
	來	栗烈、盧旅、流離	3	8%
齒	清	參差	1	3%
	從	蝤蠐	1	3%
	心	蟋蟀、蠨蛸、肅霜	3	8%

脣	幫	蔽芾、鬢發、鬢沸	3	8%
	並	匍匐、荓蜂	2	5%
	明	黽勉、霢霂、綿蠻	3	8%
總計	喉		7	19%
	牙		3	8%
	舌		14	38%
	齒		5	14%
	脣		8	22%

以發音部位而言，喉部共七例，佔整體百分之十九，影母比例較高；牙部共三例，佔整體百分之八，見母比例較高；舌部共十四例，佔整體百分之三十八，定母比例較高；齒部共五例，佔整體百分之十四，心母比例較高；脣部共八例，佔整體百分之二十二，幫母與明母比例較高。綜合上述，聲母相同以舌部比例較高，而舌部的定母比例亦居全體之首。

2. 旁　紐

「旁紐」是指聲母爲同一發音部位，發音位置相近，如「於」和「乎」的聲母爲影母、匣母，兩者同爲喉部而能相通。下面以發音部位區分，統計旁紐的聯綿詞數量與比例：

發音部位	聲　母	聯　綿　詞	數量	比例
喉	影、匣	於乎	1	33%
	影、曉	噫嘻	1	33%
牙	見、疑	昆吾	1	33%
總計	喉		2	67%
	脣		1	33%

喉部共兩例，佔整體百分之六十七，而牙部僅有一例，佔整體百分之三十三。雖然《詩經》的旁紐聯綿詞數量少，但仍以喉部較多。

3. 同　位

「同位」是指聲母發音部位不同，但是發音方法一致，其方法可分爲發聲、送氣、收聲三種。「發聲」是指全清者，爲不送氣不帶音之塞聲及塞擦聲，如幫、端、精、見、非、知、照、影等聲母。「送氣」是指次清與全濁者。次清爲送氣不帶音之塞聲、塞擦聲及不帶音之擦聲，如滂、透、清、溪、敷、徹、穿、曉、

心、審等聲母。全濁爲送氣帶音之塞聲、塞擦聲及帶音之擦聲，如並、定、群、從、邪、奉、床、匣、禪等聲母。「收聲」是指次濁者，爲帶音之鼻聲邊聲及以元音起頭之無聲母（喻），如明、泥、疑、來、微、娘、喻、日等聲母。下面以發音方法區別，統計同位的聯綿詞數量與比例：

發音方法	聲母	聯綿詞	數量	比例
發聲	影、精	猗嗟	1	5%
	影、見	窈糾	1	5%
	影、端	懮受、輾掌	2	11%
送氣	清、曉	倉兄	1	5%
	清、透	戚施	1	5%
	清、滂	萋斐	1	5%
	滂、曉	判渙	1	5%
	並、定	苤苢、蜉蝣	2	11%
	匣、定	籧篨、菡萏、掘閱、權輿、混夷	5	26%
	並、匣	畔援	1	5%
收聲	泥、來	茹藘	1	5%
	明、泥	蒙戎	1	5%
	明、來	蟊蛉	1	5%
總計		發聲	4	21%
		送氣	12	63%
		收聲	3	16%

以發音方法而言，發聲共四例，佔整體百分之二十一，而送氣爲十二例，佔整體百分之六十三，收聲則爲三例，佔整體百分之十六。統計三種發音方法，以送氣比例最高，而其中的「匣、定」組合，有五例之多，佔整體百分之二十六，高居發音方法之冠。

4. 發聲部位相近

「發聲部位相近」是指不同的發音部位，因位置相近而能互通。如「牙」部的見、溪、疑母，因靠近喉部而爲「淺喉」，能與「深喉」互通。以下統計聯綿詞數量與比例：

發聲部位		聲　母	聯綿詞	數量	比例
喉	深喉	影、曉、匣	歇驕	1	100%
	淺喉	見、溪、疑			

發聲部位相近，由「深喉」、「淺喉」互通，僅有一例。

綜合上述，聲母相同、相近關係比較，統計如下：

聲母關係	小　計	比　例
聲同	37	35%
聲近（旁紐）	3	3%
聲近（同位）	19	18%
發聲部位相近	1	1%
聲異	47	44%
總計	聲母相同、相近：60	56%
	聲母迥異：47	44%

聲母相同共計三十七例，佔整體百分之三十五；聲母相近共計二十三例，佔整體百分之二十一。兩者相比，以聲母相同數量多。聲母相同、相近共計為六十例，佔整體百分之五十六，而聲母迥異為四十七例，佔整體百分之四十四。兩者相較，數量相差不大，說明聲母非聯綿詞聲音關係的主流。

（二）韻　母

韻母可分成相同與相近關係。「相同」是指韻母一致，而「相近」則指韻母透過特定方法而能相通，因此又可分「旁轉」、「對轉」、「旁對轉」三種，以下各別論述。

1.　韻　同

以下統計韻母相同的聯綿詞數量與比例：

韻母	聯　綿　詞	數量	比例
元部	輾轉、睍睆、燕婉、婉孌、間關、絺蠻、畔援、伴奐、繾綣、判渙	10	22%
月部	蔽芾	1	2%
藥部	勺藥	1	2%
之部	芣苢	1	2%
魚部	籧篨、茹藘、虛邪、扶蘇、沮洳、盧旅、於乎	7	15%

歌部	猗嗟、差池、婆娑、猗儺、果贏、蜾蠃、阿難、詭隨、猗那	9	20%
幽部	窈糾、懮受、蜉蝣、椒聊、綢繆、優游、烋烋	7	15%
談部	菡萏	1	2%
微部	崔嵬、虺隤	2	4%
屋部	樸樕	1	2%
宵部	逍遙、夭紹	2	4%
脂部	棲遲	1	2%
陽部	倉庚、靷掌、倉兄	3	7%

元部疊韻爲十例，整體佔百分之二十二，爲韻母相同數量最多者。其次爲歌部疊韻，共有九例，整體佔百分之二十。再次者爲魚部、幽部疊韻，各有七例，而整體各佔百分之十五。其餘韻母數量不多，不再贅述。

2. 旁　轉

「旁轉」是指同一韻尾而能相通，如「伊」、「威」的韻尾同爲〔i〕，而能互相通轉。〔ɸ〕、〔i〕、〔u〕爲陰聲，陰聲加塞聲〔t〕、〔k〕、〔p〕爲入聲，陰聲加鼻聲〔n〕、〔ŋ〕、〔m〕爲陽聲。下面以陰、陽、入聲區別，統計旁轉的聯綿詞數量與比例：

	韻尾	聯　綿　詞	數量	比例
陰聲	i	伊威、委蛇、委佗、仳離、豈弟、倭遲、萋斐	7	44%
	u	蟏蛸、窈窕	2	13%
陽聲	uŋ	蒙戎	1	6%
	m	荏染	1	6%
入聲	t	蟋蟀、鬢髮、栗烈、掘閱、觱沸	5	31%
總計		陰聲	9	56%
		陽聲	2	13%
		入聲	5	31%

陰聲韻尾共九例，佔整體百分之五十六；陽聲韻尾共兩例，佔整體百分之十三；入聲韻尾共五例，佔整體百分之三十一。三者相較之下，以陰聲韻尾數量較多，且其中的〔i〕韻尾，數量多達七例，佔整體百分之四十四，爲韻尾數量之首。入聲的〔t〕韻尾則有五例，佔整體百分之三十一，位居韻尾數量

第二。

3. 對　轉

「對轉」，是指元音相同者，在限定的範圍內，與不同韻尾產生互通。以下利用元音與韻尾配合，統計對轉的聯綿詞數量與比例：

元　音	韻　尾	聯　綿　詞	數量	比例
ə	ɸ、k（陰聲、入聲）	㗲克、噫嘻	2	50%
a	ŋ、ɸ（陽聲、陰聲）	莫楚、桑扈	2	50%

陰、入對轉共兩例，佔整體百分之五十；陽、陰對轉共兩例，佔整體百分之五十。兩者數量、比例相當。

4. 旁對轉

「旁對轉」是指主要元音與韻尾都不同，但在限定的範圍內能相通。以下利用元音與韻尾配合，列出限定範圍，如：「ɸ、k、ŋ」、「i、t、n」「p、m」等三組，統計旁對轉的聯綿詞數量與比例：

元　音	韻　尾	聯　綿　詞	數量	比例
ə、ɐ、a	ɸ、k、ŋ	匍匐	1	20%
	i、t、n	混夷、串夷、殿屎	3	60%
	p、m	厭浥	1	20%

三組的差距不大，其中以「i、t、n」組所進行的旁對轉，數量多且比例大。

綜合上述，韻母相同、相近關係比較，統計如下：

韻 母 關 係	小 計	比 例
韻同	46	43%
韻近（旁轉）	16	15%
韻近（對轉）	4	4%
韻近（旁對轉）	5	5%
韻異	36	34%
總計	韻母相同、相近：71	66%
	韻母迥異：36	34%

韻母相同共計四十六例，佔整體百分之四十三；韻母相近共計二十五例，佔整體百分二十三。兩者相比，以韻母相同數量多。韻母相同、相近合計七十一例，

佔整體百分之六十六，而韻母迴異為三十六例，佔整體百分之三十四。兩者相較，前者比後者多三十五例，比例差百分之三十二，說明韻母為聯綿詞聲韻關係的主流。

二、聲調比較

上古音聲調已無從考察，因此我們暫且以中古音的《廣韻》聲系，作為參照列表的依據。以下統計聯綿詞聲調的數量與比例：

聲調	聯　　　綿　　　詞	數量	比例
平平	參差、虒隮、委蛇、差池、蒙戎、虛邪、委佗、扶蘇、權輿、倉庚、莎雞、伊威、于嗟、流離、猗嗟、椒聊、棲遲、雎鳩、崔嵬、婆娑、鳲鳩、騶虞、逍遙、茹藘、滂沱、鴟鴞、踟躕、籧篨、蜩螗、綢繆、蜉蝣、蠨蛸、倭遲、蝃蝀、間關、阿難、緜蠻、夸毗、炰烋、於乎、噫嘻、莪蒜、昆吾、優游、梧桐、鴛鴦	46	43%
上上	窈窕、睍睆、窈糾、黽勉、婉孌、豈弟、果臝、酊睡、輾轉、懮受、菡萏、苄染、靰掌、倉兄、猗那、玁狁、蜾蠃、繾綣	18	17%
去去	蔽芾、沮洳、邂逅、畔援、伴奐、判渙、霢霂	7	7%
入入	勺藥、掘閱、鬢發、栗烈、厭浥、樸樕、蟋蟀	7	7%
異聲調	頡頏、匍匐、燕婉、戚施、挑達、歇驕、夭紹、猗儺、蕭霜、滌場、唐棣、佌離、萇楚、苤苢、蝃蝀、拮据、脊令、桑扈、詭隨、殿屎、游衍、掊克、猗與、常棣、萋斐、混夷、串夷、廬旅、鬢沸	29	27%
總計	同聲調	78	73%
	異聲調	29	27%

根據統計顯示，同聲調的聯綿詞數量為七十八例，佔整體百分之七十三，而異聲調的聯綿詞數量為二十九例，僅佔百分之二十七。從資料看來，同聲調的數量高於異聲調，說明大多數聯綿詞講求聲調一致，在口語表達上，其語音能更和諧。

第二節　聯綿詞的字形現象

聯綿詞字形僅為記音載體，字形與詞義之間無必然性，因此易造成「字形不定」的發生。原因有兩種：一是聯綿詞「形托於聲」的特性，書寫者不受字

形限制，容易以音同或音近的字代替，二是書寫者傳抄錯誤，而使字形改變。因此，「字形不定」爲聯綿詞重要的特徵之一。

另外，聯綿詞字形隨著時間推移，書寫者有意爲聯綿詞增添形符，使二字的形符逐漸一致，而有「偏旁同化」情形。不過，也有部分聯綿詞因傳世資料不足，只能觀察到字形不定情況，而無法證明偏旁同化的現象。因此分爲「無字形不定」、「字形不定，無偏旁同化」、「字形不定，無法確定偏旁同化」、「偏旁同化」幾種情況統計：

字形現象	聯　綿　詞	數量	比例
無字形不定	鞅掌、詭隨、鴛鴦、廬旅、培克、昆吾	6	6%
字形不定，無偏旁同化	蕭霜、滌場、猗嗟、虛邪、扶蘇、優游、蜾蠃、掘閱、仳離、萇楚、桑扈、莎雞、緜蠻、混夷、串夷、畔援、伴奐、游衍、判渙	19	18%
字形不定，無法確定偏旁同化	蔽芾、蝃蝀、拮据、茹藘、菡萏、沮洳、綢繆、婆娑、螟蛉、滂沱、霡霂	11	10%
偏旁同化	輾轉、睍睆、燕婉、勺藥、厭浥、匍匐、蟋蟀、鬈髮、栗烈、伊威、蠨蛸、荏染、參差、唐棣、頡頏、黽勉、流離、踟躕、蝤蠐、挑達、邂逅、町畽、常棣、茉莒、籧篨、窈糾、優受、蜉蝣、崔嵬、虺隤、樸樕、差池、逍遙、婉孌、椒聊、棲遲、夭紹、猗儺、倉庚、果蠃、蒙戎、萋斐、窈窕、委蛇、委佗、豈弟、倭遲、戚施、歗驕、權輿、雎鳩、于嗟、騶虞、鳲鳩、鶬鶊、脊令、玁狁、間關、薈蔚、阿難、梧桐、繾綣、夸毗、殿屎、勼然、於乎、倉兄、噫嘻、猗與、菶菶、猗那	71	66%
總計	無字形不定	6	6%
	字形不定	101	94%

「無字形不定」共六例，佔整體百分之六；「字形不定，無偏旁同化」共十九例，佔整體百分之十八；「字形不定，無法確定偏旁同化」共十一例，佔百分之十；「偏旁同化」共七十一例，佔整體百分之六十六。綜上所述，字形不定數量爲一百零一例，佔整體百分之九十四，說明「字形不定」爲聯綿詞重要的特性。此外，偏旁同化數量、比例高於其他兩者，表示後人有意結合形符與詞義的情況明顯。

聯綿詞大量使用後，因書寫者的選擇差異，而造就字形不定與偏旁同化。因此，以下針對偏旁同化的原因及其影響，逐一說明。

一、偏旁同化的原因

書寫者有意添加形符，致使聯綿詞偏旁同化，以下分成「聯綿詞詞義」、「語境」兩種情形論述。

（一）聯綿詞詞義

聯綿詞字形只記錄讀音，而字形與聯綿詞詞義並無直接關係，因此書寫者特意爲聯綿詞增添形符，使形符能間接表達有關聯綿詞義。如植物方面的聯綿詞，如：勺藥、常棣、芣苢、茹藘、菡萏、椒聊、果臝、梧桐、唐棣等，其形符都爲「艸」部、「木」部。形容植物狀態的聯綿詞，如蔽芾、荏染、樸樕等，其形符亦爲「艸」部、「木」部。整體而言，有關植物的聯綿詞，偏旁同化以「艸」部、「木」部爲主。

有關聯綿詞詞義的相關特性，亦能當作形符使用。如蜉蝣屬於昆蟲類，其形符爲「虫」部，又因其生活環境爲水邊，形符有「水」部，寫作「浮游」。又或者像蝃蝀，本質雖爲虹，但因古人認爲形象似蛇，故以「虫」部作爲偏旁。

整體而言，凡與聯綿詞詞義相關，皆能作爲形符使用，並將聯綿詞詞義顯現而出。

（二）語　境

書寫者爲了文章所需，替聯綿詞增添形符，增強聯綿詞在內文的使用性。如參差的本義爲不齊，《楚辭·遠逝》云：「石『嵾嵯』以翳日」，增加「山」部的形符，說明山不齊的情形。又如權輿的本義爲初始，《爾雅·釋草》云：「葭華、蒹薕、菼薍，其萌虇蕍。」，增加「艸」部的形符，說明小草萌芽的情形。書寫者將形符與聯綿詞詞義緊密結合，不僅能使聯綿詞更融入情境，亦使描述的事物有鮮明表現。

二、偏旁同化的影響

聯綿詞偏旁同化後，造成「合義複詞」、「同音假借」的情況，以下分別論

述：

（一）合義複詞

書寫者瞭解聯綿詞「形托於聲」的觀念，因此在選擇字形撰寫時，能以音同或音近的字形代替。但演變至後期，人們已忽略聯綿詞的特性，忘記「字形」為記音的工具，反而注重於字形的意義，將聯綿詞看成合義複詞，導致聯綿詞逐漸消失，如表示「寒氣」的聯綿詞「栗烈」，偏旁同化為「凓冽」，形符「仌」有寒義，容易讓人誤以為凓冽是並列式合義複詞。偏旁同化雖是漢字演化的必然趨勢，卻也是造成聯綿詞逐漸消失的原因之一。

（二）同音假借

聯綿詞字形不定的現象，並不利於語言交際，所以經由長時間發展，最終聯綿詞字形會趨於固定，從「無定字」發展為「有定字」。因此，當人們逐漸接受聯綿詞「定字」的運用，反而認為變體的聯綿詞為假借。

假借一直是讀懂古書最大的障礙，古代經師注經多秉持「有字必有音，有音必有義」的原則，遇到「經義難通處」，往往找一個聲音相同或相近，詩義又解釋得通的字代入。但因聯綿詞「義存乎聲」，上下字為一體，共表一義，自然不可分訓，因此不能將表音的漢字視為單音詞，解釋得面目全非，如〈小雅·巧言〉：「荏染柔木。」，馬瑞辰《毛詩傳箋通釋》謂：「荏者，枱之假借……染者，肑之假借」，即為分訓之例。

第三節　聯綿詞的詞義現象

聯綿詞合二字為音，但是共表一義，其詞義屬於整體性，而不可分訓。據此，可將上下字本義與整體詞義關係的遠近，劃分成五類：（1）二字各有本義，單獨使用與二字聯用毫不相關。（2）其中一字單用與二字聯用同義或義近，而另一字單用與二字聯用毫不相關。（3）其中一字單用與二字聯用同義或義近，而另一字不能單獨使用。（4）其中一字單用與二字聯用毫不相關，而另一字不能單獨使用。（5）二字不能單獨使用，否則各自無義。為了更清楚辨識，以 A、B 代表聯綿詞上、下字，「C」代表聯綿詞詞義。統計上、下字本義與整體詞義的關係：

聯綿詞上下字與詞義關係	小計	比例
A、B 各有本義，兩者與 C 無關	54	50%
A（或 B）本義與 C 相關，B（或 A）本義與 C 無關	22	21%
A（或 B）本義與 C 相關，B（或 A）不能單獨使用	6	6%
A（或 B）本義與 C 無關，B（或 A）不能單獨使用	9	8%
A、B 不能單獨使用，否則各自無義	16	15%

綜合上述，「A、B 各有本義，兩者與 C 無關」共有五十四例，佔整體百分之五十，為次數最多者。其次為「A（或 B）本義與 C 相關，B（或 A）本義與 C 無關」，共有二十二例，佔整體百分之二十一。再次者為「A、B 不能單獨使用，否則各自無義」共有十六例，佔整體百分之十五。綜合上述，聯綿詞選擇字形記錄讀音，一般選用原本就有的文字，毋須另外造字，既能快速記錄，且聲音為眾人所熟悉較無異議，故聯綿詞組成方式多以此為主。而「A、B 不能單獨使用，否則各自無義」，則需要造出專屬的聯綿詞，詞彙的使用較有限，因此在聯綿詞的數量不多。

《詩經》有幾組詞義相同的聯綿詞，依據詞義判斷「同義關係」，再深究其「同源關係」，以下分開論述：

一、同義關係

同義關係，是指兩者之間有相同或相似的意義，但在聲韻上不一定有關係。

以下針對聯綿詞詞義，列舉說明：

（一）形容事物狀態

形容從容自得、放鬆的聯綿詞，如：委蛇、虛邪、委佗、逍遙、倭遲、優游、畔援、伴奐、游衍、判渙等，共有十例。形容外貌姣好的聯綿詞，如：窈窕、睍睆、燕婉、窈糾、婉孌、懮受、夭紹等，共有七例。形容美盛之貌的聯綿詞，如：猗儺、菶萋、阿難、猗那等，共有四例。形容外貌醜惡的聯綿詞，如：戚施、籧篨等，共有兩例。形容不齊貌的聯綿詞，如：參差、差池等，共有兩例。形容盡力、努力的聯綿詞，如：匍匐、黽勉等，共有兩例。形容風寒、寒氣的聯綿詞，如：觱發、栗烈等，共有兩例。形容纏綿、牢固相著的聯綿詞，

如：綢繆、繾綣等，共有兩例。形容事物狀態共計三十一例，以從容自得、放鬆的聯綿詞最多，而形容外貌姣好的聯綿詞，共計七例，數量次之。

（二）名　稱

「栗留」的聯綿詞，如：倉庚、流離等，共有兩例。「郁李」的聯綿詞，如：唐棣、常棣等，共有兩例。「夷狄國」的聯綿詞，如：混夷、串夷等，共有兩例。有關名稱的聯綿詞合計六例。

綜上所述，同義的聯綿詞以形容事物狀態為主，其次為名稱的聯綿詞。

二、同源關係

同源關係，是指兩者擁有相同或相似的意義，在聲韻上亦有所關聯。以下針對同義聯綿詞，探討其同源關係：

（一）「從容自得、放鬆」義

1. 委蛇：影／微，定／歌。委佗：影／微，定／歌。倭遲：影／微，定／脂。

上　字	聲	韻	下　字	聲	韻
委	影	微	蛇	定	歌
委	影	微	佗	定	歌
倭	影	微	遲	定	脂

委蛇、委佗：委、委聲韻俱同，蛇、佗聲韻俱同。委蛇、委佗同源。

委蛇、倭遲：委、倭聲韻俱同，蛇、遲聲同韻近。委蛇、倭遲同源。

綜上可知，委蛇、委佗、倭遲同源。

2. 畔援：並／元，匣／元。伴奐：並／元，曉／元。判渙：滂／元，曉／元。

上　字	聲	韻	下　字	聲	韻
畔	並	元	援	匣	元
伴	並	元	奐	曉	元
判	滂	元	渙	曉	元

畔援、伴奐：畔、伴聲韻俱同，援、奐聲近韻同。畔援、伴奐同源。

伴奐、判渙：伴、判聲近韻同，奐、渙聲韻俱同。伴奐、判渙同源。

綜上可知，畔援、伴奐、判渙同源。

3. 逍遙：心／宵，定／宵。

4. 游衍：定／幽，定／元。

5. 虛邪：曉／魚，定／魚。

6. 優游：影／幽，定／幽。

「委蛇」、「畔援」：委、畔聲異韻近，蛇、援聲近韻近。「委蛇」組與「畔援」組聲音遠隔，彼此不同源。

「委蛇」、「畔援」、「逍遙」、「游衍」、「虛邪」、「優游」六組聲音遠隔，彼此不同源。

同 源 詞	異 形 詞 系 聯
委蛇、委佗、倭遲	郁夷、威夷、倭遲、威遲、威儀、透隨、委遲、委虵、禕它、透迆、委它、委他
畔援、伴奐、判渙	畔換、伴換

（二）「美麗」義

1. 窈窕：影／幽，定／宵。窈糾：影／幽，見／幽。懮受：影／幽，端／幽。夭紹：影／宵，定／宵。

上 字	聲	韻	下 字	聲	韻
窈	影	幽	窕	定	宵
窈	影	幽	糾	見	幽
懮	影	幽	受	端	幽
夭	影	宵	紹	定	宵

窈窕、懮受：窈、懮聲韻俱同，窕、受聲近韻近。窈窕、懮受同源。

懮受、夭紹：懮、夭聲同韻近，受、紹聲近韻近。懮受、夭紹同源。

懮受、窈糾：懮、窈聲韻俱同，受、糾聲近韻同。懮受、窈糾同源。

綜上可知，窈窕、窈糾、懮受、夭紹同源。

2. 睍睆：匣／元，匣／元。燕婉：影／元，影／元。婉孌：影／元，來／元。

上　字	聲	韻	下　字	聲	韻
睍	匣	元	睆	匣	元
燕	影	元	婉	影	元
婉	影	元	孌	來	元

　　睍睆、燕婉：睍、燕聲近韻同，睆、婉聲近韻同。睍睆、燕婉同源。

　　睍睆、婉孌：睍、婉聲近韻同，睆、孌聲異韻同。睍睆、婉孌同源。

　　綜上可知，睍睆、燕婉、婉孌同源。

　　「窈窕」、「睍睆」：窈、睍聲近韻異，窕、睆聲近韻異。「窈窕」組與「睍睆」組聲近韻異，彼此不同源。

同　源　詞	異　形　詞　系　聯
窈窕、窈糾、憂受、夭紹	苗條、鈄嫽、茭芍、要紹、偠紹
睍睆、燕婉、婉孌	簡簡、嬿婉、暖婉、宴婉、嬿娩、婉嫡、倇孌

（三）「美盛之貌」義

1. 猗儺：影／歌，泥／歌。阿難：影／歌，泥／歌。猗那：影／歌，泥／歌。

上　字	聲	韻	下　字	聲	韻
猗	影	歌	儺	泥	歌
阿	影	歌	難	泥	歌
猗	影	歌	那	泥	歌

　　猗儺、阿難：猗、阿聲韻俱同，儺、難聲韻俱同。猗儺、阿難同源。

　　猗儺、猗那：猗、猗聲韻俱同，儺、那聲韻俱同。猗儺、猗那同源。

　　綜上可知，猗儺、阿難、猗那同源。

2. 蔽芾：幫／月，幫／月。

　　「猗儺」、「蔽芾」：猗、蔽聲近韻近，儺、芾聲異韻近。「猗儺」組與「蔽芾」組聲音遠隔，彼此不同源。

同　源　詞	異　形　詞　系　聯
猗儺、阿難、猗那	旖旎、婀娜、橢施、亞箬、阿那、猗那

（四）「不齊貌」義

參差：清／侵，清／歌。差池：清／歌，定／歌。

上　字	聲	韻	下　字	聲	韻
參	清	侵	差	清	歌
差	清	歌	池	定	歌

參差、差池：參、差聲同韻異，差、池聲異韻同。參差、差池同源。

同　源　詞	異　形　詞　系　聯
參差、差池	槮差、嵾嵯、嵾嵳、佌傂、柴虒、柴池、偨池、芘虒、遷迤、毼池、毼迤

（五）「盡力、努力」義

1. 匍匐：並／魚，並／職。

2. 黽勉：明／蒸，明／諄。

「匍匐」、「黽勉」：匍、黽聲近韻近，匐、勉聲近韻異。「匍匐」組與「黽勉」組聲音遠隔，彼此不同源。

（六）「醜惡」義

1. 戚施：清／覺，透／歌。

2. 籧篨：匣／魚，定／魚。

「戚施」、「籧篨」：戚、籧聲韻畢異，施、篨聲近韻異。「戚施」組與「籧篨」組聲音遠隔，彼此不同源。

（七）「風寒、寒氣」義

觱發：幫／質，幫／月。栗烈：來／質，來／月。

上　字	聲	韻	下　字	聲	韻
觱	幫	質	發	幫	月
栗	來	質	烈	來	月

觱發、栗烈：觱、栗聲異韻同，發、烈聲異韻同。觱發、栗烈同源。

同　源　詞	異　形　詞　系　聯
觱發、栗烈	畢發、滭冹、凓冽

（八）「牢固相著」義

1. 綢繆：定／幽，明／幽。

2. 繾綣：溪／元，溪／元。

「綢繆」、「繾綣」：綢、繾聲韻畢異，繆、綣聲近韻異。「綢繆」組與「繾綣」組聲音遠隔，彼此不同源。

（九）「栗留」義

1. 倉庚：清／陽，見／陽。

2. 流離：來／幽，來／歌。

「倉庚」、「流離」：倉、流聲韻畢異，庚、離聲韻畢異。「倉庚」組與「流離」組聲音遠隔，彼此不同源。

（十）「郁李」義

唐棣：定／陽，定／脂。常棣：定／陽，定／脂。

上　字	聲	韻	下　字	聲	韻
唐	定	陽	棣	定	脂
常	定	陽	棣	定	脂

唐棣、常棣：唐、常聲韻俱同，棣、棣聲韻俱同。唐棣、常棣同源。

同　源　詞	異　形　詞　系　聯
唐棣、常棣	棠棣、常棣、常拚

（十一）「夷狄國」義

混夷：匣／諄，定／脂。串夷：見／元，定／脂。

上　字	聲	韻	下　字	聲	韻
混	匣	諄	夷	定	脂
串	見	元	夷	定	脂

混夷、串夷：混、串聲近韻近，夷、夷聲韻俱同。混夷、串夷同源。

同　源　詞	異　形　詞　系　聯
混夷、串夷	昆夷、犬夷、畎夷

第七章 結 論

　　聯綿詞的來源約可分爲三類：聲音模擬、單音詞變化，及複輔音聲母變化。聲音模擬取於自然，包含模仿物聲、記錄人所發的聲音等。單音詞變化包含單音詞音節改變、單音詞與另一音節結合等。複輔音聲母變化，是指聯綿詞與親屬語有複輔音詞的對應關係。聲音模擬確定爲聯綿詞的來源之一，不過單音詞變化與複輔音聲母變化，由於目前資料不足，無法確定何種爲來源。

　　聯綿詞的發展，起源於先秦時代的口語交際，其文字記錄至先秦後期才趨於豐富。漢代開始，才有收錄聯綿詞的著作，如《爾雅》、《方言》、《毛詩故訓傳》、《說文解字》、《釋名》及《楚辭章句》等。從中可發現，多數聯綿詞雖有完整釋義，但部分聯綿詞有分釋現象。由此推知，漢代學者對其成因、特點並未掌握，才有分訓的情況。

　　六朝的駢文延續漢代而來，除了具有華麗的詞藻，用典、對句與聲韻各方面，皆有所增長。聯綿詞的承繼與創造，也隨著駢文的使用而盛極一時。而唐代的聯綿詞，多數以繼承舊有的用法與字形而能保存。不過因文人未掌握聯綿詞觀念，隨意將聯綿詞單用與倒用，造成聯綿詞形式鬆散。另外，聯綿詞字形，因《五經文字》和《九經字樣》等書出現，文字逐漸趨於固定。

　　宋代出現研究聯綿字的學者，不僅有零篇斷簡的筆記，且有許多聯綿字書，如張有、戴侗等人。明代方以智受戴侗影響，認爲謰語有「義存於聲，形無固定」的特點，爲「雙聲相轉而語謰謱」之詞。總而言之，宋代學者開

啓研究聯綿詞的道路，發展至明清時期，已能概括出聯綿詞表義的整體性、表音的符號性等特色，不過劃定聯綿詞具體範圍時，仍有未盡周延之處。

近代的王國維、朱起鳳、符定一等人，已有收錄聯綿詞的專書，但對聯綿詞的界定仍不清楚。發展至當代，學者以現代語言學的角度，分析聯綿詞為兩個音節、一個詞素，為不能分訓的雙音節單純詞，有關聯綿詞的面貌已趨清晰。

聯綿詞為「二字表一義」，由兩個不同音節所組成，只表示一個詞素，不能拆開解釋。其特性為：不可分訓、兩個音節之間多數有聲韻關係、多數聯綿詞有字形不定情形、多數聯綿詞偏旁同化。

根據聯綿詞定義，列舉四組可能形成訓詁障礙的相關詞語，以釐清觀念：字與詞、衍聲詞與合義詞、疊音詞與疊義詞、聯綿詞與假借字等。

一、字與詞：聯綿字與聯綿詞雖同名異實，但是「字」與「詞」之間仍有區別。「字」是書寫單位，重在形體；「詞」是語言單位，重在音、義。文字並非是語言研究的單位，而是以音、義為一體的「詞」為對象。因此，以聯綿詞定義來看，稱為「聯綿詞」較適當。

二、衍聲詞與合義詞：衍聲詞把漢字當音標使用，為一個詞素的單純詞；合義詞合二字字義以成詞，為兩個詞素的複合詞。兩者最大的差別在於詞素，因此詞素能作為判斷兩者的依據。

三、疊音詞與疊義詞：疊音詞，是由兩個相同的單音節（漢字）重疊而成的雙音節單純詞。疊義詞，是由單音節詞重疊使用而形成的，與其單音詞意義相同、相近或相關，具有相對穩定性和獨立性的雙音節詞。兩者雖為重言的形式，但疊音詞本質為記音，其詞義與單音詞的意義無關，屬於衍聲複詞的範疇。疊義詞因與其單音詞意義相同、相近或相關，不屬於衍聲複詞。

四、聯綿詞與假借字：古代經師注經多秉持「有字必有音，有音必有義」的原則，遇到「經義難通處」，就找聲音相關、詩義相通的字代入，不過這種方法對聯綿詞不適用。聯綿詞為兩個字表示一個詞素，詞義是由兩個字共同承擔，自然不可分訓，因此不能將記音的「音節」當單音詞看待，不必強求本字。

觀念釐清後，就能以聯綿詞特點進行析論，並對聯綿詞聲韻、字形、詞義等關係，進行統計、分析。

聯綿詞的聲韻現象，以聯綿詞聲韻相同或相近的關係分成九種。透過統計，發現聯綿詞具聲韻關係爲九十五例，佔整體百分之八十九，而無聲韻關係爲十二例，佔百分之十一，證明聯綿詞多數有聲韻關係，聲音爲聯綿詞上下二字主要的媒介。其次統計聯綿詞「聲母」、「韻母」相同、相近的狀況，發現聲母相近、相同爲六十例，韻母相近、相同爲七十一例。相較之下，韻母比例高於聲母。

爲了瞭解聲母、韻母之間的關係，因此分爲「聲母」、「韻母」兩類，以下個別說明之：

一、聲　母

聲母分爲相同與相近關係。「相同」是指聲母一致，而「相近」則指聲母透過某種方式而能相通，又能分「旁紐」、「同位」、「發聲部位相近」三種。聲母相同的聯綿詞，以舌部比例較高，定母的比例較多。「旁紐」統計爲喉部較多。「同位」以送氣比例最高，以「匣、定」組合最多。「發聲部位相近」僅有一例，由「深喉」、「淺喉」互通。

二、韻　母

韻母可分成相同與相近關係。「相同」是指韻母一致，而「相近」則指韻母透過特定方法而能相通，因此又可分「旁轉」、「對轉」、「旁對轉」三種。韻母相同的聯綿詞，統計以元部疊韻數量最多。「旁轉」以陰聲韻尾數量較多。「對轉」以「陰、入對轉」、「陽、陰對轉」各佔一半的比例。「旁對轉」則以「i、t、n」組的數量多且比例高。

聯綿詞聲韻與聲調關係密切，因此統計《詩經》聯綿詞的聲調關係。根據結果，同聲調的聯綿詞數量爲七十八例，佔整體百分之七十三，而異聲調的聯綿詞數量爲二十九例，僅佔百分之二十七。從資料看來，同聲調的數量高於異聲調，說明大多數聯綿詞講求聲調一致，在口語表達講求和諧。

聯綿詞字形爲記音載體，與詞義之間無必然性，因此易造成「字形不定」的發生。另外，隨著時間推移，書寫者有意爲聯綿詞增添形符，使二字形符趨於一致，而有「偏旁同化」情形。不過部分聯綿詞因傳世資料不足，無法證明偏旁同化的現象。因此，統計聯綿詞字形的情況爲：「無字形不定」共六

例，佔整體百分之六；「字形不定，無偏旁同化」共十九例，佔整體百分之十八；「字形不定，無法確定偏旁同化」共十一例，佔百分之十；「偏旁同化」共七十一例，佔整體百分之六十六。說明聯綿詞多數有「字形不定」重要的特性，且「偏旁同化」的情況明顯。

聯綿詞大量使用後，因書寫者的選擇差異，而造就字形不定與偏旁同化。因此，以下針對偏旁同化的原因及其影響，逐一說明。

偏旁同化的原因，能分成「聯綿詞詞義」、「語境」兩種情形。關於聯綿詞詞義，聯綿詞字形只記音，而字形與聯綿詞詞義並無關係，因此書寫者有意為聯綿詞增添形符，使形符間接表達聯綿詞詞義。至於語境，因文章內容所需，書寫者替聯綿詞增添形符，增強聯綿詞在內文的使用性。

偏旁同化所帶來的影響，有「合義複詞」與「同音假借」兩種情況。書寫者選擇字形撰寫時，因瞭解聯綿詞「寄於聲，而不托於形」的特性，所以選用音同或音近的字代替。但至後期，人們忽略聯綿詞的特性，忘記「字形」僅為記音方式，反而注重字形的意義，將聯綿詞看成合義複詞，造成聯綿詞逐漸消失。另一種為同音假借，因聯綿詞字形不定，不利於語言交際，所以經過長期發展，聯綿詞字形逐漸固定，從「無定字」發展至「有定字」。當人們逐漸接受聯綿詞「定字」的運用，反而誤認變體的聯綿詞為假借，而且又因經師注經遇到「經義難通處」，以聲音相關、詩義相通的字代替，所以造成聯綿詞與假借牽扯不清的關係。不過，若清楚聯綿詞「二字共表一義」的觀念，自然知道與假借無關，也不必強求本字。

在尋找聯綿詞語音之前，應先確認是否為一個「詞素」，才能進一步觀察其語音關係。因此，以上、下字本義與詞義關係的歸類情況分成五類。又為了清楚分辨，以 A、B 代表聯綿詞上、下字，C 代表聯綿詞詞義。統計五類後，以「A、B 各有本義，兩者與 C 無關」數量最多。因此，知道聯綿詞選擇字形，一般以原有的文字代替，毋須另外造字。相對的，「A、B 不能單獨使用，否則各自無義」，需要造出專屬的聯綿詞，詞彙的使用較有限，因此數量並不多。

聯綿詞的同義關係，是指兩者之間有相同或相似的意義，但在聲韻上不一定有關係，可分為兩種：一是形容事物狀態，如形容態度、外貌、狀態等聯綿詞。二是名稱，如鳥類、植物、國家等名稱聯綿詞。兩者相比，《詩經》聯綿詞的同義關係，以形容事物狀態較多。

聯綿詞的同源關係，是指兩者擁有相同或相似的意義，在聲韻上亦有關係。

整理《詩經》聯綿詞，「從容自得、放鬆」義的聯綿詞有兩組，一組爲委蛇、委佗、倭遲，另一組爲畔援、伴奐、判渙，兩組爲不同的同源詞。「美麗」義的聯綿詞有兩組，一組爲窈窕、窈糾、憂受、夭紹，另一組爲睍睆、燕婉、婉變，兩組爲不同的同源詞。「美盛之貌」義的聯綿詞，爲猗儺、阿難、猗那一組。「不齊貌」義的聯綿詞，爲參差、差池一組。「風寒、寒氣」義的聯綿詞，爲鬙發、栗烈一組。「郁李」義的聯綿詞，爲唐棣、常棣一組。「夷狄國」義的聯綿詞，爲混夷、串夷一組。

本文限於篇幅，只能針對《詩經》聯綿詞進行研究，其他諸如重言詞、合義詞等，在《詩經》詞彙中占了很大比例，均未及探討；即使是聯綿詞，亦僅能管窺於一隅，無法通盤了解聯綿詞語音現象及詞義演變的規律。碩士論文的完成，是研究的開始，而不是結束，這些缺憾將會是鼓勵我日後繼續研究的動力。個人學殖淺陋，加之撰寫時日匆迫，漏誤必多，尚祈方家師友多加教益。

參考文獻

參考文獻分「古籍」、「近人論著」、「期刊論文」及「學位論文」四部分。「古籍」依四部類序；近人論著按照作者姓氏筆畫排列，筆畫相同，以出版先後為序；期刊論文與學位論文，以出版先後為序。

一、古 籍

【經】

1. 《周易》，魏·王弼、晉·韓康伯（注）、唐·孔穎達（疏），阮刻《十三經注疏》，臺北：藝文印書館，1997年。

2. 《毛詩正義》，漢·毛亨（傳）、漢·鄭玄（箋）、唐·孔穎達（疏），阮刻《十三經注疏》，臺北：藝文印書館，1997年。

3. 《韓詩外傳》，題漢·韓嬰，《百部叢書集成·畿輔叢書》臺北：藝文印書館。

4. 《詩緝》，宋·嚴粲，臺北：廣文書局，1989年。

5. 《詩三家義集疏》（上、下），清·王先謙，臺北：世界書局，1979年。

6. 《毛詩稽古編》，清·陳啟源，《經解、續經解毛詩類彙編》，臺北：藝文印書館，1986年。

7. 《毛鄭詩考正》，清·戴震，《經解、續經解毛詩類彙編》，臺北：藝文印書館，1986年。

8. 《詩經補注》，清·戴震，《經解、續經解毛詩類彙編》，臺北：藝文印書館，1986年。

9. 《毛詩故訓傳》，清·段玉裁，《經解、續經解毛詩類彙編》，臺北：藝文印書館，1986年。

10. 《詩經小學》，清・段玉裁，《經解、續經解毛詩類彙編》，臺北：藝文印書館，1986年。

11. 《詩經異文釋》，清・李富孫，《經解、續經解毛詩類彙編》，臺北：藝文印書館，1986年。

12. 《毛詩鄭箋改字》，清・陳喬樅，《經解、續經解毛詩類彙編》，臺北：藝文印書館，1986年。

13. 《三家詩遺說攷》，清・陳喬樅，《經解、續經解毛詩類彙編》，臺北：藝文印書館，1986年。

14. 《詩經四家異文攷》，清・陳喬樅，《經解、續經解毛詩類彙編》，臺北：藝文印書館，1986年。

15. 《毛詩後箋》（上、下），清・胡承珙（撰）、郭全芝（點校），《安徽古籍叢書》據求是堂本爲底本，合肥：黃山書社，1999年。

16. 《毛詩傳箋通釋》，清・馬瑞辰，臺北：廣文書局有限公司，1971年。

17. 《詩毛氏傳疏》（一、二），清・陳奐，《國學要籍叢刊》，臺北：臺灣學生書局1975年。

18. 《大戴禮記彙校集注》，黃懷信（主撰）、孔德立、周海生（參撰），西安：三秦出版社，2005年。

19. 《禮記》，漢・鄭玄（注）、唐・孔穎達（疏），阮刻《十三經注疏》，臺北：藝文印書館，1997年。

20. 《左傳》，題周・左丘明（傳）、晉・杜預（注）、唐・孔穎達（疏），阮刻《十三經注疏》，臺北：藝文印書館，1997年。

21. 《經典釋文》，唐・陸德明，《國學名著珍本彙刊》語言文字學彙刊之一，臺北：鼎文書局，1975年。

22. 《爾雅》，晉・郭璞（注）、宋・邢昺（疏），阮刻《十三經注疏》，臺北：藝文印書館，1997年。

23. 《爾雅正義》，清・邵晉涵《中華漢語工具書書庫》據清文炳齋劉氏刊本影印，合肥：安徽教育出版社，2002年。

24. 《方言疏證》清・戴震，《續修四庫全書》經部，據孔繼涵刻《微波榭叢書》本影印，上海：上海古籍，1995年。

25. 《駢雅》明・朱謀㙔，《百部叢書集成・借月山房彙鈔》，臺北：藝文印書館。

26. 《說文解字注》漢・許慎（撰）、清・段玉裁（注），經韻樓藏版，臺北：黎明文化事業公司，2006年。

27. 《玉篇》南朝梁・顧野王，《古經解彙函・小學彙函》，據蘇州張氏澤存堂本，京都：中文出版社，1998年。

28. 《復古編》，宋・張有，《四庫善本叢書》經部，臺北：藝文印書館。

29. 《六書故》，宋・戴侗，景印《文淵閣四庫全書》，臺北：臺灣商務，1983年。

30. 《新校正切宋本廣韻》，宋・陳彭年（重修）、民國・林尹（校訂）臺北：黎明文化事業公司，1992年。

31. 《集韻》，宋・丁度（修）《古逸叢書》據宋朝刻本影印，浙江：新華書店 1985 年。

32. 《經義述聞》，清・王引之，南京：江蘇古籍出版社，2000 年。

33. 《廣雅疏證》，清・王念孫，南京：江蘇古籍出版社，2000 年。

34. 《說文通訓定聲》，清・朱駿聲，臺北：藝文印書館，1994 年。

35. 《羣經平議》（上、下），清・俞樾，《夏學叢書》，臺北：河洛圖書出版社，1975 年。

36. 《經傳釋詞》，清・王引之，南京：江蘇古籍出版社，2000 年。

37. 《字彙補》，清・吳任臣《續修四庫全書》經部・小學類，據彙賢齋刻本影印，上海：上海古籍出版社，2002 年。

【史】

1. 《史記》，漢・司馬遷，《百衲本二十四史》，影印南宋慶元黃善夫刊本，臺北：臺灣商務，1988 年臺六版。

2. 《漢書》，漢・班固，《百衲本二十四史》，北宋景祐刊本，臺北：臺灣商務，2010 年。

3. 《後漢書》，漢・范曄（撰）、李賢（注），《百衲本二十四史》，臺北：臺灣商務，2010 年。

4. 《三國志集解》，晉・陳壽（撰）、清・盧弼（著），北京：中華書局，1982 年。

5. 《晉書》，唐・房玄齡，《百衲本二十四史》，影印海寧蔣氏衍芬草堂藏宋本，臺北：臺灣商務，2010 年。

6. 《魏書》，北齊・魏收，《百衲本二十四史》，宋蜀大字本，江安傅氏雙鑑樓、吳興劉氏嘉業堂及涵芬樓藏，臺北：臺灣商務，1937 年。

7. 《逸周書》，晉・孔晁（注），《百部叢書集成・抱經堂叢書》，臺北：藝文印書館，1966 年。

8. 《吳越春秋》，漢・趙曄，《百部叢書集成・古今逸史》，臺北：藝文印書館。

9. 《水經注》，北魏・酈道元，《叢書集成初編》，據聚珍版叢書本影印，北京：中華書局，1991 年。

10. 《隸釋；隸續》，宋・洪适，《古代字書輯刊》，據洪氏晦欀刻影印，北京：中華書局，1986 年。

11. 《北魏吊比干墓文》，歷代碑帖法書選編輯組《歷代碑帖法書選》，北京：文物出版社，2000 年。

【子】

1. 《荀子》，戰國・荀況（撰）、楊倞（注），《二十二子》，浙江書局據嘉善謝氏校刻，臺北：先知出版社，1976 年。

2. 《賈誼新書》，漢・賈誼，《二十二子》，臺北：先知出版社，1976 年。

3. 《管子》，漢・劉向（編輯），《二十二子》浙江書局刊本，臺北：先知出版社，1976 年。

4.《太玄經》，漢・揚雄，景印《文淵閣四庫全書》，臺北：臺灣商務，1983 年。

5.《易林》，漢・焦贛，《百子全書》術數類，臺北：黎明文化，1996 年。

6.《通雅》，明・方以智，《中華漢語工具書書庫》據《四庫全書》本，合肥：安徽教育，2002 年。

7.《淮南子》，漢・劉安（撰）、漢・高誘（注），《二十二子》據武進莊氏本校刊，臺北：先知出版社，1976 年。

8.《學林》，宋・王觀國，景印《文淵閣四庫全書》，臺北：臺灣商務，1983 年。

9.《太平御覽》，宋・李昉等（撰）上海涵芬樓影印宋本複製重印，北京：中華書局，1960 年。

10.《藝文類聚》，唐・歐陽詢（撰）、汪紹楹（校），據宋紹興刻本爲底本，上海：上海古籍出版社，1999 年。

11.《世說新語》，南朝宋・劉義慶（撰）、梁・劉峻（注），《百部叢書集成・惜陰軒叢書》，臺北：藝文印書館。

12.《山海經校注》，袁珂（校注），臺北：里仁書局，1995 年。

13.《華嚴經音義》，唐・釋慧苑，《粵雅堂叢書》，臺北：華文書局，1965 年。

14.《莊子集釋》（上、下），清・郭慶藩（編）、王孝魚（整理），臺北：萬卷樓圖書公司，1993 年。

【集】

1.《楚辭補注》，宋・洪興祖，臺北：天工書局，1994 年。

2.《蔡中郎集》，漢・蔡邕，《四部刊要》集部・別集類，據海原閣校刊本校刊，臺北：中華書局。

3.《曹植集校注》，魏・曹植（著）、趙幼文（校注），北京：人民文學出版社，1998 年。

4.《柳宗元集》，唐・柳宗元，《四部刊要》集部・別集類，臺北：漢京文化事業有限公司，1982 年。

5.《韓昌黎集》，唐・韓愈，臺北：河洛圖書出版社，1975 年。

6.《詩集傳》，宋・朱熹，《朱子全書》，《安徽古籍叢書》，《四部叢刊三編》影印日本靖嘉文庫本，上海：上海古籍出版社，2002 年。

7.《南豐曾子固先生集》，宋・曾鞏，《古逸叢書》，據金代平陽刻本原大影印，浙江：新華書局，1985 年。

8.《丹淵集》，宋・文同，《四部叢刊初編縮本》，臺北：臺灣商務，1975 年。

9.《升庵外集》，明・楊慎，《雜著祕笈叢刊》據明萬曆四四年顧起元校刊本影印，臺北：臺灣學生書局影印，1976 年。

10.《文選》，梁・蕭統（編）、唐・李善（注），臺北：華正書局，1991 年。

11.《古文苑》，宋・章樵（注），《國學名著珍本彙刊》總集彙刊之一，臺北：鼎文書局，1973 年。

12. 《七十二家集》，明・張燮（輯），《續修四庫全書》集部・總集類，據北京圖書館藏明末刻本影印，上海：上海古籍，1995 年。

近人論著

1. 于省吾，《澤螺居詩經新證》，北京：中華書局，1982 年。

2. 王力，《古代漢語》，北京：中華書局，1999 年。

3. 王今錚等（編），《簡明語言學詞典》，內蒙古：新華書店，1985 年。

4. 王國維，《海寧王靜安先生遺書》，臺北：臺灣商務印書館，1979 年。

5. 王國維，《王國維全集》，臺北：華世，1985 年。

6. 任學良，《漢語造詞法》，北京：中國社會科學出版社，1981 年。

7. 向熹，《詩經語文論集》，成都：四川民族出版社，2002 年。

8. 朱起鳳，《辭通》，臺北：臺灣開明書店，1982 年。

9. 吳闓生，《詩義會通》，上海：中華書局，1959 年。

10. 呂叔湘，《語法學習》，香港：三聯書店，2008 年。

11. 李中華（注釋）、黃志民（校閱），《新譯抱朴子》，《古籍今注新譯叢書》宗教類，臺北：三民書局，1996 年。

12. 汪維懋，《漢語重言詞詞典》，北京：軍事誼文出版社，1999 年。

13. 周法高，《中國古代語法・構詞篇》，臺北：中央研究院歷史語言研究所，1994 年。

14. 屈萬里，《詩經詮釋》，臺北：聯經出版事業公司，1999 年。

15. 竺家寧，《漢語詞彙學》，臺北：五南圖書出版公司，1999 年。

16. 邱靜子，《詩經蟲魚意象研究》，臺北：文史哲出版社，2007 年。

17. 徐振邦，《聯綿詞概論》，北京：大眾文藝出版社，1998 年。

18. 高亨，《詩經今注》，臺北：里仁書局，1981 年。

19. 高本漢（撰）、董同龢（譯），《高本漢詩經注釋》（上、下），臺北：中華叢書編審委員會，1960 年。

20. 符定一，《聯緜字典》，北京：中華書局，1983 年。

21. 郭晉稀，《詩經蠡測》，成都：巴蜀書社，2006 年。

22. 郭瓏，《文選・賦聯綿詞研究》，成都：巴蜀書社，2006 年。

23. 陳新雄，《聲韻學》，臺北：文史哲出版社，2005 年。

24. 程燕，《詩經異文輯考》，合肥：安徽大學出版社，2010 年。

25. 聞一多，《詩經通義》，《聞一多全集》（二），臺北：里仁書局，1996 年。

26. 聞一多，《詩經新義》，《聞一多全集》（二），臺北：里仁書局，1996 年。

27. 聞一多，《風詩類鈔》，《聞一多全集》（四），臺北：里仁書局，2000 年。

28. 雒江生，《詩經通詁》，西安：三秦出版社，1998 年。

29. 潘富俊，《詩經植物圖鑑》，臺北：貓頭鷹出版，2001 年。

30. 韓陳其,《漢語詞滙論稿》,南京:江蘇古籍出版社,2002 年。

期刊論文

1. 張壽林,〈三百篇聯緜字研究〉,《燕京學報》第 13 期,1933 年,頁 171～196。

2. 杜其容,〈毛詩連綿詞譜〉,《文史哲學報》第 9 期,1960 年 1 月,頁 130～293。

3. 陳應棠,〈詩聯緜詞研究〉,《逢甲學報》第 19 期,1986 年 11 月,頁 95～117。

4. 鄧聲國,〈「聯綿詞」的界定與反思〉,《語文建設通訊》第 60 期,1999 年 7 月,頁 36～41。

5. 范崇高,〈試論唐人小說中的聯綿詞〉,《自貢師範高等專科學校學報》第 14 卷第 4 期,1999 年,頁 28～35。

6. 沈晉華,〈非雙聲疊韻聯綿詞的語音關聯〉,《蘇州教育學院學報》第 18 卷第 3 期,2001 年 9 月,頁 7～9。

7. 吳靜如,〈溯洄先人由音表義的造詞足跡——聯綿詞淺探〉,《雄工學報》,第 4 輯,2002 年 10 月,頁 11～23。

8. 范建國,〈唐以前的謎語研究〉,《黃岡師範學院學報》第 23 卷第 4 期,2003 年 7 月,頁 65～67。

9. 吳澤順,〈聯綿詞的構詞特點及音轉規律〉,《湖南社會科學》第 2 期,2004 年,頁 134～136。

10. 郭瓏,〈語源研究與連綿詞的釋義〉《廣西大學學報》第 26 卷第 3 期,2004 年 6 月,頁 87～91。

11. 范崇高,〈唐代小說聯綿詞初探〉,《西南民族大學學報》第 26 卷第 2 期,2004 年 7 月,頁 347～351。

12. 洪章夫,〈從昆蟲學角度平議各家注疏《詩經》「蜉蝣掘閱」一詞之得失〉,《國文學報》第 37 期,2005 年 6 月,頁 1～20。

13. 范建國,〈宋明的聯綿字研究〉,《黃岡師範學院學報》第 25 卷第 4 期,2005 年 8 月,頁 56～59。

14. 李正芬,〈試論聯綿詞組構要素的歷史變化與發展——以《經典釋文》音義注釋為主〉,《漢學研究》第 24 卷第 2 期,2006 年 12 月,頁 105～133。

15. 郭瓏,〈漢代訓詁著作中的聯綿詞觀〉,《廣西教育學院學報》第 2 期,2006 年,頁 122～124。

16. 楊素姿,〈大廣益會玉篇聯綿詞及其韻系之考察〉,《人文研究學報》第 2 卷第 41 期,2007 年 10 月,頁 1～11。

17. 李添富,〈詩經中不具音韻關係的聯綿詞研究〉,《先秦兩漢學術》第 11 期 2009 年 3 月,頁 1～26。

18. 馬秀月、方禮武,〈試論聯綿詞成因〉,《淮南師範學院學報》第 11 卷第 1 期,2009 年,頁 137～140。

19. 邱永祺,〈北宋張有復古編聯緜詞探析〉,《有鳳初鳴年刊》第 7 期,2011 年 7 月,頁 205～234。

學位論文

1. 李淑婷，〈世說新語聯綿詞研究〉，東吳大學碩士論文，2000 年。

2. 周能昌，〈杜甫七律的語法風格〉，中正大學碩士論文，2002 年。

3. 陳玉玲，〈漢賦聯綿詞研究〉，逢甲大學碩士論文，2005 年。

4. 陳秋萍，〈莊子聯綿詞研究〉，臺北市立教育大學碩士論文，2010 年。

附錄　詞目索引

一、筆畫索引

【說明】：依首字總筆畫數排列；筆畫相同，以部首筆畫數爲序。

筆　畫	聯　綿　詞		筆　畫	聯　綿　詞	
3	于嗟	62	4	夭紹	53
	勺藥	51			
6	伊威	61	7	串夷	130
	仳離	69		判渙	123
	夸毗	115		伴奐	114
				扶蘇	48
				町畽	78
8	委蛇	38	9	匍匐	43
	委佗	47		挑達	50
	沮洳	73		拮据	103
	果臝	77		流離	68
	於乎	119		怱休	118
	昆吾	126		虺隤	36
	苓莒	92			
	阿難	111			
10	倉庚	57	11	參差	35
	倉兄	121		婉孌	70
	倭遲	105		婆娑	84

	差池	40		崔嵬	81
	唐棣	65		常棣	127
	栗烈	57		戚施	47
	桑扈	108		猗儺	54
	窈窕	33		猗嗟	73
	窈糾	53		猗與	123
	畔援	113		猗那	125
	茹藘	88		掘閱	55
	荏染	109		培克	118
	菶蜂	124		混夷	129
	脊令	107		梧桐	132
	豈弟	71		莎雞	58
				逍遙	87
12	椒聊	74	13	歇驕	51
	棲遲	75		滂沱	76
	萇楚	91		殿屎	116
	葭菲	129		蜉蝣	101
	菡萏	101		詭隨	114
	游衍	117		雎鳩	79
	睍睆	42		黽勉	66
	虛邪	45			
	蕭霜	59			
	間關	110			
14	厭浥	64	15	蔽芾	63
	滌場	60		蟏蛸	97
	蒙戎	44		緜蠻	112
	蝃蝀	97		踟躕	94
	蜾蠃	135		頡頏	41
	綢繆	100			
	鞙掌	110			
	鳲鳩	84			
16	噫嘻	122	17	優游	127
	燕婉	45		蟋蟀	89
	樸樕	85		輾轉	80
	螟蛉	108		邂逅	98
	鬒髮	56		霡霂	136
	鬒沸	133			
	鴟鴞	92			
	鴛鴦	136			
18	懮受	90	19	廬旅	131

| 20 | 繾綣　137
騶虞　86 | 22 | 權輿　52
蠦蛸　103 |
| 23 | 玁狁　133
籧篨　95 | | |

二、漢語拼音索引

【說明】：本索引依首字漢語拼音排列；拼音相同，以出現先後為序。

字　母	聯　綿　詞	字　母	聯　綿　詞
B	bì 　髲髮　56 　髴沸　133 　蔽芾　63	C	cān 　倉庚　57 cēn 　參差　35 chán 　萇楚　91 　常棣　127 chī 　鴟鴞　92 chí 　踟躕　94 chóu 　綢繆　100 chuàn 　倉兄　121 cī 　差池　40 cuī 　崔嵬　81
D	dí 　滌場　60 dì 　蝃蝀　97 diàn 　殿屎　116	E	ē 　猗儺　54 　阿難　111 　猗那　125
F	fú 　扶蘇　48 　茀苢　92 　蜉蝣　101	G	uǐ 　詭隨　114 uǒ 　果臝　77 　蜾蠃　135

H	hàn		J	jǐ	
	菡萏	101		脊令	107
	huàn			jiàn	
	串夷	130		間關	110
	huī			jiāo	
	虺隤	36		椒聊	74
				jié	
				拮据	103
				jū	
				雎鳩	79
				jù	
				沮洳	73
				jué	
				掘閱	55
K	kǎi		L	lì	
	豈弟	71		栗烈	57
	kuā			liú	
	夸毗	115		流離	68
	kūn			lú	
	昆吾	126		盧旅	131
	混夷	129			
M	mài		P	pàn	
	霡霂	136		畔援	113
	méng			伴奐	114
	蒙戎	44		判渙	123
	mián			pāng	
	緜蠻	112		滂沱	76
	mǐn			páo	
	黽勉	66		炰烋	118
	míng			pǐ	
	螟蛉	108		仳離	69
				píng	
				萍蜂	124
				pó	
				婆娑	84
				póu	
				掊克	118
				pú	
				匍匐	43
				樸樕	85